DER TEGERNSEE-DEAL

AF177623

Der Rosenheimer Heinz von Wilk war schon vieles in seinem Leben: Weltreisender, Musiker, Manager und Immobilienhändler. Nach langen Jahren in vielen Ländern lebt er mit seiner Frau im Chiemgau und schreibt hier seine Bücher. Ein Ende ist nicht abzusehen.
www.heinz-von-wilk.de

HEINZ VON WILK

DER TEGERNSEE-DEAL

Oberbayern Krimi

emons:

Bibliografische Information der Deutschen Nationalbibliothek
Die Deutsche Nationalbibliothek verzeichnet diese Publikation
in der Deutschen Nationalbibliografie; detaillierte bibliografische
Daten sind im Internet über http://dnb.d-nb.de abrufbar.

© Emons Verlag GmbH
Alle Rechte vorbehalten
Umschlagmotiv: lookphotos/Heinz Wohner
Umschlaggestaltung: Nina Schäfer, nach einem Konzept
von Leonardo Magrelli und Nina Schäfer
Umsetzung: Tobias Doetsch
Gestaltung Innenteil: DÜDE Satz und Grafik, Odenthal
Lektorat: Carlos Westerkamp
Druck und Bindung: CPI – Clausen & Bosse, Leck
Printed in Germany 2022
ISBN 978-3-7408-1507-3
Oberbayern Krimi
Originalausgabe

Unser Newsletter informiert Sie
regelmäßig über Neues von emons:
Kostenlos bestellen unter
www.emons-verlag.de

Wenn du Gott lange genug bittest, einen Berg zu versetzen,
wirst du irgendwann neben einer Schaufel erwachen.

Albin Stocker

1

»Ihr habt sie gefoltert? Echt jetzt? Seid ihr vollkommen gaga? Warum? Wer hat euch das aufgetragen, stronzi maledetti? Ich nicht.« Hagen starrte Pille und den Nazi-Typen an.

Weil es auch in diesem Jahr für Anfang Juni schon sehr heiß war, hatte Hagen das Doppelfenster seines kleinen Zweitbüros weit geöffnet. Genau genommen war es nicht das eigentliche Büro, sondern mehr der Abstellraum des Fitnessstudios. In den Regalen links und rechts türmten sich weiße Frotteehandtücher, Papierrollen und Fünf-Liter-Kanister mit Desinfektionsmittel. Es roch nach Weichspüler und irgendwie nach Essig. Unten fuhr eine von diesen aufgemotzten Angeberkarren mit dröhnendem Auspuff vorbei, und bei jeder Fehlzündung zuckte der dürre Pille zusammen.

Mit weinerlicher Stimme sagte er: »Nein, Chef, das ist, wie soll ich sagen, einfach so passiert. Ich meine, nicht dass du denkst, dass wir gerne mit Blut rumspritzen oder so. Das mit dem Blut, das hat sie dann selber gemacht. Der Joe und ich, wir standen drei Meter weg von ihr und haben miteinander geredet.«

Hagen lehnte sich in seinem schwarzen Kunstleder-Chefsessel vor und fuhr sich mit den Fingern durch das schulterlange rotblonde Haar. Dann wischte er sich den Schweiß von der Stirn und dachte: Lieber Gott, lass das einen Traum sein, und gleich werde ich wach und muss aufs Klo.

Er zeigte wütend auf Pille, knurrte: »Du hältst jetzt die Fresse«, beugte sich über die verschrammte Schreibtischplatte und wandte sich an den bulligen Nazi-Kerl, der lässig auf dem löchrigen Cordsofa lümmelte und an einem Fingernagel kaute: »Forza ragazzo, der Trottel da ist wieder voll auf irgendwas. Ich versteh kein Wort. Also, was ist Sache?«

Der Nazi spuckte einen Nietnagel auf seine helle Cargohose, zog lautstark Rotz die Nase hoch und schaute gelangweilt die Playboy-Poster an der Wand hinter Hagen an. »Mann, wir haben doch bloß so ein bisschen Waterboarding mit ihr gemacht, du weißt schon. Das hab ich erst neulich wieder auf Netflix gesehen. Die Amis tun das ständig in diesen Serien. Kommt cool rüber, da stirbt keiner dran. Hey, hast du ›Homeland‹ nicht gesehen?«

Warum habe ausgerechnet immer ich mit solchen Idioten zu tun?, dachte sich Hagen und trommelte mit seinen sommersprossigen Fingern auf die Tischplatte. Seine Gedanken überschlugen sich und schwirrten in seinem Kopf hin und her wie Stubenfliegen, die pausenlos gegen Fensterscheiben knallten.

Der Nazi, der eigentlich Joe hieß, schlug die Beine übereinander. »Was hätten wir denn deiner Meinung nach tun sollen, hm? Die Alte hat steif und fest behauptet, sie wäre gar nicht die Alte, verstehst du?«

Er zog die breiten Schultern hoch und drehte den Kopf nach rechts und links, sodass man zwei trockene, knackende Geräusche hören konnte.

»Nein, das tue ich nicht. Wer zum Teufel war sie dann?«

Joe hob die Augenbrauen. »Was weiß ich? Auf jeden Fall die Frau von deinem Foto, aber halt nicht die Frau von dem Richter.«

»Dem Oberstaatsanwalt, ihr Trottel. Der Mann ist ein Oberstaatsanwalt.«

»Ist doch das Gleiche.« Joe schaute Hagen jetzt mit seinen blauen Huskyaugen an, klatschte sich auf die Schenkel und zeigte auf Pille. »Noch mal von vorne: Wir waren extra eine Stunde früher da. Lage checken und so, du weißt schon. Das war auch gut so, denn die Tusse kam nicht um Punkt elf aus der hochherrschaftlichen Toreinfahrt von dieser verkackten Millionario-Protzvilla, wie du uns gesagt hast. Sondern, nein, sie kommt schon um zehn, auf einem Fahrrad, und zwar aus Richtung Dorf. Eine Stunde zu früh und dann auch noch aus der verkehrten Richtung. Und, was sagste jetzt, hm? Aber wir beide, voll auf Zack, Pille springt aus der Karre, hat sie geschnappt. Sie steigt nämlich ab, fummelt in ihrer Tasche nach dem Toröffner oder so, er hier packt sie also, zieht ihr ratzfatz den Beutel über die Rübe und schmeißt sie wie einen Sack Erde hinten rein. Hat keine zehn Sekunden gedauert, das Ganze. Also, von der Zeit her war das voll die Profiarbeit.«

Zufrieden lehnte er sich zurück und faltete die Hände über seinem blonden Undercut. »Es war hundertpro die Frau auf dem Foto, das du uns gezeigt hast. Sie hatte sogar dasselbe Kleid an. Das weiße, mit blauen Blumen drauf. Aber jetzt pass auf: Im Lagerschuppen binden wir sie an den Stuhl, und kaum ziehen wir ihr den Beutel vom Kopf, fängt sie zu schreien an. Sie hat kein Geld, ist geschieden, alleine, ohne Mann, verdient bloß einen Tausi im Monat, lauter so Zeugs.«

Er schloss gelangweilt die Augen. »Und dann kriegt sie auch noch einen Panikanfall oder so was und verdreht die Augen und zittert am ganzen Körper, wie diese Schnecke im ›Exorzisten‹, du weißt schon. Oder hast du den Film auch nicht gesehen?«

»Moment, Moment, komm mal runter … Wo ist ihre Tasche? Ihre Handtasche, meine ich. Habt ihr die noch im Bus oder im Schuppen?«

Pille, der immer noch wie ein schlecht gemaltes Fragezeichen vor dem Schreibtisch stand, hob die Hand wie ein Erstklässler. »Äh, ja, diese Tasche meinst du, schon klar, verstehe. Na ja, das war so: Die Tasche flog auf das Pflaster neben dem Fahrrad, und als ich die Alte im Auto hatte, ist der Joe sofort Formel-1-mäßig losgepprescht. Die Schiebetür ist von selber zugeglitten, und ich bin über die Frau gestürzt. Die Alte hat gestrampelt wie ein Schaf beim Scheren. Und die Tasche? Also, die ist irgendwie nicht mitgekommen. Die ist wohl …«

Er wedelte mit der Hand und blinzelte Hagen mit dem rechten Auge zu. Das sah zwar ziemlich vertraulich aus, war aber nur einer von den vielen nervösen Ticks, die er nicht unter Kontrolle hatte.

Hagen zog verärgert eine Grimasse. Mit geschlossenen Augen sagte er: »Joe soll weitererzählen.«

»Was, ich schon wieder? Auch gut. Sie schreit also immer das Gleiche. Und ist voll auf Hysterie. Da hab ich ihr einen Lappen über die Visage gelegt und sie ein bisschen bewässert. Genau so, wie die das im Fernsehen machen. Aber sogar als sie schon am Ersaufen war, hat sie immer dieselben Sprüche gekreischt. Sie hat kein Geld, aber ihr Chef wird vielleicht für sie bezahlen. Bestimmt wird er das, wir sollen mit ihm reden oder sie mit ihm telefonieren lassen.« Er wedelte lässig mit der Hand. »Du weißt schon.«

»Ihr Chef zahlt?«

Joe nickte. »Genau der, sag ich doch.«

»Na super. Und wer ist ihr Chef?«

»Da wird's jetzt kompliziert, weil es auf einmal voll krass abgegangen ist. Es war so: Ich sage zu Pille, Junge, da passt was nicht. Lass uns das mal in Ruhe bequatschen und einen Joint durchziehen. Am besten wird es sein, wir bringen sie fürs Erste in den Kofferraum von einer der Schrottkarren da draußen. Und zwar in einen von den Schlitten, die eh bald in die Presse gehen, da guckt nämlich keiner mehr rein, weil da ja die Fenster und die ganzen Teile, die man noch verkaufen kann, schon raus sind.«

Joe beugte sich vor und breitete die Arme aus. »So, und jetzt kommt's. Wie ich so meine Tüte anzünde und rede, kippelt die sich selber samt ihrem Stuhl einen halben Meter oder so nach hinten. Patsch, und weg isse. Einfach so. Zack.«

»Wie jetzt, patsch und zack?«

Joe hob beschwichtigend die Arme. »Was weiß ich, ehrlich jetzt, es war genau so, wie ich dir sage: Pille und ich waren ja ein paar Meter weit weg, damit sie uns nicht hören konnte. Ich nehm einen tiefen Zug, halte die Luft an und gebe ihm hier die Rolle rüber. Also haben wir von der Ruckelei auch nix mitbekommen.«

Bedauernd klatschte er in die Hände. »Und ich Trottel mach extra vorher noch schnell ein Foto von ihr. Aber jetzt pass auf: Sie schiebt oder ruckelt sich auf diesem Stuhl selber nach hinten, und was soll ich dir sagen? Sie fliegt rückwärts in diese Mechanikergrube runter. Zwei Meter im freien Fall. Haut sich aber vorher den Schädel noch an dieser umlaufenden Metallkante an. Das hat geklungen, wie wenn du mit einem Hammer eine Kokosnuss aufbrichst. Den Knall haben wir gut gehört, aber da war sie ja schon voll im Abflug. Was, zum Teufel, sollten wir da noch machen, Chef? Das war Karma, Bestimmung, sie war zur falschen Zeit am falschen Ort. Es war der reine Zufall.« Er grinste breit. »Ich glaube an so was. Du nicht?«

Hagen schüttelte entnervt den Kopf: »Nein, cretino, ich glaube nicht an Zufälle. Ich hab zwar schon davon gehört, aber persönlich noch keinen gesehen. Und jetzt? Ist die Frau tot?«

Pille zuckte entschuldigend mit den Schultern. »Fast. Ziemlich jedenfalls. Wir haben sie da rausgeholt, vom Stuhl gebunden und in eine von den Karren neben der Schrottpresse getragen. Sie war ja ohnmächtig und hat unschön vor sich hin geröchelt. Jetzt liegt sie da im Kofferraum. Der Schrottplatz gehört meinem Onkel, aber ich habe einen Schlüssel vom Tor.«

»Ich glaub es einfach nicht. Ihr Idioten versaut einen todsicheren Job, krallt euch die falsche Frau und lasst sie auch noch lebend in irgend so einer versifften Rostlaube liegen?«

»'tschuldige mal, Chef«, Pille hob wieder den Finger, »aber die ist in einem roten Peugeot 404, Baujahr '75, der sah noch ganz gut aus, obwohl die Fenster und eine Tür raus waren. Warum einer so ein Auto verschrottet, versteh ich echt nicht.«

Hagen, der viel auf seine Selbstbeherrschung hielt, brüllte mit rotem Gesicht los: »Halt endlich die Schnauze! Wegen euch Vollidioten haben wir einen Mord am Hals, wenn die Frau gefunden wird! Und für was, he?«

Aber Joe schaute nur lässig auf seine klotzige schwarze Military-Uhr und meinte beschwichtigend: »Bleib cremig, Boss, die ist jetzt bestimmt schon auf Umzugskartongröße eingestampft.«

Hagen sackte entnervt über der Schreibtischplatte in sich zusammen und hielt sich mit den Händen die Ohren zu. Joe räusperte sich und legte sein Sony-Smartphone auf die Tischplatte. »Hier, bitte. Schau dir die Frau an. Das ist hundertpro die, die du haben wolltest.«

Mit schweißnassen Fingern griff Hagen nach dem Handy und sah auf das Display. Das Gesicht der Frau war vor Angst und Panik zu einer schaurigen Grimasse verzogen. Aus Mund und Nase liefen Wasser und grauer Schleim. Das Zeug rann über ihr Kinn, die Fäden zogen sich wie lange, dünne Eiszapfen nach unten. Der Mund war weit aufgerissen, und Hagen kam unwillkürlich das Bild von diesem depressiven Norweger in den Sinn, wie hieß der noch gleich? Mönch? Manch? Oder Munch? Genau, Munch hieß der Kerl. Und das Bild: »Der Schrei«.

So fühlte sich Hagen im Moment. Genauso wie die Figur auf dem Gemälde: voll in Panik, und Panik war die große Schwester der Angst.

Er betonte jedes Wort des ersten Satzes einzeln. »DIESE. FRAU. IST. NICHT. DIE. FRAU. VON. MEINEM. FOTO. Die hier ist um die fünfzig oder sechzig. Die auf meinem Foto ist vierzig. Und hat eine völlig andere Frisur. Habt ihr Deppen das nicht bemerkt?«

Und Joe giftete: »Wie jetzt? Ich sag dir mal was: Die Haarfarbe stimmt, also ungefähr jedenfalls. Das Kleid stimmt hundertpro. Sollten wir sie vorher noch höflich um ihre Papiere bitten? Und fragen, ob sie Bock auf eine Kaffeefahrt ins Blaue hat? Du hast uns ja nicht mal gesagt, wie sie heißt, Alter. Also, was jetzt?«

Was jetzt? Das kann ich euch sagen: Ich bin am Arsch, und zwar so was von, dachte sich Hagen.

Pille klopfte vorsichtig mit den Knöcheln auf die Schreibtischplatte und sagte leise schniefend: »Boss? Was ist denn jetzt mit unserem Geld? Ich brauch dringend Nachschub. Wenigstens ein paar tausend pro Mann könntest du rüberwachsen lassen, oder?«

Und während ihn Hagen fassungslos anstarrte, meinte Joe mit einem Fingerschnippen: »Du, Chef, ich hab mir grade beim Nachdenken was überlegt: Wir holen die andere Frau auch noch. Morgen oder so. Das kostet dich nix extra. Pay one – get two. Ist das ein Angebot, oder ja?«

Jetzt schaute Hagen überrascht hoch. Zu Pille, rüber zu Joe und wieder zurück zu Pille. Dann knurrte er, mehr zu sich selbst, mit hochrotem Kopf: »La sto uccidendo.«

Mit einer schnellen Bewegung riss er eine Seitenschublade des Schreibtisches auf, holte mit der linken Hand einen matt glänzenden Revolver heraus und fauchte: »Geiler Vorschlag. Dafür erwartest du jetzt Sitting Ovations, oder was? Ich sag dir mal was, und dir auch!«

Damit schwenkte er den Revolverlauf in Richtung Sofa und wieder zurück zu Pille, der von einem heftigen Spontanschluckauf durchgeschüttelt wurde.

»Wenn ich euch beiden pasticcione jetzt erschieße und aus dem Fenster da drüben werfe, dann ist das intellektuelle Notwehr. Dafür kriege ich maximal zwei Jahre auf Bewährung und am Sonntag zum Nachtisch keine cannoli, hai capito? Und jetzt raus, aber presto! RAUS!«

2

Wer ist eigentlich Hagen?

Verbrechen werden meist nur aus drei Beweggründen heraus begangen: Liebe, Hass, Geldgier. Manchmal geht es auch um Macht oder die Angst, Macht zu verlieren. Aber das war's dann auch schon.

Deswegen denken ja manche, wenn sie nur den Anfang eines Krimis lesen, dann wissen sie schon, wie er endet.

Darauf würde ich mich bei dieser Geschichte aber lieber nicht verlassen, das kannst du mir glauben. Denn auch wie im richtigen Leben ist hier fast keiner das, was er zu sein vorgibt.

Schauen wir uns bloß mal den Hagen an: Er heißt eigentlich Santo Moro, wurde in Spanien geboren, wuchs aber in Süditalien auf. Sein Vater war Tangolehrer, weshalb schon der kleine Santo tanzen konnte wie Los Dinzel, der berühmte argentinische Tangogott.

Santos Vater tanzte sich selbstverliebt durch ein buntes, rauschhaftes Leben, das Hirn dabei ständig auf Unterleibsmodus geschaltet. Eines Morgens verließ er fröhlich tänzelnd das marode Haus, seine schwermütige Frau sowie den zwölfjährigen Santo und kehrte nie wieder.

Jahre später, während des Millenniumfeuerwerks auf der MS Aurora, die damals auf der Reede vor einer karibischen Insel lag, glitt er betrunken an der Reling aus und stürzte ins Meer. So stand es jedenfalls Mitte Januar 2001 in einem kleinen Einspalter in der La Repubblica. Zehn Zeilen auf Seite 8. Mehr gab es da nicht zu schreiben.

»Jetzt tanzt er für immer mit den Haien«, sagte Santos Mutter und betrank sich, wie fast an jedem brutheißen Spätnachmittag, wenn die Sonne schon heftig mit der Dämmerung flirtete.

Unser Santo ging mit siebzehn nach Marbella, schön und

stolz wie ein Torero und hungrig nach dem Leben der Reichen und Schönen. Da er neben seinem Aussehen auch noch über ein beachtliches Ding in seiner Hose verfügte, war er bald die meiste Zeit horizontal beschäftigt.

Nachdem er Marbella wegen einer Frau oder besser gesagt wegen eines tobenden Ehemannes in einer sternenklaren Nacht fluchtartig verlassen musste und sich Wochen später im kalten München wiederfand, überlegte er, wie er seine Talente auch in Deutschland wirtschaftlich einsetzen könnte.

Aus Santo Moro wurde mittels eines fast echten Reisepasses Hagen di Uiburu, weil er schnell merkte, dass Argentinier bei den sexuell vernachlässigten reichen Mittvierzigerinnen der Münchner In-Szene besser ankamen als spanische Italiener. So tanzte er sich durch die Edeldiscos wie die »Milla« und das »P1« und verkehrte in Cafés wie der »Reitschule« oder den Aufreißerläden auf der Leopoldstraße. Du weißt schon. Seine Talente und die Dinge, die er mit verschiedenen Körperteilen und seinem Einhorn anstellen konnte, sprachen sich unter diversen Damen schnell herum. Man könnte sogar so weit gehen und sagen, das war Mundpropaganda in der reinsten Form, wenn du verstehst, was ich sagen will.

Sicherlich fragte ihn die eine oder andere Bettgenossin, wie denn ein rotblonder Argentinier, der auch noch Hagen heißt, überhaupt physisch möglich ist. Und wie immer wedelte er dann lässig mit der Hand und seufzte: »Da rede ich nicht drüber, mi corazón. Aber dir, als erste Frau überhaupt und weil ich mich in dich verliebt habe, verrate ich das Geheimnis: Meinen schlanken Körper und mein Temperament verdanke ich meiner Mutter. Die rötlichen Haare und mein Gemächt dagegen einem guten Freund meines Vaters. Aber was soll's. Unter argentinischen Adligen akzeptiert man so was stillschweigend. Mein Vater wollte sich zwar duellieren, aber dann haben sich die beiden bei der Absprache zum Duell dermaßen betrunken, dass sie zum Aufeinanderschießen keine Lust mehr hatten. Denn letztendlich waren sie ja Freunde von klein auf und haben schon immer alles geteilt.«

Und wenn ihn eine der Frauen nach dieser Geschichte ungläubig anschaute, fügte er noch hinzu: »Na, bei uns in Argentinien ist so was das Normalste der Welt. Genau wie in England auch. Überleg doch mal, mi querida, so richtig sieht dieser Prinz Harry seinem offiziellen Vater Charles, dem hauptberuflichen Prince of Wales, auch nicht ähnlich, oder? Der hat zwar vielleicht gezielt, aber abgedrückt hat dann ein anderer. Die Geschichte von mir und meiner Abstammung muss natürlich echt unter uns beiden bleiben, ja? Vor dir habe ich das noch keiner erzählt, und so soll es auch bleiben. Nun haben wir beide ein weiteres gemeinsames Geheimnis, corazón, ist das nicht romantisch?«

Machen wir es kurz: Eine der vielen High-Society-Damen finanzierte ihm die Miete für sein Fitnessstudio in München-Grünwald, eine andere die Leasingraten für die teuren Geräte. Und somit schließt sich der Kreis wieder. Denn in ebendiesem Studio malträtierte nun auch Heide Sielmann, eine attraktive Frau im besten Alter und Ehefrau des Oberstaatsanwalts Dr. Hubert Sielmann, ihren wunderschön geformten Körper.

Das mit dem Studiovertrag war Hagens Idee. Am Morgen nach ihrer ersten heißen Nacht meinte er mit einem Blick auf ihren nahezu perfekten Körper: »Lass es uns langsam und vorsichtig angehen. Du bist sehr sportlich und arbeitest hart an dir, das sehe ich dir an. Mach doch ab sofort bei mir im Studio weiter. Ich stelle dir spezielle Programme zusammen und betreue dich persönlich.«

»So wie die letzten Stunden?«, fragte sie lächelnd.

Er küsste zärtlich ihre Stirn und flüsterte: »Auch das. Aber du bist gebunden. Wenn du ab sofort ein- oder zweimal in der Woche zu mir kommst, fällt das nicht auf. Dein Mann wird wissen, wo du bist und was du machst. Was ist für eine Lady unauffälliger als ein Gym? Du tust es ja auch für ihn, kannst du sagen. Und ich schicke ihm jeden Monat eine Rechnung, dann sind alle Zweifel im Vorfeld ausgeräumt.«

Er spürte, dass sie skeptisch war, und sagte schnell: »Das

mit der Rechnung ist zu deiner Sicherheit, glaube mir. Ich will dich so oft wie möglich sehen. So können wir das, und nach einer kurzen Zeit verbringen wir die Gym-Stunden woanders. Vielleicht in einem kleinen, verschwiegenen Hotel? Was meint meine Schöne dazu?«

Und so kam es genau so, wie Hagen das geplant hatte. Immer Dienstag- und Donnerstagnachmittag tauchte Heide im Grünwalder Fitnessstudio auf, gestylt wie Jane Fonda in ihren besten Jahren. Und auch der Trainingsablauf war anfangs immer derselbe: zuerst auf das Life-Fitness-Laufband, dann rüber zum Schwinn Airdyne, zehn Minuten volle Power auf dem Wellengang Performance und ab und zu noch eine Runde auf dem Cybex Bravo, immer begleitet und beraten von Hagen. Und umgeben von nachdenklichen, teils auch offen misstrauischen Blicken einiger anderer gut aussehender Damen in engen knallbunten Outfits, von denen sich einige auffallend oft in ihrer Nähe auf Lauftrainern oder Hantelbänken abmühten, um vielleicht den einen oder anderen Gesprächsfetzen aufzufangen.

Heide dachte sich nichts dabei. Auch weil sie schon einige Affären hinter sich hatte, von denen die eine oder andere nicht so clever geplant war. Und wenn ihr ab und zu Bedenken kamen, tat sie sie mit einem Lächeln ab. Die Art und Weise, wie Hagen und sie sich kennengelernt hatten, die romantische erste Nacht in seinem Penthouse … So was plant man nicht, das passiert einfach.

Wenn du dir jetzt denkst, wo und wie haben die sich denn kennengelernt, habe ich da was versäumt: Nein, denn davon erzähle ich später ausführlich.

Hagen kümmerte sich während der Trainingsstunden wirklich sehr intensiv um Heide. Eine kleine Berührung hier, ein wohlwollendes Streicheln da, und nach kurzer Zeit verbrachten sie die Dienstage und Donnerstage ab sechzehn Uhr nicht mehr im Studio, sondern in einem verschwiegenen kleinen Hotel in der Nähe der Säbener Straße. Genau wie Hagen es versprochen hatte.

Und falls es dich interessiert: Der Kalorienverbrauch sowie

die Fettverbrennung von Heide waren im und um das Hotelbett sogar noch höher als auf sämtlichen Geräten in Hagens Hightech-Studio zusammen. Da habe ich auch gestaunt, ja was glaubst du?

Heide erzählte in den verträumten, stickig-verschwitzten und erschöpften Momenten nach dem Sex gerne von »Sieli«, wie sie ihren Mann nannte. Sie konnte seine leicht lispelnde Aussprache gut nachahmen, wobei sie das Lispeln natürlich immer stark übertrieb. Und auch seine Gestik und Mimik hatte sie voll drauf. Wie er zum Beispiel abends in die Villa am Tegernsee kam, sich wie ein Hahn vor dem Wohnzimmerkamin aufplusterte und von seinen täglichen Erfolgen gegen das Verbrechen prahlte.

Etwa so: »Meine Liebe, kennt du den Film, wo ein Fimpanfe mit einem Auto fährt?‹« Sie setzte sich im Bett auf, wedelte mit den Armen, stemmte die Fäuste in die Hüften, zog das Kinn nach unten, und Hagen bewunderte wie schon so oft den Schwung ihrer vollen Brüste.

Jetzt kam ihre Babystimme, hoch und piepsig, sie riss dabei die Augen weit auf. »Ich sage: ›Oh nein, mein Schatz. Wie kann ein Schimpanse denn Auto fahren? Wie macht er das?‹«

Sie prustete und fuhr mit Sielmanns Stimme fort: »›Ganf einfach. Er folgt der Fpur der Bananen, ferftehft du? Genaufo handeln die meiften Verbrecher, egal, ob grof oder klein. Fie find fo waf von berechenbar. Das fage ich immer. Berechenbar. Und … klapff … habe ich wieder einen.‹«

Sie ließ sich lachend in die Kissen plumpsen, griff nach Hagens Glied und sagte: »Na, ist noch eine Zugabe mit deinem anbetungswürdigen Zepter drin, bevor ich heim in den Vogelkäfig muss?«

H und H hatten also guten Sex und viel Spaß, finanziert mit dem Vermögen ihres Gatten. Der bezahlte gut dafür, denn Hagen stellte Dr. Sielmann seine Privatstunden allmonatlich in Rechnung. Und so ein Personal Trainer, der ist nicht gerade billig, das kannst du dir wohl denken.

Aber, wie es auch im richtigen Leben so geht, irgendwann wollte Heide mehr. Mehr Sex, mehr Zeit mit Hagen. Jeden Tag, wenn möglich, und nicht nur zweimal die Woche. Und nicht mehr mitten im Abklingen des letzten Orgasmus aufstehen, duschen, schminken, anziehen und ihn in der testosterongeschwängerten Luft im feucht-zerwühlten Bett zurücklassen. Sie wollte bunte Tage und helle Nächte.

Hagen dagegen war auf mehr Sex mit Heide nicht besonders scharf, denn sie war ja nicht die Einzige, um die er sich persönlich und körperlich kümmern musste. München ist eine sehr teure Stadt, da musst du schon ranklotzen, denn auch hier wachsen die Porsches nicht auf Bäumen. Aber die Aussicht auf eine flotte Million oder zwei war natürlich verlockend.

Und so kamen die beiden nach einem wilden Pas de deux auf dem Hochflorteppichboden des Hotels auf die Idee einer vorgetäuschten Entführung. Genau genommen war es Heides Idee.

Pass auf: Erst hauchte sie ihm ins Ohr: »Liebst du mich eigentlich? Ich bin dir nämlich voll verfallen.«

Und er murmelte: »Natürlich, meine Schöne.«

Was gelogen war. Hagen liebte keine der Frauen, mit denen er beruflich, wie er es nannte, vögeln musste. Er liebte sie nicht nur nicht, es fiel ihm sogar schwer, sie nicht zu hassen.

Heide kuschelte sich noch enger an ihn. »Ich wollte es dir nie sagen, sonst wirst du mir noch eingebildet, aber: Mit dir hatte ich meinen ersten Orgasmus. Und ich bin fast zweiundvierzig. Aber mit dir ist der Sex immer so, wie wenn man an einem von diesen Münzautomaten eine Serie hat: Es klingelt und klingelt, und man will, dass das nie mehr aufhört. Ich will mit dir sein. Für immer. Willst du das nicht auch? Stell dir nur vor: du und ich, irgendwo, vielleicht sogar in Argentinien. Da könntest du mir alles zeigen, und wir würden leben wie im Paradies.«

»So ähnlich habe ich auch schon geträumt. Es war ein schöner Traum. Habe ich dir nicht davon erzählt, meine Traumfrau?«

Der Traum war ein Alptraum, dachte sich Hagen, während er sich frei machte, um nach den Champagnergläsern zu greifen. Und dieses Paradies wäre für mich der Vorhof zur Hölle, denn eines Tages würde ich dich ersäufen wie eine kranke Katze. Was ich in meinen Träumen schon ein paarmal getan habe.

Er füllte die Gläser, reichte ihr den Kelch mit sanft sprudelndem Ruinart Brut Rosé, küsste ihre Wange und hauchte: »Wenn du wüsstest, was ich in meinen Träumen so alles mit dir angestellt habe, mi amor eterno.«

Sie schloss wohlig erschauernd die Augen und schlürfte etwas ungeschickt aus dem breiten Glas, sodass perlende hellrosa Flüssigkeit auf ihre Brüste tropfte.

»Er hat Geld ohne Ende«, flüsterte sie eines späten Nachmittags atemlos an seiner feuchten Schulter und spielte mit einer Strähne seines langen Haares. »Schon seinem Vater gehörten einige Grundstücke am Tegernsee, außerdem zwei Mietskasernen hier in München, natürlich auch Aktien, alles, was du willst. Sieli müsste keinen Finger krumm machen, wir haben so an die zwanzig, fünfundzwanzig Millionen in Immobilien, Aktien und richtig gut Bares auf diversen Konten. Aber er liebt dieses ›Herr Oberstaatsanwalt‹-Ding, du weißt schon. Seine Limousine, den Chauffeur, das Büro mit zwei Tippsen drin, das Image und wie alle in Restaurants und so um ihn rumschleimen. Unsere Dreißig-Zimmer-Villa von Annovergissmeinnicht am See, mit Bootshaus und privatem Badestrand solltest du mal sehen. Und ich? Ich hasse diesen museumsartigen Affenkäfig. Stell dir mal vor, für den Tegernsee gibt es nur ziemlich wenige Lizenzen für private Boote mit Elektromotor. Die Lizenz muss man in jedem Jahr neu beantragen, und die gilt dann auch nur für vier Wochen. Aber mein Django von der Staatsanwaltschaft hat eine Dauerkarte.«

Hagen verstand nichts von alledem, aber er nickte wissend, seufzte schwer und streichelte ihre Brüste.

Sie beugte sich vor und küsste seine feuchte Wange. »Und mein Sieli, der kauft sich im letzten Jahr zum Geburtstag auch noch eine mistneue Albin 30 AC und lässt sie für insgesamt eine Viertelmio innen zurechtbauen und mit E-Antrieb ausstatten. Von außen sieht der Kahn aus wie jede andere Albin, aber innen, wow, mein lieber Scholli. Du glaubst, du bist in einer Suite vom ›Peninsula‹-Hotel in Hongkong gelandet. Und da vögelt er am Wochenende irgendwelche Touri-Tussen, die er am Bootssteg vom Yachtclub auftut.«

Hagen drückte etwas härter zu, sie bog den Rücken durch und stöhnte auf. »Ahhh, ja, gut so.«

»Wie macht er das?«

»Was, Tussen vögeln? So was fragst ausgerechnet du? Geh mit der Hand weiter runter. Ja, da, genau so. Also, das Tussen-Angeln hat er mal in einem alten Film mit Kevin Costner gesehen. Kevin sitzt, ganz in Segler-Weiß und barfuß, hinten neben dem Steuerrad und trinkt Champagner. Kevin hat natürlich keine Kapitänsmütze auf, die braucht er bei seinem Aussehen auch gar nicht. Wie er da so sitzt und schräg Kevin-mäßig auf die Mädels runtergrinst, die staunend am Bootssteg flanieren und fotografieren, hebt er sein Glas in Richtung Meer und sagt: ›Hey, Ladys, wollt ihr das alles mal von da draußen aus fotografieren? Ich fahr nämlich gleich raus.‹ Zack, und schon hat er eine oder zwei auf dem Kahn. So macht mein Sieli das auch. Nur hat Sieli eine von diesen albernen goldenen ›Traumschiff‹-Kapitänsmützen auf seiner Halbglatze. Und dem Kevin Costner sieht er nicht mal am Arsch ähnlich. Also, sie fahren erst mal Volldampf raus, dann wirft Sieli den Schleppanker. Ab jetzt fließt reichlich Alkohol, und irgendwann, nach der dritten Flasche, lässt er die Badeplattform runter, und man geht schwimmen. Nackt natürlich, danach kuschelt man sich fröstelnd unter Deck aneinander, und spätestens jetzt wächst der Spargel.«

Hagen schaute sie erstaunt an. »Was, die essen dann? Im Liegen?«

Sie schlug ihm lachend auf den Hinterkopf: »Ja klar essen

die Mädels dann, aber ein Stück von ihm. So, wie ich das bei dir immer mache. Lass deine Hand da unten, ja?«

Was für ein schlauer Hund, dachte sich Hagen, der Mann hat's einfach drauf.

Heide schaute auf die Uhr und erschrak. »Du lieber Himmel, ich muss los. Komm, lass es uns schnell noch mal machen!«

3

Drei Tage vor der Entführung, in der Nacht vom 3. auf den 4. Juni, 1:47 Uhr

In dieser Nacht fand Hagen keinen Schlaf. Nicht dass ihn die freitägliche Bettakrobatik am Nachmittag mit Heide besonders strapaziert hatte, denn so was zog er durch und war mit den Gedanken meist woanders. Nein, der Gedanke an das viele Geld hielt ihn wach.

Er lag nackt auf seinem von einer Industriellengattin gesponserten Fünftausend-Euro-Kingsize-Boxspringbett und starrte sich in dem Zwei-mal-zwei-Meter-Spiegel an der Zimmerdecke im kargen Licht der runtergedimmten Leselampe an. Gegen zwei Uhr setzte er sich ruckartig auf und ließ die Beine über die hohe Bettkante baumeln. Aus dem Wohnzimmer hörte er das Brummen seines Handys, und von der Straße, die sechs Stockwerke unter seinem kleinen Penthouse lag, drang der Gesang der Autoreifen, die über den regennassen Asphalt summten und ihm das Lied der Stadt sangen, die niemals schlief.

Er stieß sich mit den Händen ab, glitt vom Bett und ging im Halbdunkel in das kleine Wohnzimmer und weiter zur Küchenecke, um sich aus dem roten Smeg-Retrodesign-Kühlschrank eine Cola Zero zu holen. Dann setzte er sich auf das cognacfarbene Rolf-Benz-Sofa, nahm einen Schluck, rülpste und schnappte sich das Handy, nachdem es erneut losbrummte und sich dabei auf dem niedrigen runden Glastisch um sich selber drehte wie ein hilfloser dicker Käfer, der auf dem Rücken gelandet war.

Sechsundzwanzig neue Nachrichten. Sieh dir das bloß an. Schlafen denn diese Weiber nie, dachte er und seufzte. Die letzten acht SMS waren von Heide. Er scrollte sich durch die Zeilen. »Ich hasse ihn und liebe dich.« – »Ich will zu dir.« –

»Lass uns das Ding machen und abhauen.« – »Du und ich, in einem fernen Land – forever happy.« – »Ich werde schon feucht, wenn ich nur an dich denke.« – »Entführe mich.« – »Wir könnten auch drei oder vier Mios verlangen.« – »Tu was. Du kannst es – Für immer dein. Ruf mich morgen früh Punkt neun an. Überleg dir, was wir heute besprochen haben!!! Ich liebe dich!!!«

Hagen schüttelte ungläubig den Kopf und kratzte sich über dem Ohr. Die meinte es ernst, verflucht noch mal. Dieses verrückte Weib. Nachdem er noch einen Schluck von der eiskalten Cola genommen hatte, stellte er die Dose neben das Handy und ging wieder ins Bett.

Er legte sich auf den Rücken, schloss die Augen und versuchte, seinen Atem kontrolliert von der Brust in den Bauch zu bekommen. Langsam durch die Nase einatmen, kurz innehalten, dann vom Bauch aus die Luft gemächlich nach oben drücken und durch einen schmalen Spalt zwischen den Lippen langsam entweichen lassen. Die Gedanken fliegen wie Wolken, die hoch am Himmel ihre Bahn ziehen. Gib deine Gedanken den Wolken mit. Lass sie schweben, der Kopf wird leer … Der Schlaf kommt und nimmt dich mit … Deine Augen werden schwer … Deine Arme und Beine sind entspannt und locker … Der Schlaf nimmt dich mit in ein verwunschenes Reich … Du versinkst wie eine Feder, die kreiselnd in einen tiefen dunklen Brunnenschacht schwebt … Und weit unten … warten die Träume, in denen du fliegen kannst … frei wie ein Adler.

Aber die Gedanken, die ihm Heide heute Nachmittag in den Kopf gesetzt hatte, vermischt mit den Texten der acht SMS-Nachrichten, verließen seinen Kopf nicht. Im Gegenteil. Es wurden immer mehr, wie eine Armee von Spinnen, die aus einer Papiertüte krabbelten.

Hagen riss die Augen auf und sah sich selbst im fahlen Licht der Halogenlampe. Sein Spiegelbild über ihm schien hämisch zu grinsen, dann war plötzlich in seinem Inneren eine leise, unwirklich flüsternde Stimme.

Santo Moro, was tust du? Dich meine ich, genau, schau dich

nur an. Was siehst du da? Einen alternden Gigolo? Okay, du bist jetzt um die vierzig. Alles läuft ganz gut. Noch. Aber was ist in ein paar Jahren? Heiraten wird dich keines der Weiber, die dich heute genießen und dann schweißnass von dir steigen wie von einem Karussellpferd mit Stange, das kannst du vergessen. Und warum? Weil du nicht gesellschaftstauglich bist. Mit dir geht keine zu Dallmayr oder zum Käfer in der Prinzregentenstraße.

Hey, da war doch mal diese blonde Münchner Schauspielerin, wie heißt sie noch gleich? Ingrid Steeger. Tolles Weib, der feuchte Traum eines jeden Mannes. Aber die hat in den neunziger Jahren einen Indianer oder so was geheiratet, der Kerl hatte Zöpfe und eine Feder im Haar, als er in München aus dem Flugzeug stieg. Und obwohl sie ihm die Feder wegnahm und ihn in einen Smoking mit Schleife steckte, war sie von da an in der Münchner Bussi-Bussi-Liga ein Paria. Was ist aus ihr geworden, obwohl sie in mehr als hundert Filmen mitgespielt hat? Willst du es wissen? Oder lieber doch nicht? Okay, ich sage es dir: Sie lebt verarmt bei ihrer Schwester in der Nähe von Bad Hersfeld. Und was wird aus dir? Willst du als Eintänzer und Deckhengst auf amerikanischen Luxuskreuzfahrtschiffen um die Welt gondeln? Jedenfalls, solange du noch einen hochkriegst oder bis dich ein Infarkt in die Kiste klopft? Oder endest du lieber hier in München auf dem Kokain-Catwalk? Unten, in den Katakomben des Hauptbahnhofes?

Du nennst dich Hagen, wie der Krieger aus der Nibelungen-Saga, und bist doch nur ein Schwanz auf zwei Beinen. Wie sind denn in deiner Berufssparte die Aufstiegschancen, hm? Selbst für Pornos bist du jetzt schon zu alt. Hagen, Hagen, was soll nur aus dir werden? Der echte Hagen, dein Held und Vorbild, der edle Ritter, der wurde übrigens von Kriemhild erschlagen. Ist es das, was du willst? Dass dir irgendeine Matrone einen Kerzenleuchter über den Schädel zieht, weil sie mit deiner Performance im Bett nicht mehr zufrieden ist?

Schau dir die Heide an. Das ist ein cleveres Weib. Zieh das Ding mit ihr durch und dann ab in die Sonne, zu den Stränden in der Bacardi-Werbung. Mit dem ganzen Geld im Rücken wirst du es schon ertragen können, mit ihr zu leben. Und wenn du die Schnauze von ihr voll hast, mach einfach samt der Kohle die Flatter. Sie wird sich dann schon was überlegen und reuig zu ihrem Sugardaddy in die Millionenhütte am Tegernsee zurückkehren. Kerl, mach dich einmal in deinem Leben richtig gerade und riskier was …

4

Samstag, 4. Juni, 9:00 Uhr

»Heide?«

Er hörte ein raschelndes Geräusch, dann ihre schnellen Schritte und das Zuklappen einer Tür. »Ach, mein Liebling, ich konnte die ganze Nacht nicht schlafen. Aber jetzt bin ich vollkommen klar. Wollen wir es machen?«

Hagen drückte mit Daumen und Zeigefinger seine Nasenwurzel, bis der Schmerz kam, und kniff die Augen fest zusammen. Die Stimme aus seinem Inneren ertönte wieder, diesmal drängend, fordernd: Reiß dich zusammen. Das ist deine große Chance. Mach es. Zieh es durch.

Er holte tief Luft und sagte: »Wie soll das ablaufen?«

»Pass auf, es ist ganz einfach. Am Montagvormittag gehe ich exakt um elf Uhr aus dem Haus, weil mich Punkt elf Uhr fünfzehn eine Freundin oben an der Straße abholt. Das habe ich soeben mit ihr ausgemacht. Punkt elf bist du fünfzig Meter in Richtung Gmund, okay? Also, dort gibt es auf der rechten Straßenseite eine Parkbucht mit ein paar hohen Bäumen davor, da wartest du in deinem Auto. Ich steige ein, und wir fahren nach München. Dort nehme ich einen Zug oder Fernbus und verschwinde nach Österreich. Nach einer Woche oder so kommst du nach. Ich habe ein paar tausend Euro in bar, damit komme ich erst mal durch.«

»Moment ... Moment, ich ...«

»Psch, lass mich ausreden, Schatz. Der Sieli verlässt das Haus unter der Woche um Punkt sieben Uhr. Der Chauffeur holt ihn ab und bringt ihn in die Staatsanwaltschaft nach München in der Linprunstraße. Jeden Morgen von Montag bis Freitag dasselbe Prozedere. Sieli frühstückt immer im Büro, er lässt sich von seinen Tippsen was vom Käfer bringen. Ab neun kommen meist ein paar seiner Staatsanwälte zu Besprechungen. Sieli ist Dezernatsleiter OK, Organisierte Kriminalität und Betäubungsmittelkriminalität. Ausgerechnet der, der sich selber ab und zu mal gerne eine Line oder zwei vergönnt. Dass ich nicht lache.«

»Mach weiter.«

»Jaja. Abends bringt ihn der Chauffeur wieder heim. Das wird manchmal ganz schön spät, dann spricht er mir aber eine Message aufs Handy, wenn es nicht eingeschaltet ist.«

»Warum ist dein Handy manchmal nicht eingeschaltet?«

»Na, wenn ich im Yoga oder beim Schwimmen bin. Oder mit dir im Hotel, du Dummerchen. Weil du dann in mir bist und ich dabei bestimmt nicht mit dem Sieli über ein spätes Abendessen plaudern möchte, klaro?«

»Ja.«

»Gut. Zurück zu Montag. Um elf gehe ich also aus dem Haus und werfe einen Brief in den Briefkasten. In dem steht, ich sei entführt worden, er soll innerhalb von vierundzwanzig Stunden drei Millionen Euro in bar bereitstellen. In Fünfhundertern. Keine Polizei, er hört von uns.«

»Von uns?«

»Von den Entführern, mein Lieber. Auf dem Brief sind natürlich keine Fingerabdrücke oder so. Damit kenn ich mich aus. Schließlich bin ich die Frau eines Oberstaatsanwalts.«

»Warte. Ist das nicht unheimlich viel? Drei Millionen? An Gewicht und Masse und so?«

Sie lachte hell auf. »Ach, du Träumer. Eine Million in Fünfhundertern, das ist ein Stapel von zweiundzwanzig Zentimetern. Dieses Maß kennst du doch ganz gut, oder? Was für ein witziger Zufall. Also, dann sind drei Millionen drei solcher Stapel, und die passen in eine Bürotasche, einen Rucksack, was weiß ich.«

»Aha. Und wie bitte soll die Übergabe stattfinden?«

»Da habe ich schon einen perfekten Plan, mon chéri. Das erzähle ich dir alles haarklein, wenn es so weit ist. Aber zuerst muss er zahlen. Drei Millionen, die hat er in einem Tag flüssig. Hast du alles andere so weit verstanden?«

Hagen spürte, wie ihm der Schweiß ausbrach. »Jaja, aber warte mal, eure Toreinfahrt wird doch von Kameras überwacht, genau wie der Park und das Haus. Das hast du mir selber mal erzählt. Du hast gesagt, das sind Webcams, er kann die einzelnen Kameras über sein Handy kontrollieren, wenn er wissen will, ob du zu Hause bist. Bei euch gibt es um die zwanzig von den Dingern, die Hälfte davon im Haus und in verschiedenen Räumen. Erinnerst du dich?«

»Klar doch, Darling, es gibt sogar versteckte Notrufbuttons. Wenn er auf einen von diesen Knöpfen draufdrückt, ist ruckzuck die Kavallerie da. Aber es wird eine Störung oder einen Kurzschluss oder so was geben. Die Kameras sind auf jeden Fall am Montagvormittag ab kurz vor elf Uhr ausgeschaltet. Ich stelle immer die Alarmanlage auf scharf, wenn ich das Haus verlasse. Die ist mit den Kameras gekoppelt. Am Montag, um eine Minute vor elf, da wird das dumme Frauchen einen Fehler beim Einschalten der Anlage verursachen, der die Elektronik samt den Kameras lahmlegt. Ich bin ja so dumm, was moderne Technik angeht, sagt er immer. Aber Sieli wird sowieso versuchen, das alles ohne Polizei zu regeln, wenn irgendwie möglich.«

»Warum sollte er das tun?«

»Weil er in ein paar Jahren Generalstaatsanwalt werden will, du Dummerchen, da darf nichts seine ach so weiße Weste trüben, nicht mal die Entführung seiner Frau. So, noch Fragen?«

»Jede Menge. Wollen wir das Ganze nicht verschieben? Für meinen Geschmack sind da zu viele Wenn und Abers ... und außerdem ...«

Sie schnaufte laut. »Nein. Und noch mal nein. Ich gehe am Montag um Punkt elf Uhr durch die Toreinfahrt. Wenn du mich liebst, bist du da. Wenn nicht, verschwinde ich in Eigenregie. Hier bleibe ich nicht länger. Ciao, mein Liebling. Ich zähle auf dich. Beweise mir deine Liebe. Dieses Handy schalte ich jetzt aus und werde es zerstören.«

Hagen starrte auf das Telefon in seiner Hand. Langsam

lehnte er sich auf dem Sofa zurück und legte die Füße auf den Glastisch. Will ich das wirklich, dachte er, und wenn ja, kann ich ihr vertrauen? Die Heide ist zwar vieles, aber auf keinen Fall dumm oder so naiv, wie sie sich manchmal gibt. Die weiß sehr genau, was sie will. Und eine wie sie kann jeden Mann haben. Sie sieht aus wie Lauren Hutton in diesem alten Film mit Richard Gere. »Ein Mann für gewisse Stunden«, du weißt schon.

So was bin ich ja auch, grübelte er, ein Mann für gewisse Stunden. Nur war Lauren Hutton eine von den Guten, die den schönen Richard am Schluss des Films gerettet hat, indem sie sich zu ihm bekannte und ihm das entscheidende Alibi gab.

Was aber, wenn Heide mit mir genau das Gegenteil vorhat? Hagen rollte seinen Kopf auf der niedrigen Rückenlehne des Sofas, spürte das Knacken unterhalb des Genicks und spann den Faden weiter: Stell dir mal vor, sie benutzt mich nur. Gut, dabei sind ein paar tolle Ficks für sie rausgesprungen, und sie hat ein paar tausend Euro in mich investiert.

Aber, nur mal angenommen, sie will aus Gründen, die ich nicht kenne, weg von ihrem Alten. Er will sich nicht scheiden lassen, also zieht sie ihm ein paar Millionen aus der Tasche und macht sich damit vom Acker.

Mich braucht sie, um das Ding durchzuziehen. Warum hat sie mir nicht gesagt, wie die Geldübergabe ablaufen soll? Und was ist, wenn der Alte doch seine Hunde loshetzt, dann kommen die über kurz oder lang auf mich, den Callboy Hagen. Und was finden sie raus? Dass mir eigentlich nichts in meinem Leben gehört. Alles, was ich habe, wurde mir finanziert, ich zahle nicht einmal meine Miete oder die Leasingraten für den Porsche selber.

Hagen konnte sich schon in einer von diesen Verhörzellen sehen, du weißt schon, ein großer Raum, Halbdunkel, zwei Kerle oder ein Mann und eine Frau sitzen ihm an einem langen dunklen Tisch gegenüber. Die Stirnseite des braunen Raumes besteht auf halber Höhe aus einem dunkel getönten Einwegspiegel. Dahinter stecken zwei oder drei weitere Verhörprofis, vielleicht auch noch ein Polizeipsychologe oder ein Profiler, und die geben den beiden Greifern im Raum über kleine Mikros, die diese im Ohr haben, die Fragen durch.

»Seit wann kennen Sie Heide Sielmann, Herr … oh, wie spreche ich Sie denn eigentlich korrekt an? Das verwirrt mich jetzt aber ziemlich.«

Und er, schon sehr verunsichert, denn man hatte ihn zwei oder drei Stunden allein gelassen in dem Raum, in dem nur das monotone, leise Surren der langen, dünnen Neonlampe an der Decke zu hören war: »Wie bitte?«

»Na, Ihr Name. Sie heißen doch, warten Sie mal, dass ich das jetzt nicht verkehrt ausspreche …« Der Kerl, der ihm gegenübersitzt, runzelt die Stirn und blättert in einer telefonbuchdicken Akte, die er bei seinem Eintreten so vorsichtig auf den Tisch legte, als wäre der dicke Packen Papier aus feinstem Glas, das bei einer heftigen Berührung in tausend kleine Scherben zerspringen würde. »Ah ja, hier habe ich es … Sie heißen Santo Moro, geboren am 27. Februar 1979 in … Xàbia … Habe ich das richtig ausgesprochen, mit ›X‹ wie bei Xanthippe, der Ehefrau des Sokrates, nein, oder? Wie spricht man das denn aus, Herr Moro?«

Und ohne zu überlegen, sagt er: »Man spricht es ›Chàvea‹ aus, mit weichem ›Ch‹, und der kleine Ort liegt in einer Bucht in der Nähe von Benidorm.«

Sein Gegenüber lächelt erfreut. »Ach ja? Ich war vor vielen Jahren mit meinen Eltern mal in Benidorm, das war wunderschön. Ist Benidorm immer noch so beliebt als Urlaubsort?«

»Ja, nur kommen seit den neunziger Jahren viele Engländer dorthin, die sind laut und trinkfreudig, habe ich gehört.«

Jetzt mischt sich der zweite Verhörprofi ein. Nehmen wir mal an, es ist eine Frau. Sie beugt sich interessiert etwas vor und sagt: »Verwechseln Sie das jetzt nicht mit Argentinien, Herr Moro? Oder sollen wir Sie lieber Herr di Uiburu nennen? Wo haben Sie übrigens den argentinischen Pass her? Der ist sehr gut gemacht, aber nichtsdestotrotz falsch.«

Und bevor er sich eine Antwort überlegen kann, kommt

schon der nächste Hammer. »Ihr Fitnessstudio wirft so gut wie keinen Gewinn ab, womit finanzieren Sie eigentlich Ihren aufwendigen Lebensstil? Ich meine, wer zahlt die Leasingraten für Ihren Porsche? Und die Miete für Ihr Penthouse und das Studio? Alle Geräte im Studio sind geleast, das kostet doch sicherlich ...« Sie schaut ihren Kollegen fragend an. »Was, meinst du, kann so was pro Monat kosten? Ein Dutzend Hightech-Geräte, die riesigen Plasmafernseher an den Wänden und der ganze übrige Kram? Ich kenn mich mit so was überhaupt nicht aus. Weil ich mir die Mitgliedschaft in so einem exklusiven Laden wahrscheinlich auch nicht leisten kann.«

Der Kollege würde seine Stirn in Falten legen, sich mit dem Kuli an seine untere Zahnreihe klopfen und grübelnd zur Neonleuchte hochstarren. Dann würde er den Blick langsam zu Hagen runtergleiten lassen und mit seiner sanften, weichen Stimme freundlich lächelnd sagen: »Ich habe keine Ahnung, aber Sie, Herr Moro-di-Uiburu, Sie wissen das doch ganz genau, oder nicht?«

Dann würde er mit dem Kuli auf ihn zeigen und den Fangschuss abfeuern. »Wo ist Heide Sielmann?«

Genau so würden sie ihn in die Enge treiben. Diese Vorgehensweise hatte er in dieser Netflix-Serie gesehen, du weißt schon, welche ich meine, wie heißt sie noch gleich? »Criminal«? Genau. Die gesamte Serie spielt in einem Verhörraum, erinnerst du dich? Ein phantastisch gemachtes Kammerspiel im Halbdunkeln, und am Schluss siegen immer die Verhörprofis.

Hagen riss die Augen auf und schaute sich in seinem kleinen Wohnzimmer um, wie einer, der aus einem langen, tiefen Traum hochschreckt und erst mal überlegen muss, wo er überhaupt ist.

Dann kam ihm eine Idee: Ich werde sie nicht selber abholen, dachte er. Auf keinen Fall. Jemand anderes muss das für mich tun. Aber wer?

Er nahm sich eine Cola Zero aus dem Kühlschrank und ging damit auf die Terrasse. Unten auf der Straße stand ein weißer DPD-Sprinter, die seitliche Schiebetür weit offen. Ein Paketbote in kurzen braunen Hosen und weißem T-Shirt wühlte im Inneren des Laderaums zwischen kleinen und größeren Kartons.

Hagen ging wieder ins Wohnzimmer, nahm einen weiteren Schluck aus der Dose und lehnte sich an die Wand. Schnell scrollte er seine Handykontaktliste durch, schüttelte aber immer wieder leicht den Kopf. Bei »J« wurde er fündig und zog die Luft scharf durch die untere Zahnreihe ein. Da haben wir doch einen, Joe, der Teilzeit-Nazi.

Der Kerl war seit einem halben Jahr Trainer bei ihm im Studio. Und Hagen wusste, dass er ab und zu irgendwelche Dinger drehte. Erst vor ein paar Wochen kam er mit zwei goldenen Rolex-Uhren an, die er Hagen ziemlich günstig anbot. »Sind vom Laster gefallen, Boss, und mir genau vor die Füße. Lächerliche drei große Lappen pro Stück, im Laden kriegst du keine unter zwanzigtausend. Was meinst du?«

Noch am selben Abend hatte er Susanne nach dem Sex erzählt, wie günstig er an eine Rolex kommen könnte, nur sei er im Moment nicht so ganz flüssig. Kleiner finanzieller und momentaner Durchhänger, du verstehst, mein Schatz? Aber die Fünftausend, wenn du mir die vorstrecken könntest? Und sie meinte: »Na klar, mein Gigolo, ich strecke vor, und dafür streckst du mir aber gleich noch mal dein bestes Stück rein. Und wir spielen Brüderchen-Schwesterchen.«

Dieses Weib, eine völlig verkorkste und leicht verfettete Bankdirektoren-Gattin um die fünfzig, konnte keinen normalen Sex haben. Immer waren es irgendwelche Rollenspiele: Hagen mimte einen Einbrecher, maskiert und in schwarzen Klamotten. Er fesselte sie ans Bett, knebelte sie und nahm sie von allen Seiten. Sie kreischte, was wegen des Knebels aber wie eine defekte Kreissäge klang, und kam dreimal hintereinander. Oder sie war die sechzehnjährige Jungfrau und er der brunftige Klempner, der sie verführte. Das Brüderchen-

Schwesterchen-Spiel hasste er am meisten, und wie immer war er nahe dran, sie zu fragen, warum sie eigentlich nicht normal vögeln konnte, wie andere Bräute auch. Aber am nächsten Vormittag hatte er seine Rolex und noch zweitausend Euronen extra obendrauf.

Genau, dachte er lächelnd, Joe war sein Mann.

5

Samstag, 4. Juni, 9:58 Uhr

»Joe?« Hagen hörte nur heftiges Atmen am anderen Ende der Leitung.

»Jau, Boss, ich wisch grade die Hanteln ab, was geht?«

»Wie, bist du schon im Studio?«

»Okidoki, Boss, in genau zwei Minuten schließe ich auf. Die nervige Rothaarige mit dem Hängearsch klopft schon seit Viertel vor an die Glastür und macht sie voller Fingertapser. Die glaubt, ich putze zum Spaß.«

»Schick sie gleich auf das Laufband und mach sie platt. Ich bin in zehn Minuten da. Muss dringend was mit dir bequatschen.«

Joe schnalzte mit der Zunge. »Oh Scheiße, ist was mit der Rolex?«

»Nein, die ist super. Ich hab einen Job für dich, bringt dir eine Menge Kohle für eine halbe Stunde Einsatz.«

Jetzt lachte der Kerl und sang: »Hey, hey, hey, Boss, ich brauch mehr Geld.« Und dann, mit normaler Stimme: »Ich liebe dich, Mann, bis gleich.«

Hagen ging ins Bad, zog sich an und fuhr mit dem Lift bis runter in die Tiefgarage. Sein knallrotes 911er Cabrio stand ganz hinten, gleich neben dem gelb-schwarzen McLaren 570S des Anwalts aus dem ersten Stock. Lührfels hieß der Kerl, war um die sechzig, hatte Gicht und Rücken, machte aber gerne einen auf Clint Eastwood. Hagen hatte sich den McLaren mal näher angesehen, da fiel ihm auf, dass er einen orthopädischen Fahrersitz mit verlängerter Lordose-Schiene hatte.

Stell dir das mal vor, der alte Gichtknochen kauft sich einen Supersportwagen, der gerade mal so einen Meter und noch was hoch ist, mit Flügeltüren und fünfhundertsiebzig PS, aber Clint Nummer zwei hat es böse im Kreuz. Wie der schon einsteigt, in den rasenden Sarg, das allein war schon eine Nummer. Hagen hatte es mal beobachtet. Lührfels ließ sich mit schmerzverzerrter Miene in die gelb-schwarze Auster gleiten und sagte zu Hagen, der sich lässig aus seinem Porsche schwang: »Der Rücken, ich hab's verteufelt im Rücken. Und dann noch die Scheiß-Gicht. Aber ich bin verrückt nach der Kiste. Hab sie supergünstig gekauft, von einem Klienten, der es noch mehr im Rücken hat als ich.«

Grinsend ließ Hagen seinen Roten aufheulen und fuhr mit quietschenden Reifen die Rampe hoch. Zehn Minuten später war er im Studio und ging an der keuchenden Rothaarigen im pinken Latexbody vorbei, die verzweifelt versuchte, ihn sexy anzulächeln, ohne dabei von dem sehr schnell gleitenden Laufband zu stürzen.

»Rita, du siehst wieder supergeil aus. Dass dich dein Kerl so aus dem Haus lässt, verstehe ich überhaupt nicht.« Schnell gab er ihr einen Klaps auf den Hintern, der auch heute ziemlich traurig durchhing. »Und dein Arsch erst, Mann, da kann man eine Colaflasche dran aufmachen.«

Sie himmelte ihn schwitzend an und warf ihm einen Luftkuss zu.

Kurz darauf saß er mit Joe in der Abstellkammer.

»Setz dich. Ich mache es kurz. Da gibt es eine Frau, die will von ihrem Alten weg. Jetzt, am kommenden Montag. Es wird so ablaufen: Sie kommt um Punkt elf Uhr aus dem Haus. Es soll ein bisschen wie eine Entführung aussehen, ist aber keine, denn sie will ja mit.«

Joe schaute ihn begriffsstutzig an. »Warum dann der Entführungsscheiß, wenn es keine ist?«

Hagen seufzte. »Was weiß ich? Mann Gottes, vielleicht arbeitet ein Nachbar im Garten hinter einer der Hecken und sieht was, oder draußen auf dem See ist ein Segler oder ein Stand-up-Paddler, der was mitbekommt. Es muss jedenfalls einigermaßen echt aussehen.«

»Wer ist auf welchem See?«

Hagen beugte sich vor. »Das sage ich dir gleich. Hör mir

jetzt mal zu. Und dann sagst du mir, ob du das machst oder nicht, okay? Einfach mal fünf Minuten die Schnauze halten. Kriegst du das hin?«

Joe nickte zwei Mal und fuhr sich mit Daumen und Zeigefinger quer über die zusammengepressten Lippen, drehte die Hand und warf dann einen imaginären Schlüssel rückwärts über die Schulter.

»Guter Mann, der Mann. Also, die Frau kommt am Montag um elf Uhr aus einer Toreinfahrt. Punkt elf. Du nimmst sie dir, schiebst sie in ein Auto und dann ab dafür. Vielleicht macht sie ein bisschen Show, aber alles ohne Geschrei, denn sie will ja entführt werden. Sie wird dir sagen, wohin du sie bringen sollst, und da lässt du sie raus. Dann verpisst du dich. Alles ganz einfach, oder?« Hagen lächelte Joe an und klatschte in die Hände.

Joe deutete mit dem Zeigefinger auf Hagen und sagte laut lachend: »Hey, Bro, ist das die Alte, die auf Rollenspiele steht? Wo ich vor zwei Wochen nachts vor dem riesigen Wohnzimmerfenster stehen musste und einen Spanner mimen musste, aber so, dass sie mich bemerkt, während du sie in Kochklamotten von hinten auf dem Glastisch gepudert hast? Geil, so ein Job gefällt mir immer. Äh, hast du nicht auch was von Kohle gesagt?«

Hagen verdrehte die Augen. »Hör doch zu, wenn ich mit dir rede, Mann. Das hier ist eine andere Nummer. Ohne Sex und so. Es muss lediglich wie eine richtige Entführung aussehen. Mit Maske über der Rübe und so weiter. Schau mal, so sieht sie aus.«

Er ließ sein Handy über die Tischplatte schlittern, und Joe schnappte es mit einer schnellen Handbewegung. Er starrte auf das Foto auf dem Display. »Scheiße, Mann, das ist die Dings aus dem Studio, wie heißt sie noch gleich? Die knallst du doch auch? Was für ein Rasseweib. Hey, so einen Schlag bei den Weibern wie du, den hätte ich auch gern.«

Die Frau auf dem Foto war Heide. Die Aufnahme war von schräg oben gemacht worden: Heide in der Hocke vor einer Tulpenrabatte des kleinen Hotels, in dem sie ihre zwei Nachmittage pro Woche verbrachten. Hagen hatte das Foto vor zwei Wochen geschossen. Sie pflückte rote und gelbe Tulpen und trug ein knielanges weißes Sommerkleid mit großen blauen Blumen drauf. Auf dem Kopf hatte sie einen hellen Strohhut, weswegen man die obere Hälfte ihres Gesichts in dieser Schräg-von-oben-Perspektive nicht allzu deutlich sehen konnte.

»Ja klar doch, das isse«, griente Joe, »ich kenn sie ja nur in diesen engen Fick-mich-Klamotten, die sie hier im Studio immer anhat. Da auf dem Foto sieht sie ein bissel anders aus. Hast du die Adresse?«

Hagen nahm einen kleinen Zettel, den er zusammengefaltet neben seiner rechten Hand liegen hatte, und schob ihn zu Joe rüber. »Da. Lern die Anschrift auswendig und gib mir den Wisch wieder. Sicher ist sicher.«

»Geil, wie im Film, Mann.« Joe runzelte die Stirn, seine Lippen bewegten sich lautlos. Dann schaute er hoch. »Hab es gespeichert. Wie schaut es mit Schotter aus?«

»Ich geb dir jetzt zweitausend. Den Rest, noch mal zweitausend, bekommst du am Montag hier von mir. Rede nicht mit der Frau, sie redet auch nicht mit dir. Sie sagt dir nur, wohin. Lass sie genau da raus und verkrümel dich. So weit alles klar?«

Joe nickte und kratzte sich am Kopf. »Ich wollte ja früher mal Schauspieler werden, hab ich dir das schon mal erzählt? Weil man da, also, beim Film, die tollsten Weiber kennenlernt. Hat aber irgendwie nicht so geklappt, obwohl ich schon mal als Statist in einem Werbespot für Weichspüler mitgespielt habe. Ich musste da im Hintergrund mit dreckigen Klamotten rumstehen und traurig aussehen, dann –«

Hagen hob die Hand. »Superinteressant, aber ich muss gleich wieder los. Du machst das also?«

Joe stand auf und hob beide Daumen. »Aber klaro, Boss. Ich hab da nur noch eine kleine Idee, weil, es muss ja krass echt aussehen. In den Filmen, da sind die Gangsta-Boys immer zu zweit und machen so einen Job meistens mit einem

Bus, ich meine, einem Bulli, Sprinter oder so. Also, ich hab da einen Kumpel, der hat Zugriff auf einen Bulli, mit gefakten Nummernschildern und so. Der kann auch zwei von diesen Automonteur-Blaumännern organisieren. Und Schirmmützen. Alles gebraucht, mit echten Flecken drauf. Pass auf: Ich fahre neben die Alte, mein Kumpel springt aus dem Bus, packt sie und schwingt sie in den Laderaum. Falls dann wirklich irgendwer zufällig was sehen sollte, sieht alles so was von voll echt aus, wie im Film. Ist das cool, oder ist das cool, Mann?«

Während in Hagen erste Zweifel aufstiegen, ob so eine Flachbirne wie der Nazi-Joe der Richtige für Heides Abholung war, redete der Kerl begeistert weiter. »Hey, mein Kumpel Pille steht auf so krasse Action. Der macht endgeil mit. Kost' dich auch nicht mehr Kohle. Na ja, ein weiterer Tausi für Unkosten muss aber schon drin sein.«

»Was für Unkosten?«

»Na, der Bulli, Sprinter oder was immer. Und Pille bezahle ich von meinen Viertausend. Das ist jetzt aber schon ein Sonderangebot. Pre-Summer-Sale, oder so was. Und, was läuft?«

Hagen gab auf. »Okay, aber mach genau das, was ich dir gesagt habe. Versau es nicht. Und sei vorsichtig, die Gegend, wo die Frau wohnt, das ist die reine Feine-Pinkel-Area, da dürft ihr nicht groß auffallen, sonst ist ruckzuck die Bullerei in voller Aufstellung da.«

Joe salutierte zackig. »Yes, Boss, Mr Hagen, Sir. Der Job ist hiermit in Profihänden.«

Er legte eine schnelle Hundertachtzig-Grad-Wendung hin, ging zur Tür und drehte sich im Rahmen noch mal um. »Ich liebe diese Rollenspiele. Wenn du mal eine hast, die es gerne von zwei richtigen Knallern besorgt haben will, bin ich dein Mann. Für lau, kost' dich nix. So eine Nummer geht bei mir aufs Haus.«

6

Wer ist der Nazi-Joe?

Tolstoi hat mal gesagt: »Die Wahrheit kann man herausfinden, indem man die Lügen vergleicht.«

Die Wahrheit über sein eigenes Leben könnte man auch relativ schnell finden, wenn man nur aufhören würde, sich selbst zu belügen. Ich meine, während sich manche von uns über Erfolge von anderen ärgern und neidvoll grübeln, warum der oder die dies oder jenes geschafft hat, man selber aber nicht, fängt man schon an, gefährlich zu leben.

Warum? Weil sich dann zu allem Überfluss der Neid in dein Leben schleicht. Und der ist wie ein glühendes Stück Holzkohle, das deine Seele verbrennt.

Und eine verschmorte Seele lässt die Vernunft gleich mit verglühen.

Schau dir bloß mal den Joe an. Ein netter Junge aus einem normalen Elternhaus. Ein Einzelkind, verwöhnt und verzogen und obendrein stinkfaul, weil ihm seine Mutter immer alles durchgehen ließ und der Vater mit dem Jungen nichts anfangen konnte. Überhaupt war Joes Vater ein ruhiger, introvertierter Mann, der den Jungen manchmal interessiert betrachtete wie ein seltenes Tier im Glasterrarium. Wobei ich sagen muss, Joes Vater war kein Tierfreund, und das schloss Menschen mit ein.

In der Grundschule war Joe, der natürlich Josef hieß, gefürchtet. Wegen seiner unkontrollierten Wutausbrüche und seines Drangs, die Schwächsten und Kleinsten zu verprügeln. Diverse Lehren brach er genauso schnell ab, wie er sie begonnen hatte, und bald landete er in einer üblen Clique.

Auf wilden Kellerpartys bekam er Kontakt zu einer Truppe von Neonazis. Ihn faszinierte ihr selbstbewusstes Auftreten, und er fand es geil, grölend durch die Stadt zu ziehen und ab und zu mal Zecken klatschen zu gehen.

Er begann, sich schwarz zu kleiden, hörte braune Gruppen wie »Unser Kampf« und mochte den Rechtsrock, die White-Power-Music und Hatecore.

Schnell wurde er zum Hofnarren der Truppe und ließ sich, als »Aufnahmeritual«, von einem der Jungs ein riesiges Hakenkreuz auf den Rücken stechen. Und die Haare scheren. Eine Glatze mehr in dieser wunderbaren Stadt.

Das gestörte Verhältnis, das seine Jungs zu ausländischen Menschen aller Hautfarben hatten, begriff er jedoch nicht. Ebenso wenig konnte er mit der rechten Rhetorik anfangen. Springerstiefel mit weißen Schnürsenkeln und die geheimen Zeichen der Gruppe fand er allerdings endgeil.

Dummerweise erwischten ihn drei seiner Jungs, wie er eines Abends auf einer Parkbank mit Li am Rumknutschen war. Li war sechzehn, eine vietnamesische Schönheit und die Tochter des Inhabers dieses kleinen Asia-Shops am Bahnhof, du weißt schon.

Joes Nazi-Kumpel verdroschen ihn an dem Abend dermaßen, dass er eine Woche im Krankenhaus lag.

Ein paar Tage danach tauchte er in Hagens Studio auf und fragte, ob er für lau trainieren dürfe, wenn er dafür ein bisschen arbeite. Nur ein oder zwei Tage die Woche, Alter, putzen, aufräumen, den Damen frische Tücher geben, Drinks machen, du weißt schon.

Und Hagen meinte, wenn er ungefähr so viele Stunden arbeiten würde, wie er trainiere, dann würde der Deal gelten.

Als Hagen allerdings Joes grauenhaftes Hakenkreuz-Tattoo zu Gesicht bekam, meinte er, der Deal gelte nur, wenn Joe immer ein T-Shirt mit Ärmeln tragen würde.

Im Laufe der Monate wuchsen dem Jungen viele neue Muskeln, während Hagen den Eindruck gewann, dass das Gehirn des Kerls diametral zum Muskelaufbau schrumpfte.

Aber auf Gottes unendlich großem Kronleuchter gibt es ja viele Kerzen. Große und kleine. Helle und matte. Einige brennen lange, andere irrlichtern ein bisschen herum und verlöschen flackernd in einem der vielen Stürme des Lebens.

Ich sage immer: Es ist nicht schwer, alt zu werden. Du gleitest einfach durch dein Dasein, und noch während du überlegst, was du draus machst, zack, macht das Leben was mit dir. Das ist wie in einem großen, langen Theaterstück, wo du auf der Bühne immer zur rechten Zeit an der richtigen Stelle sein solltest. Und du musst deinen Text draufhaben, wenn du dran bist. Sonst macht dich der große Regisseur da oben schnell vom Mitspieler zum Zuschauer. Und das kann ganz schön unschön werden, ja, was glaubst du denn?

7

Dienstag, 7. Juni, 9:12 Uhr

Nach dem Telefonat mit Dr. Becker erhob sich Stocker von dem schmalen Bett und taumelte in die Küche der »Endstation«, um sich einen starken Kaffee zu machen. Sein Kopf dröhnte, die Zunge nahm doppelt so viel Platz im Mund ein wie normal und fühlte sich an wie mit Pelz überzogen. Das Herz raste, und sein Kreislauf rebellierte, weil er zu schnell aufgestanden war.

Vielleicht war es auch der Traum, aus dem ihn der Telefonklingelton seines alten Nokia-Handys gerissen hatte. Anne war wieder mal bei ihm gewesen, wie schon so oft. Aber während er sonst meist ihren toten Körper betrauerte und auf der Suche nach ihrem Mörder den Kerl immer wieder aufs Neue jagte und tötete, jedes Mal grausamer und blutiger, war dieser Traum anders.

Anne und er hatten im Wohnzimmer des Penthouse in der Rosenheimer Innenstadt zu Abend gegessen. Die Cannelloni hatten sie zusammen zubereitet, auf dem weiß glänzenden Arbeitstisch der großen, offenen Küchenecke stand eine Flasche »Gavi dei Gavi Etichetta Nera« von La Scolca in einem gläsernen Kühler. Die Eiswürfel klirrten, wann immer er die Anderthalb-Liter-Flasche aus dem Kühler hob, um in die hohen Weißweingläser nachzuschenken.

Nach dem Abendessen, das in einer heiteren, friedlichen Stimmung verlief, küsste sie ihn während des gemeinsamen Gläserabwaschs auf den Nacken und flüsterte: »Schau dir die Sonne an, Albin.«

Durch die raumhohe Glaswand und die geöffneten Schiebetüren zur Terrasse hatte man einen schönen Blick über den Stadtpark. Die Sonne war hinter einem rotbraunen Wolkenband zwischen dem Horizont und den üppig grünen Parkbäumen am Verglühen. Vom Balkon der Wohnung unter ihnen schwebten Geigenklänge aus Mozarts Violinkonzert in A-Dur in den Raum, und man konnte selbst hier, in der Küchenecke, den frischen grünen Duft des kurzen Regenschauers riechen, der vor einer halben Stunde die vielen Bäume beglückt hatte. Die hellen Steinplatten der großen Penthouseterrasse glänzten nass im letzten Licht eines langen Tages.

»Möchtest du noch ein bisschen raus?«, fragte er, und Anne schloss die Augen und lehnte sich an ihn.

»Lass uns hierbleiben, der Abend ist zum Sterben schön.«

Dann veränderte sich ihr Gesicht. Sie griff sich mit beiden Händen an den Kopf, taumelte wie unter einem schweren Schlag und riss die Augen auf. »Jetzt noch nicht. Noch nicht. Albin, wo bist du?«

Er griff nach ihr, doch sie löste sich auf, und ein Klingelton riss ihn aus dem Traum. Vielleicht ganz gut so, dachte er in seinem zähen Aufwachprozess. Das Ende der Träume variierte zwar, aber der Schluss war immer der Gleiche.

Schluss wird auch bald für dich sein, sagte eine innere Stimme. Denn wenn du so weitersäufst, dann brauchst du nicht mehr auf die Kugel zu achten, die dich früher oder später trifft. Vorher platzt dir nämlich die Leber. Du wirst in ein paar Monaten zweiundfünfzig. Bist du nicht ein bisschen zu alt für fünf durchsoffene Nächte hintereinander? Ist aber auch egal, die Zeit ist das Feuer, in dem wir alle verbrennen, da kannst du machen, was du willst. Schau dir bloß ein Holzfeuer an. Manche Äste brennen schnell, sie bersten funkensprühend wie ein Minifeuerwerk, und weg sind sie. Andere Scheite lassen sich Zeit und scheinen sich gegen die alles zerfressende Glut zu wehren.

Er schaute grübelnd auf seine Hände. Sie zitterten, und die Knöchel der linken Hand waren aufgeschürft und blutverkrustet. Als er merkte, dass auch sein Kiefer schmerzte, griff er danach und spürte die Schwellung auf der rechten Seite.

Was war mit der Hand? Und mit seinem Gesicht? Er erinnerte sich vage, dass er es geschafft hatte, erst um zehn oder halb elf von Bier auf Wodka umzusteigen. Aber die Wirkung setzte schnell ein. So wie bei einer Rakete, wenn die zweite Stufe gezündet wird. Danach wurde alles ein bisschen verschwommener. Der Wodka machte alles weicher und machte Wachs aus seinem Rückgrat. Seine Wut und der grenzenlose Zorn, die ihn tagsüber zerfraßen, nahmen sich bei der Hand und entschwanden aus seinem Kopf. Selbst der ohnmächtige Schmerz über Annes und Zenos sinnlosen Tod, der in ihm brannte wie das jähe Auflodern eines Strohfeuers, fiel in sich zusammen und verschwand. Jedenfalls für ein paar Stunden. Und das war doch ein guter Deal, oder?

Stocker lehnte sich an den verschrammten alten Küchentisch und atmete tief durch, um des Schwindels Herr zu werden. Es hatte die ganze Nacht über heftig geregnet, und Drago hatte bei seinem letzten Rundgang wohl vergessen, eines der Küchenfenster zu schließen, das immer noch in Kippstellung war. Zwei dünne, klare Rinnsale suchten sich einen Weg über das Fensterbrett, auf dem Töpfe und Gläser mit Kräutern standen, und dünne Tropfen fielen auf die Tischplatte.

Stocker durchforstete die Nebelschwaden seines Gehirns auf der Suche nach Informationen zu letzter Nacht. Gesprächsfetzen huschten bruchstückartig durch sein Gedächtnis, und er sah das lachende Gesicht eines großen, bärtigen Kerls vor sich. Plötzlich erinnerte er sich, wenn auch ziemlich verschwommen: Kurz vor Feierabend kam der Bursche in die »Endstation«, die dunklen Haare, den Bart und das dunkle Hemd nass vom Regen. Der letzte Gast, ein Koch aus einer der Kliniken am Chiemsee, war vor einer Viertelstunde aus der Kneipe getaumelt.

Drago und Nellie versuchten mit vereinten Kräften, Stocker von dem Barhocker am Tresen zu hieven, und Nellie sagte: »Albin, komm, wir bringen dich ins Bett. Du bist wieder voll, Oberkante Unterkiefer, komm, lass dir helfen.«

Und der unbekannte Bärtige stand plötzlich neben ihnen und sagte lachend: »Lass mal, Mädel, der kriegt heute eh keinen mehr hoch. Wenn du willst, mach ich das für ihn. Und ich wette, du kannst einen Kern aus einem Pfirsich saugen, was?«

Die Worte, die nur schwammig und wie mit einem Echo versetzt in Stockers Gehirn drangen, lösten blitzartig die alte Flamme des Jähzorns in ihm aus, die seit vielen Wochen in ihm loderte.

Als der Kerl dann auch noch Drago, der wütend irgendwas rief, blitzschnell mit dem Ellenbogen an der Schläfe traf und ihn quer über den nächststehenden Tisch schleuderte, auf dem noch ein paar leere Gläser standen, riss Stocker die linke Faust hoch, um ihm seitlich von unten das Nasenbein zu brechen.

Das muss ich noch hingekriegt haben, dachte er, aber dann hat mich der Bursche mit einer harten Rechten vom Hocker geholt. Ich weiß noch, dass ich auf den Boden gekracht bin, und eine Sekunde später lag der Bartmann neben mir. Die Augen halb geschlossen und verdreht, über seinem Ohr und aus der gebrochenen Nase spritzte Blut auf die dunklen Kneipendielen, und in seinen Haaren hatte er Scherben, die im Licht der Thekenlampe glimmerten wie Tausende von Diamanten.

Stocker grinste. Aber nur kurz, weil ihm das Gesicht dabei höllisch wehtat. Die alte Nellie hat ihn mit der Wodkaflasche erwischt, die leer vor mir stand. Gutes Mädchen, das war sie aber von Anfang an. Don't fuck with Nellie. Wer sie kannte, wusste das und ging jedem Streit mit ihr großräumig aus dem Weg.

Als Stocker sie vor zehn oder elf Jahren zum ersten Mal sah, erzählte sie ihm beim Einstellungsgespräch, dass sie lesbisch sei, und zwar ziemlich hardcore. Ob ihn das störe? Wegen seiner Gäste und so?

Und als Stocker nur lachend den Kopf schüttelte, sagte sie: »Früher stand ich ja auf Kerle, und die auf mich. Lesbisch bin ich dann irgendwie erst auf dem zweiten Bildungsweg geworden. Was willste da machen?«

So war sie eben, und zwar mit allen Konsequenzen, dachte sich Stocker. So lange, bis Drago, der etwa vor einem Jahr in der »Endstation« aufgetaucht war, sie innerhalb von nur ein paar Tagen renaturalisiert hatte, wenn man das so ausdrücken kann.

Seit Drago und Nellie oben in seiner kleinen Ex-Wohnung über der Gaststube schliefen, übernachtete er in der Kammer hinter der Küche. Die war bis vor einiger Zeit Zenos Reich gewesen.

Auch das war etwas, was Stocker an seinem Ex-Partner nie verstanden hatte: In den wenigen Jahren ihrer Zusammenarbeit hatte Zeno viel Geld verdient, da Stocker nach jedem Job penibel teilte. Sie wurden im Lauf der Jahre vielfache Millionäre. Stocker hatte sich die »Endstation« in Chiemsee-Nähe gegönnt, um ab und zu in der eigenen Kneipe zu kochen oder Livemusik mit seinen Freunden zu machen.

Zeno war mit der kleinen Kammer hinter der Küche zufrieden. Die langen Jahre, in denen er vor ihrer Partnerschaft als Undercover-Cop bei diversen Spezialeinsätzen gearbeitet hatte, machten ihn unempfindlich für Luxus.

Stocker grinste, als er daran dachte, wie lange er an Zeno hingeredet hatte, bis der sich das große neue Mietshaus in der Rosenheimer Prinzregentenstraße gekauft hatte. Und sich dann auch noch, zu Stockers großer Überraschung, in das geräumige Penthouse mit Blick auf den Stadtpark verliebte.

Auch an der Möblierung sparte er nicht, sondern beauftragte eine prominente Münchner Innenarchitektin, es nach seinen Vorstellungen einzurichten.

Gewohnt hat er allerdings nie im Penthouse, nur ab und zu übernachtet. Nach seinem Tod ging alles, was an Zenos mobilem und immobilem Vermögen da war, gemäß ihrer gegenseitigen Vereinbarung an Stocker.

8

Dienstag, 7. Juni, 11:19 Uhr

»Jessasmariaundjosef, Herr Stocker, wie schaun Sie denn aus? Haben Sie einen Unfall gehabt, oder so was?« Traudl Stiflinger, Sekretärin, Vorzimmerdame und Mädchen für alles in der Anwaltskanzlei Dr. Becker in der Wittelsbacher Straße, schlug entsetzt die Hände vor dem Mund zusammen.

»Eher so was, Frau Stiflinger, eher so was. Der Herr Dr. Becker erwartet mich.«

Stocker versuchte, den Schreibtisch der dezent gekleideten Mittfünfzigerin zu passieren, aber sie hob eine Hand. »Moment! Darf ich Ihnen noch was sagen? Ich meine, wir kennen uns ja seit vielen Jahren. Ich finde, Sie kommen ein bisschen abgerissen daher, man könnte sogar so weit gehen und bemerken, dass Sie ziemlich g'schlampert unterwegs sind. Dabei waren Sie doch immer so ein eleganter Mann. Was ist denn mit Ihnen los? Geht es Ihnen nicht gut?«

»Nein, im Moment fühle ich mich eher ziemlich schlecht. Mental, meine ich. Darf ich jetzt zu Ihrem Chef?«

Sie stand auf und zog die Mundwinkel nach unten. »Aber bitte, natürlich, sofort, der Herr. Obwohl ich nie verstehen werde, warum sich Männer von einer Frau nie was sagen lassen. Mein Verstorbener war genauso. Und was hat er jetzt davon? An seinem letzten Tag hat er noch zu mir gesagt: ›Traudl, du wirst ab jetzt sehr alleine sein‹. Und ich hab ihm geantwortet, dass ich gut alleine sein kann, solange ich nicht einsam dabei bin. Hach, ihr Männer. Der Herr Dr. Becker hat seit gestern auch wieder irgendwas. Er ist vollkommen neben sich, jammert über Rücken, Kreislauf, Blutdruck, alles auf einmal. Regen Sie ihn bloß nicht noch mehr auf, ja? Wenn der mir auch noch wegstirbt, da darf ich gar nicht dran denken.«

Sie öffnete die hohe alte Kirschholzdoppeltür und trat

zur Seite, während sie in erhöhter Stimmlage in den Raum hineinsprach: »Herr Doktor, der Herr Stocker wäre jetzt da.«

Und der Anwalt, der nervös am Fenster stand, winkte Stocker zu und raunzte die Stiflinger an: »Es heißt: Er ist da, Traudl. Ich sehe Herrn Stocker in persona. ›Wäre‹ wäre Konjunktiv zwei, also ein Konjunktiv Irrealis. Zum Beispiel: Wenn er da wäre, wie Sie sagen, dann würde das eine Bedingung voraussetzen. Etwa so: Er wäre da, wenn ihn nicht grade eben vor der Haustür ein herunterfallender Dachziegel erschlagen hätte. Aber obwohl er tatsächlich so aussieht, als hätte ihn der Dachziegel zumindest gestreift, ist er leibhaftig da, Frau Stiflinger.« Und zu Stocker: »Bitte treten Sie ein. Danke, dass Sie schnell kommen konnten.«

Die Stiflinger seufzte und schloss beleidigt die Tür hinter sich. Der Anwalt kam um den Schreibtisch herum und zeigte auf einen der alten englischen Ohrensessel in der Ecke neben dem überdimensionalen antiken Globus, der als Hausbar diente. »Mir geht das auch immer aufs Neue auf den Zeiger, wenn sie sich verabschiedet mit ›Ich wär dann jetzt weg‹ oder ›Ich tät dann einmal heimfahren‹. Die Frau hat ein paar Semester Deutsch und Jura studiert, Herrgott noch mal.«

Er kam zu Stocker, setzte sich in den anderen Ohrensessel und holte eine silberne Pillendose aus der kleinen Tasche seiner grauen Anzugweste. »Mein Blutdruck spielt wieder mal verrückt. Immer um die hundertachtzig, dabei esse ich diese Tabletten wie Pfefferminzdrops. Sie sehen aber tatsächlich schlecht aus, mein Lieber.«

»Komisch, das höre ich in letzter Zeit dauernd. Wollen wir zur Sache kommen? Wenn Sie gestatten, fasse ich kurz zusammen, was Sie mir am Telefon erzählt haben: Einer Ihrer Klienten ist mit Ihrer ältesten Tochter verheiratet. Diese ist gestern entführt worden, dann doch wieder nicht. Sie, Herr Dr. Becker, sollten ursprünglich im Auftrag Ihres Klienten einen hohen Lösegeldbetrag übergeben, dann ebenfalls doch wieder nicht, weil er plötzlich am Telefon sagte: ›Da ist sie ja.

Mit der Frau hat man nichts als Ärger.‹ Und Sie meinten zu mir, dass das alles sehr merkwürdig sei. Das finde ich auch, weil ich die Geschichte nicht verstehe.«

Becker warf den Kopf zurück, würgte trocken die zwei Tabletten runter und schaute dann auf seine bebenden Hände. »Ich zittere wie ein uralter Kerl. Aber das bin ich ja auch, genau genommen. Wo soll ich anfangen? Mein Schwiegersohn ist natürlich kein Klient von mir. Das habe ich gesagt, weil die Stiflinger just in dem Moment ihren neugierigen Kopf hier hereingestreckt hat. Meine Tochter Heide ist seit zehn, nein elf Jahren mit Hubert Sielmann verheiratet. Oberstaatsanwalt Dr. Hubert Sielmann, genau genommen. Er entstammt einer alten Münchner Industriellenfamilie. Altes Geld, alte Villen, junge Frauen. Ich konnte dieses arrogante Ar…, äh, meinen Schwiegersohn nie ausstehen. Er ist ein überheblicher, von sich eingenommener Besserwisser. Und ohne die vielen Vitamin-B-Spritzen und Zuwendungen, die sein alter Herr jahrelang wie ein todesmutiger Hagelflieger über ihn versprüht hat, wären ihm seine beiden Staatsexamen niemals gelungen.«

Stocker beugte sich vor. »Herr Becker, was ist gestern passiert?«

Doch der Anwalt winkte müde ab. »Entschuldigen Sie, ich glaube, Sie sollten zuerst die Zusammenhänge etwas besser kennen. Ich war von Anfang an gegen diese Liaison. Zur Hochzeit war ich demzufolge auch nicht eingeladen. Er hat sie zugeschissen mit seinem geerbten Geld, wenn Sie mir diese Ausdrucksweise nachsehen wollen. Sie hingegen war begeistert von dem Leben in der Villa am Tegernsee, dem eigenen Badestrand, dem Image, die Frau des bekannten Oberstaatsanwalts zu sein, und so weiter. Die Ehe kriselt schon lange, und dem Sielmann unterstelle ich beruflich und privat jedwede Schweinerei.« Becker zeigte auf seinen Stuhl und dann zur Tür: »Dem Kerl traue ich nicht von hier bis da.«

Er klatschte trocken in die Hände. »Am Montagvormittag rief er mich an und sagte, die Heide wäre möglicherweise entführt worden. Er hätte ein Schriftstück, in dem drei Millionen

Euro gefordert würden, sollte er sie am Stück zurückhaben wollen. Er überlege noch, ob er zahlen solle, und wenn ja, ob ich das Lösegeld für ihn übergeben würde. Schließlich könne er so was als Oberstaatsanwalt nicht selber machen. ›Das verstehen sogar Sie, nicht wahr, mein Wertester‹, sagte er. Er sprach in einem Tonfall, wie wenn er sich am Sonntag mit jemandem zum Golf verabreden würde, können Sie sich das vorstellen? Ich wurde laut und fragte nach meiner Tochter, und er antwortete: ›Nun, hier ist sie zumindest nicht, wie schon so oft übrigens.‹ Können Sie sich das vorstellen? Ich schrie: ›Dann ruf doch deine verdammte Polizei, Mann. Mach was. Sofort.‹«

Dr. Becker stützte seinen Kopf in beide Hände und schluchzte auf, dann fuhr er leise fort: »Er sagte maliziös: ›Wenn das alles mal so einfach wäre, wie in Ihrem überschaubaren kleinen Leben.‹ Ich war platt. Er sagte: ›Warten Sie mal, da ist was am Tor, jemand wirft was rüber. Die Kameras sind defekt, ich schau schnell mal runter. Sie hören gleich wieder von mir.‹«

»Er hat also aufgelegt, um zum Tor zu gehen. Warum? Und wann hat er zurückgerufen?«

Der Anwalt kniff die Augen zusammen. »Vielleicht zehn Minuten später. Genau kann ich das nicht mehr sagen, denn ich bin hier drin auf und ab getigert und habe überlegt, selber die Polizei zu alarmieren.«

»Verstehe. Und dann?«

»Läutete das Telefon. Heide war dran. Sie weinte und war ziemlich hysterisch, sodass er ihr den Hörer aus der Hand nahm, er sagte: ›Das ist wieder mal typisch Ihre Tochter. Geht aus dem Haus, ohne eine Nachricht auf Band oder Papier für mich zu hinterlassen. Ich rufe um halb zwölf oder so auf der Wache in Tegernsee an und schicke einen Streifenwagen zu meinem Haus, weil ich gemerkt habe, dass meine Kameras nicht funktionierten, weder die draußen noch die hier im Haus.‹ Dazu muss ich sagen, dass er meine Heide paranoid überwacht, das hat sie mir mal erzählt. Überall auf dem Grundstück, in nahezu allen Zimmern im Haus, am Badestrand unten und so weiter sind Kameras. Die kann er mit seinem Handy abrufen und bewegen. Jederzeit. Und das tut er oft, weil er manisch eifersüchtig ist.«

»Bitte weiter im Ablauf, Herr Dr. Becker.«

»Jaja, entschuldigen Sie. Also, die Streifenwagenbesatzung fand ein Fahrrad und eine Handtasche am Einfahrtstor zum Anwesen. Und Reifenabdrücke auf der Straße, wie wenn jemand mit Vollgas anfährt. Die Polizisten haben sich umgesehen. Da war aber nichts Auffälliges, und Sielmann sagte, sie sollten wieder abrücken und den Vorgang als normale Routinefahrt ins Buch nehmen, er würde sich um alles Weitere kümmern.«

»Aber die Handtasche und das Fahrrad?«

»Dazu komme ich jetzt. In der Handtasche war der Ausweis der Haushälterin. Die kommt unter der Woche von zehn bis sechzehn Uhr. Mein verabscheuungswürdiger Schwiegersohn machte sich über meine Tochter lustig, dass sie nicht einmal den Hausschlüssel und den Schlüssel für die kleine Tür neben der Toreinfahrt dabeihatte und deswegen ihre Jacke und sonst was über das Tor geworfen hätte, weil der Telefonanschluss ja besetzt war. Und dann sagte er noch, das mit dem Lösegeld und der Polizei hätte sich somit eh erledigt. Die Haushälterin wäre eine schlichte Natur, eine geschiedene alte Nörglerin, ab und zu sogar etwas wirr im Kopf. Er werde auf keinen Fall bezahlen. Und wissen Sie, was mich fürchterlich erregt hat?«

Ohne eine Antwort abzuwarten, sprach er weiter. »Er lachte sarkastisch auf und meinte: ›Was sind denn das für Idioten, die die falsche Frau entführen? Wenn sie denn überhaupt wirklich entführt worden ist.‹ Denn er hege den Verdacht, dass diese Frau das alles selber inszeniert hat, um ihn abzuzocken.«

Stocker überlegte kurz. »Okay, und jetzt?«

Der Anwalt schaute ihn mit großen Augen an. »Wie, und jetzt? Was meinen Sie?«

Stocker lehnte sich zurück. »Das ist ein Fall für die Polizei, wenn es denn überhaupt ein Fall ist. Ich meine, was kann ich für Sie tun?«

Becker legte den Kopf schief. »Wie lange sind Sie mein Klient, Herr Stocker? Zehn Jahre? Bestimmt. In der Zeit habe ich einiges für Sie und natürlich auch für Ihren Geschäftspartner und Freund erledigt. Es ging zum Teil um sehr hohe Beträge und um Aktionen, die, sagen wir mal, in einem gewissen juristischen Graubereich stattfinden mussten.«

In Stocker kam der schwefelgelbe Jähzorn des nahezu nüchternen Trinkers hoch und vergiftete seine Gedanken, er beherrschte sich aber, atmete durch und erwiderte: »Sie haben in all den Jahren finanziell überdurchschnittlich von unserer Zusammenarbeit profitiert. Ist es nicht so, dass Sie schon seit Längerem außer mir so gut wie keine anderen Mandanten mehr betreuen? Also, was wollen Sie mir klarmachen? Überlegen Sie bitte gut, was Sie jetzt sagen!«

Der Anwalt fuhr erschrocken zurück und hob beide Hände in Brusthöhe. »Um Gottes willen, Herr Stocker, ich will Ihnen gar nichts klarmachen. Es ist nur so, dass Sie vor etwa fünf Jahren zu mir gesagt haben, ich hätte einen ganz großen Gefallen bei Ihnen gut, erinnern Sie sich? Einen Lebensgefallen, der nicht abgeschlagen werden kann, erinnern Sie sich? Das waren Ihre Worte. Damals ging es um diese, äh, speziellen Transaktionen, das viele Geld aus Salzburg und so weiter … Das war auch für mich nicht ungefährlich, und Sie sagten damals –«

Stocker winkte ab. »Ja, ich weiß, was ich gesagt habe. Entschuldigen Sie meine heftige Reaktion, aber im Moment sind meine Nerven zu Fuß unterwegs. Ich trinke zu viel, grüble zu viel, bin in ein tiefes Loch gefallen. Das moderne Wort dafür ist wohl Burn-out, nehme ich an.«

»Von meiner Großmutter haben früher alle gesagt, dass sie zu viel trinken würde. Sie wurde siebenundneunzig Jahre alt und hat an ihrem neunzigsten Geburtstag den Dorfpfarrer unter den Tisch getrunken. Auch mein Vater war ein begnadeter Trinker. Und ich trete seit dem Tod meiner Frau würdig in seine Fußstapfen. Ich trinke aber prinzipiell erst bei Anbruch der Dunkelheit.«

Stocker lächelte und zeigte auf den Globus: »Irgendwo auf der Welt wird es genau jetzt dunkel. Befindet sich im Erdmittelpunkt ein guter Cognac? Dann nehmen wir einen, und Sie erzählen mir, wie ich mein Gefallenversprechen einlösen kann.«

Dr. Becker ging zu der in mattem Altbraun glänzenden Erdkugel, klappte sie auf, griff nach einer kostbar aussehenden Kristallflasche und las vom Etikett: »Hier haben wir einen Albert de Montaubert von 1950, den ich auf unserer Hochzeitsreise in einem kleinen Laden auf den Champs-Élysées gekauft habe. Eigentlich nur wegen der Flasche, die meine Frau im Schaufenster entdeckte und die ihr so gefiel. Ich glaube, jetzt ist der Moment gekommen, sie zu öffnen. Lisa wird mir von da oben zusehen und mir ausnahmsweise recht geben. Was sie zu Lebzeiten eher wenig getan hat.«

Er schenkte jeweils einen guten Fingerbreit in zwei große Cognac-Schwenker und reichte Stocker einen davon. »Bitte sehr.«

»Danke. Das weiß ich zu schätzen, den Schluck vom Eingemachten. Was bieten Sie denn Ihren restlichen Klienten so an?«

Becker rang sich ein mühsames Lächeln ab. »Das macht die Frau Stiflinger. Die denkt da aber ziemlich preisbewusst. Ich habe sie im Verdacht, dass sie ›Johnnie Walker Black Label‹ in eine 1966er-Macallan-Flasche umfüllt. Aber es ist tatsächlich so, dass ich seit einiger Zeit außer Ihnen nur noch zwei weitere Klienten habe. Auf meine Tochter und unser Wohl.«

Stocker verspürte das altbekannte warme Gefühl, wenn sich der erste Schluck schmeichelnd dem Körper vorstellt. Er nahm noch einen, atmete tief durch und meinte: »So, jetzt bin ich aufnahmebereit.«

Der Anwalt setzte sich wieder, stellte sein Glas auf einen der beiden kleinen Beistelltische und sagte: »Sprechen Sie mit meiner Tochter. Ich will wissen, was wirklich passiert ist. Steckt er dahinter? Will er sie loswerden? Ich habe Angst um sie. Vor ein paar Jahren hat er sie schlimm verprügelt. Sie kam zu mir und blieb eine Nacht. Sie hat sich geweigert, ins Krankenhaus zu gehen. Ein Schulfreund von mir ist Arzt, der hat sie versorgt. Sie konnte nicht schlafen, trotz der Beruhigungsmittel, die er ihr verabreicht hat. Valium, Tavor, was weiß ich. Für die nächsten Tage hat er ihr ein paar Demetrin mitgegeben und ihr geraten, zu ihrem Hausarzt zu gehen.«

Er wischte sich mit der Hand über die Stirn. »Sie hat sich an mich geklammert und Weinkrämpfe bekommen. Sie sagte, er sei wahrscheinlich das grausamste Wesen, das sie je kennengelernt habe. Sie beschrieb seine Gefühlskälte und sein unfassbares Vergnügen, anderen, und speziell Frauen, seelischen und körperlichen Schmerz zuzufügen. Und sich dabei in der Öffentlichkeit immer als einen lupenreinen Philanthropen darzustellen. Der große Menschenfreund Dr. Sielmann, der gar nicht genug Gutes für seine Mitmenschen tun kann. Aber für mich ist der Sielmann ein Wesen, das man von der menschlichen Gesellschaft weitgehend fernhalten sollte. Was wohl nicht so schnell geschehen wird, fürchte ich. Stellen Sie sich vor, er lässt sich Mädchen und Frauen in die Villa bringen, die er dann in seinem Keller misshandelt. Dafür bekommen die Männer, die im Park vor der Villa im Auto warten, ein dickes Bündel mit Bargeld.«

»Woher wissen Sie das? Hat Ihre Tochter was Derartiges gesehen oder gehört?«

Der Anwalt schüttelte müde den Kopf. »Nein, persönlich hat sie das nicht. Aber er nimmt alles auf. Nicht nur oben sind überall Kameras, auch in seinem Sadistenkeller, den er mit bunkerähnlichen Türen schalldicht gesichert hat, wie es scheint. Heide ist einmal in der Woche mit Freundinnen in München unterwegs. Shoppen, essen gehen und ein bisschen Nachtleben. Sie nimmt sich dann eine Suite im ›Bayerischen Hof‹. Die haben dort Themensuiten, und sie bucht meist die Paris-Suite, sie hat mir Fotos davon gezeigt. Entschuldigen Sie, ich schweife ab. Der Sielmann lässt sich von Hotelmitarbeitern benachrichtigen, wenn sie eingecheckt hat. Dann hat er sturmfreien Keller, wenn man das so nennen kann. Auf jeden Fall, vor einiger Zeit hatte sie Zugriff auf seinen Laptop, weil er vergessen hatte, ihn auszuschalten. Da sind diese Filme drauf: er im Keller, mit Frauen, nackt, an einer Kette oder einem Andreaskreuz, und der Sielmann, im schwarzen Latex, der mit den Fäusten auf sie einprügelt oder sie peitscht oder wie auch immer quält. Und die Frauen müssen schreien, so laut sie können, sonst schlägt er sie noch heftiger. Sein eigenes Drehbuch sieht vor, dass er sich erst sexuell an ihnen abarbeitet, wenn sie aussehen wie blutige Schweinehälften. Entschuldigen Sie meine Ausdrucksweise, Herr Stocker, aber so hat sie mir das geschildert.«

»Ahnt Herr Sielmann, was Ihre Tochter auf dem Laptop gesehen hat?«

»Sie glaubt nicht, dass er was gemerkt hat. So ganz sicher ist sie sich allerdings nicht, weil sie nicht weiß, ob sie alle Kamerastandorte im Haus kennt. Seitdem kam sie auch nicht mehr an seinen Laptop oder sein Handy ran. Die schwere Tür, die zu seinem Folterkeller führt, öffnet er mit seinem Handy, glaubt sie. Es muss sich da um eine Art elektronisches Türschloss handeln, denn es sind keine Schlüssellöcher zu sehen. Sie kann sich allerdings nicht lange im Keller aufhalten, muss immer so tun, als würde sie von da unten was holen oder von oben was runterbringen, denn auch auf der Treppe und im Vorrats- und Weinkeller sind Kameras.«

»Wie kann ich Ihre Tochter treffen, ohne dass er gleich Wind davon bekommt?«

»Das habe ich mir schon überlegt. Heute ist Dienstag, da fährt sie meist mit ihrer besten Freundin ins ›Hotel Bachmair Weissach‹ in Rottach-Egern. Kennen Sie das?«

Stocker nickte, und Dr. Becker fuhr fort: »Gut. Die beiden sind meist für zwei oder drei Stunden im Spa-Bereich. Ich habe meiner Tochter vor ein paar Jahren einen Gutschein für diverse Anwendungen geschenkt, seitdem ist sie dort Stammgast. Nach dem Spa-Kram essen sie in dem hauseigenen Sushi-Res-

emons: Tel. 0221 · 56 977-0 · info@emons-verlag.de

Bitte senden Sie mir das aktuelle Verlagsprogramm zu

Ich möchte den Newsletter von emons: per E-Mail erhalten

Ich habe Interesse an Krimis aus folgender Region:

f Besuchen Sie uns auch auf www.facebook.com/EmonsVerlag

Name

Straße

PLZ/Ort

E-Mail

emons: **verlag**
Cäcilienstraße 48

50667 Köln

STARKE FRAUEN BEI EMONS

TINA SEEL   **KLAUDIA BLASL**   **KERSTIN RUHKIECK**

ISBN 978-3-7408-1403-8 · (D) 13,00 €

Das Psychogramm eines Mörders
Nach einem wahren Fall aus den 70er Jahren

ISBN 978-3-7408-1384-0 · (D) 16,00 €

Gesät, gedüngt, gestorben
Eine irrwitzige Reise durch die blühende Provinz

ISBN 978-3-7408-1430-4 · (D) 16,00 €

Dein letztes Geheimnis
Ein intensiver Slow-Burn-Thriller, der lange in Erinnerung bleibt

taurant, dann fahren sie wieder nach Hause. Manchmal, wenn sie sich beim Essen verplaudern, nehmen sie auch spontan ein Zimmer und reden und trinken da noch weiter.«

»Wissen Sie, ob das auch heute so ist?«

»Nein.«

Stocker trank den Rest seines Cognacs, überlegte kurz und sagte: »Rufen Sie sie an. Jetzt gleich. Sagen Sie ihr, dass Sie ihr und ihrer Freundin für heute Wellnessanwendungen bestellt haben. Laden Sie beide ein, auch auf ein anschließendes Sushi-Dinner. Den Tisch haben Sie schon reserviert. Die beiden Frauen sollten vielleicht auch im Hotel schlafen, nach dem, was alles so passiert ist. Ich werde im Hotel sein und mit ihr sprechen. Sagen Sie ihr das aber nicht am Telefon.« Stocker schnippte mit den Fingern. »Ich hab's. Sagen Sie, dass ich, ein alter Bekannter von Ihnen, ebenfalls im Hotel bin. Sie kann mich nach den Spa-Anwendungen an der Bar am Ausgang zum Bach treffen.«

»Warum sollte sie Sie treffen?«

»Warum, ja. Gute Frage. Sagen Sie ihr doch, dass Sie, Herr Dr. Becker, einfach wissen wollen, wie es ihr geht, ob sie Hilfe braucht, was weiß ich. Lassen Sie sich was einfallen.«

Becker schaute zweifelnd, stand aber auf und trat zu seinem Schreibtisch, wo er den Hörer eines schwarzen Festnetztelefons mit integriertem Bildschirm abhob und eine Nummer wählte. Er lauschte, schaute dann Stocker an und sagte: »Ans Handy geht sie schon mal nicht. Ich probier's im Haus.«

Er wählte erneut, und nach einer halben Minute hatte er seine Tochter dran. Er stellte das Telefon laut und winkte Stocker heran. »Ja hallo, ich bin's, mein Schatz. Wie geht es dir? Warum gehst du nicht an dein Handy?«

»Papa! Was glaubst du wohl, wie es mir geht? Beschissen. Ich bin fertig, kaputt. Kann ich zu dir kommen, Papa?«

»Ja, natürlich. Aber ich habe eine viel bessere Idee. Was ist denn nun mit deinem Handy?«

Sie schniefte und räusperte sich. »Ich muss es wohl verlegt haben, keine Ahnung. Hubert will mir morgen ein neues mitbringen. Was soll ich bloß machen? Wir haben von Inge nichts gehört, und Hubert meint, wir sollen erst morgen oder übermorgen die Polizei einschalten.«

»Wo ist er?«

»Oben, spricht mit seinem Büro. Schon seit einer Stunde. Er ist sauer auf mich. Aber ich kann doch nichts dafür. Da lag das Fahrrad und die Handtasche, und ich habe gesehen, dass er im Haus ist. Sonst ist er um diese Zeit nie zu Hause. Aber es war wohl was mit seiner verfluchten Überwachungsanlage. Da lässt er nicht mal seine Leute dran.« Sie weinte, schluchzte und flüsterte: »Entschuldigung, ich mache mir solche Sorgen um die Inge. Was soll ich bloß tun?«

Dr. Becker hob beschwichtigend die Hand und schloss die Augen. »Pass auf, Schatz. Du musst jetzt erst mal da raus. Natürlich kannst du immer zu mir kommen, das weißt du doch. Aber ich glaube, du solltest dir meinen Vorschlag anhören. Wie heißt deine beste Freundin gleich wieder?«

»Das ist die Rena, warum? Was hat sie damit zu tun?«

»Gar nichts. Überhaupt nichts. Ich meine nur, du solltest sie anrufen und mit ihr in dieses Hotel in Rottach-Egern rüberfahren. Welches war das doch gleich? Dieser superteure Wellnesspalast, ich kann mich nicht mehr an den Namen erinnern. Aber ich habe dir vor ein paar Jahren zu deinem Geburtstag diesen Gutschein geschenkt, und du warst ganz begeistert, weißt du noch?«

Dabei schaute er Stocker an, der zustimmend den Daumen hob.

»Das ›Bachmair Weissach‹, meinst du das? Da war ich in der Zwischenzeit öfters, das habe ich dir aber doch alles erzählt, Papa.«

»Jaja, jetzt, wo du es sagst, fällt es mir auch wieder ein. Entschuldige, Schatz, mir geht es im Moment auch nicht so toll, ich bin wohl etwas daneben nach all dem, was du mir erzählt hast. Pass auf: Ich rufe da jetzt an und bestelle für dich und die Rena ein tolles Entspannungsprogramm. Gesicht-Haut-Füße, Ganzkörper, mit Honig, Essig und Öl. Die volle Kanne.«

Sie lachte kurz auf. »Das nennt man Body-Treatment, Papa.«
»Sag ich doch. Also, ich bestelle zweimal alles mit Zuschlag, dann einen Champagner-Aperitif an der Bar und zur Krönung einen schönen Tisch für euch zwei in diesem Sushi-Restaurant. Probiert die Karte rauf und runter, ich lade euch ein. Die werden euch empfangen wie Königinnen. Wenn du willst, mache ich auch ein schönes Zimmer für euch klar. Aber du musst jetzt erst mal aus dieser ›Addams Family‹-Burg raus. Tu es für mich, ja? Bitte!«

Sie zögerte, dann sagte sie: »Da wird der Hubert vielleicht nicht so begeistert sein.«

Becker schnaubte. »Diesen Menschen ignoriere ich normalerweise nicht mal. Aber wenn er zickt, rufe ich ihn gern an, wobei ich nicht verspreche, dann die nötige Contenance walten zu lassen.«

Sie flüsterte: »Papa, vielleicht hört er mit.«

Und Becker: »Dann hört er dich auch, wenn du flüsterst, also sprich normal mit mir. Sag ihm einfach, du fährst nach Rottach-Egern, weil ich sonst persönlich zu euch komme, um dich zu einem Abendessen abzuholen. Das wird ihm so behagen wie dem Papst ein Satansfurz im Vatikan.«

»Papa. So kenne ich dich gar nicht.«

»Ich mich auch nicht, mein Kind. Ich rufe jetzt im Hotel an und mache alles klar. Tust du mir den Gefallen und schnappst dir deine Freundin, und dann ab durch die Mitte? Sonst komme ich tatsächlich in eure Geisterbahn.« Dann sagte er in erhöhter Lautstärke: »Und falls uns Herr Sielmann zuhört: Hallo, mein Herr, ich könnte in ein paar Stunden da sein und meine gute Erziehung zu Hause lassen. Bei unserem letzten Telefonat vor drei Jahren haben Sie mir mit einer Rufmordklage gedroht, wissen Sie noch? Aber um jemandes guten Ruf zu ruinieren, muss derjenige erst einmal einen solchen haben. Ich wünsche noch einen guten Tag. Oder bis später, ganz wie es Ihnen beliebt.«

Becker atmete tief durch. »So, mein Schatz, jetzt muss ich aber Schluss machen, ich habe zu tun und natürlich auch mit dem Hotel zu telefonieren. Bussi, bis bald mal wieder, wenn sich deine Nerven beruhigt haben.«

Sie hauchte: »Ich liebe dich, Papa. Danke.« Und legte auf.

Stocker ging zurück zum Ohrensessel und sagte: »An Ihnen ist ein Schauspieler verloren gegangen, Herr Dr. Becker. Jetzt nehmen wir noch einen Klitzekleinen, dann mache ich mich auf die Socken.«

Becker kam ebenfalls und setzte sich. »Ich werde die Anwendungen so buchen, dass ab, sagen wir mal, neunzehn Uhr dreißig meine Tochter an der von Ihnen erwähnten Bar sitzen wird. Am Bach-Ausgang, ja?«

Stocker lächelte: »Genau. Können Sie mir bitte ein aktuelles Foto von Ihrer Tochter zeigen?«

Becker überlegte kurz. »Ja, auf dem Handy habe ich ein paar schöne Bilder von ihr.« Und rief dann laut: »Traudl, wissen Sie, wo mein Handy ist?«

Die Tür öffnete sich einen Spalt, die Frau Stiflinger streckte den Kopf rein und sagte maliziös lächelnd: »Aber ja, Herr Dr. Becker. Da, wo es immer ist. Auf Ihrem Schreibtisch neben dem Timer. Wenn Sie gestatten: Hier drinnen riecht es wie in einer Kneipe. Und Sie sollten doch wegen Ihrem Blutdruck keinen Alkohol trinken, Herr Doktor.«

Becker seufzte und breitete die Arme aus. »Sie spricht wie meine Frau, Gott hab sie selig. Aber ich kann die Frau Stiflinger nicht entlassen, weil sie genau weiß, wo hier die Leichen rumliegen. Sonst wäre sie schon lange weg. Danke, Traudl, Sie können uns wieder dem Hafenkneipen-Alkoholgeruch überlassen.«

Der Anwalt wartete, bis sich die Tür hinter der Vorzimmerdame geschlossen hatte, dann wandte er sich an Stocker. »Ich muss wissen, was da gestern passiert ist. Ob tatsächlich meine Tochter entführt werden sollte. Bitte tun Sie, was immer nötig ist. Die Kosten spielen keine Rolle. Aber ich wüsste nicht, an wen außer Ihnen ich mich in so einer Situation wenden könnte. Helfen Sie mir? Ich will nur Gerechtigkeit.«

Stocker klopfte dem Mann aufs Knie, während er sich erhob. »Gerechtigkeit gibt es nicht. Das ist nur ein Wort, das von Menschen erfunden wurde. Ich kümmere mich um die Sache, versprochen. Sie hören von mir.«

Auf dem Weg zu seinem alten Benz, den er auf dem Besucherparkplatz des Rosenheimer Arbeitsamtes abgestellt hatte, schaute sich Stocker noch einmal um. Dr. Becker stand am Fenster seines Büros im ersten Stock und winkte Stocker zaghaft zu. In seinem grauen Anzug, dünn und mit blassem Gesicht, sah er aus wie ein trauriger alter Pinguin. Stocker winkte zurück, atmete tief durch und steckte die Autoschlüssel wieder ein.

Jetzt muss ich kurz erklären: Die Kanzlei würdest du nicht finden, wenn du nicht genau weißt, wo sie ist. Vorher, vor zwanzig Jahren oder so, war es eine Zahnarztpraxis. Der Zahnklempner, Monzani hieß er, wenn ich mich recht erinnere, konnte sich aber nur ein paar Jahre in Rosenheim halten. Er hatte schnell den Spitznamen »Zani – keiner zieht schneller« weg, weil er Westernfan war und die Angewohnheit hatte, lieber einen Zahn mehr als einen zu wenig zu extrahieren. Da flogen schon mal ein paar mit raus, die mit dem eigentlichen Schmerzzahn nichts zu tun hatten. Weil Zani der Meinung war, dass es früher oder später eh jeden Zahn erwischt. Alles eine Frage der Zeit, sagte er immer.

Auf jeden Fall, der Dr. Becker übernahm die großräumige Praxis und richtete sie in einem Stil ein, wie er es in der Fernsehserie »Der Chef« mit Raymond Burr gesehen hatte.

Stocker, der vor vielen Jahren auf Empfehlung eines bekannten Münchner Immobilienbetrügers seinen Weg zu Dr. Becker fand, kam gut mit dem Anwalt klar. Becker arbeitete damals schon mit einem Expertenteam in Singapur zusammen, das Geldbeträge in jeder beliebigen Größe so in jedes beliebige Land transferieren konnte, dass sich ihre Spur unwiederbringlich verlor. Du oder ich könnten mit solchen Fachleuten nichts anfangen, aber mit Stocker und Zeno hatte der Anwalt bald so viel zu tun, dass er seinen Klientenstamm auf eine Zahl herunterschmolz, die man an zwei Fingern abzählen konnte.

Viele glauben ja, heutzutage, mit den Kryptowährungen, da ginge das mit dem Geldverschieben ganz einfach. Vergiss es. Jede von diesen rechnerbasierten Kunstcoins hinterlässt für einen Fachmann eine Spur wie ein Skifahrer im frischen Tiefschnee, ja, was glaubst du denn?

9

Dienstag, 7. Juni, Rottach-Egern

Die paar hundert Meter von der Anwaltskanzlei bis zum Penthouse in der Prinzregentenstraße ging Stocker zu Fuß. Vorbei am Landratsamt und am Finanzamt. Wenn die wüssten, wie nahe die da drin einem sind, der nichts anderes tut, als auf der ganzen Welt Gelder vor ihnen zu verstecken, würden die Damen und Herren in der Chefetage regelmäßig in Schnappatmung verfallen.

An den Luitpoldanlagen setzte er sich auf eine der Bänke und rief in der »Endstation« an.

Nellie ging nach dem zweiten Läuten ran. »Anonyme Alkoholiker, guten Tag.«

Stocker grinste. »Da gehörst du auch langsam hin, Schwester Nellie. Pass auf, ich muss weg und werde heute Nacht und vielleicht auch die nächsten paar Nächte im Penthouse schlafen. Macht euch keine Sorgen, es ist alles in bester Ordnung.«

»Lieber Albin, immer wenn du zu mir sagst: ›Macht euch keine Sorgen‹, dann läuten bei mir alle Alarmglocken. Gegen wen ziehst du diesmal in den Krieg?«

Aus Gewohnheit schaute sich Stocker die parkenden Autos auf der anderen Straßenseite an und fixierte die Radfahrer, die an ihm vorüberglitten. »Kein Krieg. Es ist lediglich eine Gefälligkeit für meinen Anwalt. Ich dusche mich jetzt gleich ins richtige Leben zurück, schlucke ein paar Aspirin und fahre in ein Hotel am Tegernsee. Dort treffe ich jemanden, mit dem ich mich unterhalten werde. Und dann fahre ich wieder heim. Eine völlig harmlose Angelegenheit.«

»Schon klar. Wen triffst du denn da in einem Hotel? Etwa eine Lady von einem Escortservice? Na, endlich regt sich bei dir wieder was. Glückwunsch.«

»Nein, ich werde mit einer Frau sprechen, die entführt werden sollte. Mehr weiß ich im Moment auch nicht. Ich bin im ›Hotel Bachmair Weissach‹. Nicht lange, ich denke, so gegen zehn Uhr bin ich zurück in Rosenheim, dann rufe ich dich wieder an, okay?«

»Alles paletti. Warte, mein Schöner. Tust du mir zwei Gefallen? Erstens: Von dem Hotel habe ich schon gehört. Die bieten ganz irre Wellnessprogramme an. Da könntest du dich für mich in einer Sache schlaumachen.«

Stocker blinzelte argwöhnisch, denn er kannte Nellies abgefahrenen Sinn für Humor. »Ja, natürlich, was soll ich denn tun?«

»Vorher reden wir über den ersten Gefallen: Hör mit dem Kampfsaufen auf. Und zweitens, frag im Wellnessbereich nach, ob die jetzt auch Chai-yok anbieten, das ist eines von diesen neuen Verwöhnprogrammen, du weißt schon, irgendwas mit Dampf und so. Kannst du dir das merken? Chai-yok? Das wollte ich nämlich immer schon mal machen. Und dir würde es auch nicht schaden.«

»Jaja, schon klar. Chai-yok, ich hab's gespeichert. Hat das was mit heißem Tee zu tun? Ich meine, wegen dem Wort ›Chai‹ und so? Teemassagen oder so ein Kram?«

Er hörte ihr perlendes Lachen. »Ja, ungefähr. Frag einfach, und wenn ja, bring mir Prospekte mit. Soll ich mich um irgendwas kümmern, wenn du dich bis, sagen wir mal, Mitternacht nicht bei mir gemeldet hast?«

»Ja. Versuch rauszukriegen, wo ich dann bin. Aber mal im Ernst: Das wird kein Einsatz mit Rückversicherung. Ich rede lediglich eine halbe Stunde oder so mit der Frau und mach mich wieder auf die Socken, dann kriege ich beim ›Stockhammer‹ am Max-Josefs-Platz vielleicht noch was zum Essen. Bis dann, meine Dame. Und denk dran: Der liebe Gott sieht alles.«

Er klappte sein Nokia zusammen, stand auf und steckte es ein.

Vielleicht fragst du dich jetzt, was sollte das, dieses seltsame Gespräch? Pass auf: Seit Zenos Tod arbeitet der Stocker ab und zu mit Nellie. Und er hatte sich angewöhnt, ihr zu sagen, was er macht und wo er sein wird. Es könnte ja sein, dass er im »Bachmair« oder davor erwartet wird, so was weiß man heutzutage nie. Und dann ist es gut, wenn Nellie und Drago einen Ansatzpunkt haben, um nach ihm zu suchen oder jemanden wie den Ringo oder den KHK Zuckerhahn einzuschalten.

Obwohl, der fiel im Moment eh aus, wie du mitbekommen hast. Seine Verletzungen waren ganz passabel verheilt, aber er befand sich zu einer längeren Reha in Bad Birnbach. Zwar nicht direkt im Rehabilitationszentrum Klinik Rosenhof, dorthin ging er brav an jedem Morgen zu den Anwendungen und Massagen. Nein, er nächtigte in einem kleinen Hotel, das bekannt ist für seine gigantischen Nachmittagskuchenbüfetts. Der Zuckerhahn mag's nun mal süß, was willst du da machen? Nomen est omen.

In Rottach-Egern-Weißach kam Stocker gegen achtzehn Uhr dreißig an. Aus Gewohnheit parkte er den Benz im Ringbergweg, nahe der Weißach-Brücke. Dann schlenderte er in aller Ruhe die Wiesseer Straße hoch zum Mühlbachweg, dann zurück auf die Tegernseer Straße, rauf bis zur oberen Ficht und auf der anderen Straßenseite zurück zum »Hotel Bachmair«.

Er schaute sich die Autos an, ob in einem davon Menschen saßen. Überwachungs- und Greifteams arbeiten meist mit drei oder vier Autos, die in verschiedenen Fahrtrichtungen rund um das Objekt, in dem man jemanden von Interesse vermutete, geparkt waren. Die eigentliche Kavallerie saß in einem unauffälligen Kleinbus oder einem SUV mit getönten Scheiben. Dieses Fahrzeug mit dem Zugriffsteam wurde aber nie in unmittelbarer Nähe des Zugriffsortes, sondern ebenfalls so geparkt, dass es schnell in jede Fahrtrichtung lospreschen konnte.

Stocker entdeckte nichts Verdächtiges, aber es konnten genauso gut schon ein paar Leute im Hotel postiert sein. In seinem trachtenähnlichen, dezenten grauen Anzug sah er aus wie ein Privatier, der sich ein paar schöne Stunden mit Speis und Trank gönnen will.

Er marschierte durch das großzügige Foyer des Luxushotels, grüßte jovial nach allen Seiten und wurde auch von einigen Mitarbeitern sehr herzlich zurückgegrüßt.

Dazu muss ich dir sagen, dass ich selber ab und zu im »Bachmair« bin, und was mich immer wieder verblüfft, ist, dass mich doch tatsächlich manche Bedienstete ganz herzlich mit meinem Namen begrüßen, so, als wäre ich grade eben erst aus der Tür gegangen.

Auch dem Keeper an der Bar winkte er lächelnd zu, fragte, wie es ihm so gehe, und schlenderte durch in den großzügigen Innenhof, vorbei an Gruppen, die in Bademänteln auf den Liegen oder rund um den Pool plauderten, Champagner tranken oder einfach nur in einem Buch oder in einer Zeitung lasen. Über den knirschenden Kies schritt er zielstrebig zu Haus 1, blieb vor der Eingangstür stehen und suchte verlegen in seinen Jackentaschen. Nach wenigen Sekunden kam eine junge Frau im Bademantel die Treppe runter, öffnete die Tür. Stocker hielt sie höflich fest, trat zur Seite und verbeugte sich leicht. »Viel Spaß.«

Die Dame, die ihn wohl für einen der vielen Hotelmitarbeiter hielt, nickte ihm lächelnd zu und verschwand in Richtung Pool.

Stocker ging in den ersten Stock, dann bog er rechts ab in den Gang, vorbei an den Türen der Zimmer und Juniorsuiten, bis vor zur offenen Lichthalle, an deren Wänden moderne Kunst hing.

An der Galerie zur breiten, halbkreisförmigen Treppe nach unten lehnte er sich an das helle Holzgeländer und überblickte so den gesamten vorderen Eingangsbereich. So stand er sicherlich fünf Minuten lang, sah Familien, Gruppen, junge und alte Menschen aus und ein gehen. Nichts von alldem kam ihm verdächtig vor. Keiner hielt sich länger als nötig im Foyer auf, niemand saß oder stand herum oder las unauffällig Zeitung. Also ging er langsam die Treppe runter, wobei er auf halber Strecke innehielt, weil er von hier aus den hinteren Bereich mitsamt der Bar gut übersehen konnte.

Neben dem Keeper standen zwei hübsche Serviererinnen mit leeren Tabletts. An der Bar saß ein Pärchen um die dreißig und turtelte. Eine der Sitzecken gegenüber der Bar war von einer Familie mit zwei lauten Kleinkindern belegt, die sich, ihre Eltern sowie das nähere Umfeld mit Keksen bewarfen. So was wäre jedem Beschatterteam zu blöde. Also blieben noch die beiden an der Bar.

Stocker setzte sich neben sie, ließ aber einen Hocker zwischen sich und der Frau frei. Der Keeper lächelte ihn an, und Stocker sagte: »Ich glaube, ich nehme einen Aperol, großes Glas, viel Eis und großzügig mit trockenem Rosé-Cava aufgefüllt. Und dazu eine Gabel, bitte.«

In so einem Hotel sind sie an der Bar so ziemlich an alles gewöhnt, was es gibt. Also fiel dem Keeper nicht einmal das Lächeln aus dem Gesicht, als er Stockers Bestellung aufnahm.

Das Glas erwies sich vom Volumen her als Mini-Aquarium, aber alles war wie bestellt. Mit einem freundlichen »Bitte sehr, Ihre Gabel, und wohl bekomm's« entfernte sich der junge Mann wieder ans andere Ende der Bar.

Stocker rührte seinen Drink viermal um, zweimal nach rechts, zweimal nach links, und als die Frau des Kerls links neben ihm erstaunt rüberschaute, zuckte er bedauernd mit den Schultern und sagte: »Es ist immer zu viel Kohlensäure im Cava, die darf aber nur noch minimal im Drink vorhanden sein, sonst verfälscht sie den Geschmack.«

Und die Frau antwortete lachend: »Jetzt, wo Sie das sagen: Genau das habe ich vor ein paar Wochen in einer Talkshow gesehen, da war die Léa Linster aus Luxemburg zu Gast, Sie wissen schon, diese Super-Köchin. Die hat für alle in der Runde genauso einen Aperol Spritz zubereiten lassen. Männi, nehmen wir vor dem Essen auch noch so einen?«

Männi schaute Stocker an, dann den Monster-Aperol, drehte lässig seinen Porsche-Schlüssel, der zwischen seiner Wasserflasche und dem Glas lag, und meinte: »Was immer du willst. Aber ich fahre dann nicht mehr.«

Sie rief zum Keeper hinüber, der mit den beiden hübschen

Servicemädels schäkerte: »Machen Sie uns bitte zwei von der Sorte? Genau das, was der nette Herr da vor sich stehen hat.« Stocker grinste in sich hinein. Von Sielmanns Kripoleuten waren die beiden schon mal nicht, denn so einen Spesenzettel, mit Drinks und Essen hier in diesem Laden, das zeichnet kein Abteilungsleiter so einfach ab.

Stocker war beim zweiten Getränk, diesmal einem Wasser, als Heide Sielmann durch den Innenhof an die Bar kam. Sie blieb neben ihm stehen. »Sie müssen Herr Stocker sein. Mein Vater hat mir eine SMS geschickt.«

Stocker nickte, bestellte ein Glas Champagner für die Frau und sagte: »Wollen wir uns draußen an einen Tisch setzen?«

Er glitt vom Hocker, hielt ihr die Tür auf und deutete nach links zu der verkeksten Sitzgruppe. »Ich mag Kinder, solange sie jemand anderem gehören. Hier drinnen ist kein vernünftiges Gespräch möglich, es sei denn, Sie werden gern mit Keksen beworfen.«

Sie ging wortlos an ihm vorbei und wartete an einem der Tische, bis er einen Stuhl für sie zurechtrückte. »Bitte sehr.«

Ein verwöhntes Biest, dachte er sich und setzte sich ihr gegenüber. »Was für ein schönes Hotel.«

»Ja, nicht? Ich bin schon fast regelmäßig hier, könnte man sagen, und liebe es, was einem hier alles geboten wird. Allerdings ist das heute kein fröhlicher Anlass für mich.«

Der Champagner kam, und die Bedienung brachte auch Stockers Wasser mit. »Zum Wohl.«

Stocker hob dankend die Hand und musterte Heide, die elegant trank, den Kopf dabei zur Seite geneigt, sodass sie ihr nahezu perfektes Profil präsentieren konnte.

Die weiß, was sie will. Und auch, wie sie es bekommt, ging es Stocker durch den Kopf. Er rückte sein Glas etwas zur Seite und beugte sich vor. »Frau Sielmann, was hat Ihnen Ihr Vater von mir mitgeteilt?«

Sie deutete ein Lächeln an, tupfte sich dabei mit einem kleinen weißen Seidentuch den Ansatz einer Träne aus dem rechten Auge und räusperte sich. »Nichts Konkretes. Sie wären ein Bekannter oder so was. Das glaube ich ihm aber nicht. Ich vermute, Sie sind so was wie der Matula in dieser Fernsehserie, Sie wissen schon. ›Ein Fall für zwei‹. Dann ist mein Vater der Dr. Franck, und Sie sind sein Matula. Liege ich damit einigermaßen richtig?«

Sie schaute ihn dabei herausfordernd an und wedelte mit dem Tränentüchlein eine Fliege weg.

Mach nur so weiter, dachte sich Stocker. Du magst mich nicht. Aber warum? Entweder du bist wirklich das, wonach du aussiehst, nämlich eine hochnäsige, geldverseuchte High-Society-Lady mit einem mächtigen Ehemann im Hintergrund … oder du hast Angst und baust hier nur eine Drohkulisse auf. Die dritte Möglichkeit wäre, du hast selber Dreck am Stecken. Aber wo und warum?

Er holte das Nokia aus der Innentasche seiner grauen Jacke, legte es auf den Tisch und schob es mit dem Zeigefinger neben ihr Champagnerglas. »Frau Sielmann, lassen Sie uns mal was klarstellen. Ich arbeite nicht für Ihren Vater, ich bin kein Privatermittler oder so was, und ich sitze hier, weil ich Ihrem Vater einen großen Gefallen schulde. Ich bin jemand mit vielen Kontakten und Verbindungen und spezialisiert auf das Lösen von Problemen aller Art. Mehr müssen Sie nicht wissen.«

Er zeigte auf das schwarze Smartphone. »Darf ich unser Gespräch aufzeichnen?«

Sie hob erstaunt die Augenbrauen. »Nein, wie kommen Sie darauf? Oder soll das ein Verhör werden? Wenn Sie schon so viel wissen, dürfte Ihnen nicht entgangen sein, dass mein Mann Oberstaatsanwalt Dr. Sielmann ist. Und der hat kraft seines Amtes sicherlich einiges mehr an – wie haben Sie gesagt? – Kontakten und Verbindungen, richtig?«

Sie trank wieder, schaute ihm dabei aber starr und mit einem falschen Lächeln auf den Lippen in die Augen. Stocker nahm achselzuckend sein Handy und steckte es ein.

Du hast Angst, jetzt weiß ich es. Und verbirgst mehr, als

du mir sagen wirst. Wenigstens haben wir jetzt die Fronten geklärt, überlegte er, während er sanft auf das kleine digitale Philips-Aufnahmegerät in seiner Brusttasche klopfte und es damit einschaltete. »Wie Sie wünschen. Keine Aufnahmen unseres Gespräches. Warum bin ich hier?«

»Tja, was soll ich sagen? Ich habe es meinem Vater versprechen müssen, dass ich mit Ihnen rede. Obwohl ich nicht weiß, was das bringen soll. Mein Mann hat heute Nachmittag die Polizei eingeschaltet. Was können Sie, was die nicht können?«

Ohne auf ihre Frage einzugehen, erwiderte er: »Warum erst heute Nachmittag? Der Entführungsversuch fand doch gestern, am Montagvormittag, statt.«

Sie hob die Schultern. »Fragen Sie das doch bitte meinen Mann. Ich glaube aber nicht, dass er sich mit jemandem wie Ihnen über sein Vorgehen austauschen wird. Darf man hier draußen rauchen?« Sie schaute sich suchend um.

Stocker stand auf, holte vom Fensterbrett einen der Aschenbecher und stellte ihn neben das Champagnerglas. Sie zündete sich nervös und fahrig eine Davidoff Gold an und stieß hastig den Rauch aus.

Schon klar, dass eine wie die keine Selbstgedrehten raucht, ging es Stocker durch den Kopf. Er schlug die Beine übereinander und schaute zu den zwitschernden Vögeln in den Baumkronen auf.

Jetzt denkst du dir wahrscheinlich, warum greift der Stocker nicht an? Einfach mal frontal ein paar Fragen rausschleudern, dann eine Fangfrage dazwischen, damit sie sich in Widersprüche verstrickt, wenn es da welche gibt?

Ganz verkehrt, sage ich dir. Jemanden wie die Heide musst du kommen lassen. Du hast alle Zeit der Welt. Und wenn du selber schweigst, fängt dein Gegenüber irgendwann zu reden an. Keiner hält Schweigen lange aus. Und wenn sie dann anfängt, lass sie reden, unterbrich sie nicht, sondern merk dir deine Fragen für später. Noch was: Achte auf die Körpersprache. Bei einer Lüge spricht dein Gegenüber langsamer, als wenn es dir was Wahres erzählt. Denn wenn man nur Teile der Wahrheit preisgeben will und doch reden muss, verwickelt man sich schnell in die Netze der Unwahrheit. Und die Konsequenz sind mehr Lügen, bis du in einem Netz von Lügen steckst.

Gute Lügner haben oft ein phänomenales Gedächtnis. Hör dir bloß mal unsere Politiker im Fernsehen an. Die reden doch alle nach dem Motto »lügen und lügen lassen«.

Stocker ließ seinen Blick von den Vögeln weg zu ihren Augen sinken und beobachtete ihr Gesicht.

Dort gibt es ein paar todsichere nonverbale Vorabhinweise, dass gleich gelogen wird, dass sich die Balken biegen: Es beginnt mit unbewusstem Lippenlecken oder Lippenbeißen. Das bedeutet, dass sich im Kopf deines Gegenübers Druck aufbaut und es bald was sagen wird. Und sogar geübte Lügner neigen dazu, kurz eine Hand auf den Mund zu legen, als wollten sie die Lüge jetzt noch gar nicht rauslassen.

Pass auf: der Griff an die Nase. Typisch. Denk bloß mal an Bill Clinton und seinen historischen Satz: »Ich hatte keinen Sex mit dieser Frau!« Dabei berührte er sechsundzwanzig Mal leicht seine ziemlich gerötete Nase.

Es gibt noch unendlich viele dieser Zeichen, das kannst du mir ruhig glauben. Die Körpersprache zum Beispiel wird beim Lügen minimalistisch, die Augen trauen sich vor lauter Konzentration nicht zu blinzeln, und was weiß ich nicht alles.

Das alles aufzuzählen, würde zu weit führen. Aber du kannst dir sicher sein, dass der Stocker auch in der Beziehung so ziemlich jeden Trick kennt.

Heide wurde unter seinem Blick zunehmend nervös. Ihre Pupillen erweiterten sich, die Hand, die die Zigarette hielt, zitterte ein wenig, und ihre Augenbrauen hoben sich etwas.

Gleich geht's los, dachte sich Stocker und nahm einen Schluck von seinem Wasser. Sie griff ebenfalls nach ihrem Glas, trank es aus und hob es über ihren Kopf in Richtung der beiden Servicekräfte, die an der Tür standen. Sofort eilte eine Bedienung herbei.

»Noch ein Glas, bitte. Mit einem Stück Eis drin, ja?«

Und zu Stocker, während sie sich vorbeugte und ihre halb geraucht Zigarette ausdrückte: »Na gut. Wenn es denn weiterhilft.« Sie wischte sich mit dem Tuch über den Mund, ihr Blick wanderte nach rechts unten, vom Stocker aus gesehen. Bingo, dachte er, Showtime.

»Wir sind davon überzeugt, dass die Entführung mir galt. Am Montag gehe ich meist gegen elf Uhr aus dem Haus, nahezu an jedem Montag. Wenn also jemand das Haus beobachtet hat, kann er das in Erfahrung gebracht haben. Auch an diesem besagten Montag bin ich um elf durch das Tor zur Straße gegangen.«

Sie hielt kurz inne, schaute dem Stocker in die Augen und wartete, ob er was dazu sagen würde. Dann glitt ihre Zunge kurz zwischen ihre Lippen, und sie zog einen Mundwinkel nach unten: »Ja, und da stehe ich auf der Straße, sehe Inges Fahrrad da liegen und die Handtasche daneben. Ich war wie … ich weiß es auch nicht. Unter Schock?«

Sie schaute den Stocker wieder an und lehnte sich zurück, weil die Bedienung mit dem feucht beschlagenen Champagnerglas an den Tisch trat. »Bitte sehr, mit einem Stück Eis. Darf es noch etwas sein?«

Stocker hob die Hand. »Ja. Bringen Sie mir bitte ein kleines Tegernseer.«

Die junge, hübsche Frau lächelte, nickte und ging. Stocker schob sein Wasserglas zur Seite und machte eine einladende Handbewegung zu Heide. »Bitte fahren Sie fort.«

»Wo war ich? Ach ja. Der Schock. Ich glaube, ich ging ganz automatisch die Straße runter.« Sie wedelte mit einer Hand über dem Glas und schob das Kinn ein bisschen vor. »Jaja, ich weiß schon. Ich hätte gleich ins Haus zurückrennen sollen und die Polizei anrufen. Aber ich dachte … ich dachte … geh mal die Straße runter, vielleicht ist die Inge gestürzt, hat sich die Knie aufgeschürft und ist Richtung Dorf gelaufen. Was weiß ich? Was, bitte schön, denkt man in so einer Situation, hm? Was würde denn einer wie Sie machen?«

Sie schluckte trocken und nahm einen Schluck Champagner, setzte das Glas hart ab und funkelte den Stocker an. »Die Inge ist die Frau Brenning, unsere Haushälterin. Die kommt jeden Morgen um zehn Uhr. Montag bis Freitag. Und da liegt plötzlich ihr Fahrrad und ihre Tasche. Vor unserer Einfahrt. Keine Spur von ihr. Was oder wie soll ich da denken? Die Inge und ich, wir haben ein nettes Verhältnis zueinander.«

Sie drehte ihr Glas und kratzte sich kurz am Ellenbogen. »Natürlich sind wir nicht befreundet. Die arme Frau ist geschieden, lebt allein in einem kleinen Zimmer, ich weiß gar nicht genau, wo überhaupt. Hier am See zu wohnen, das können sich ja solche Leute wie die Inge überhaupt nicht mehr leisten. Aber wir sind gut zu ihr. Ich jedenfalls. Die Handtasche, die am Boden lag, war eine alte von mir. Ich schenke ihr ab und zu Taschen, auch mal das eine oder andere Kleid, wenn ich mich auf die neue Modesaison einstelle.«

Sie berührte ihr Ohr und fuhr sich durch die Haare. »Mein Mann dringt darauf, dass ich immer voll trendig angezogen bin. Wir müssen ja oft zu Empfängen, in die Oper, zu diesen endlos langweiligen Stehpartys, Sie wissen schon.«

Sie schaute ihn an, lächelte schief und meinte: »Nein, natürlich wissen Sie das nicht. Woher auch?«

Sie schwankte leicht mit dem Oberkörper und verschränkte die Hände. »Was ist? Warum reden Sie nicht? Hat es Ihnen die Sprache verschlagen?«

»Nein. Ich höre Ihnen zu. Wann kamen Sie zurück?«

»Zurück? Woher zurück?« Sie starrte ihn verständnislos an.

»Na, von Ihrem Gang am See entlang. Und was passierte dann?«

Sie machte die Merkel-Raute, und ihr Blick glitt wieder nach links ab. »Ich, äh, weiß auch nicht. Warten Sie mal. Ich habe vom See aus meinen Mann angerufen und ihm von dem Fahrrad erzählt. Er sagte: ›Rühr nichts an, ich bin bald da. Die Kameras funktionieren nicht. Was zum Teufel hast du jetzt wieder gemacht?‹ Ich sagte: ›Keine Ahnung. Pfeif auf deine Kameras. Was soll ich denn wegen der Inge tun?‹ Und er: ›Wo bist du denn?‹ Ich: ›Am See.‹ Er: ›Dann setz dich auf eine Bank oder mach sonst was. Komm erst ins Haus zurück, wenn ich da bin.‹«

Stocker legte den Kopf schief, erwiderte aber nichts.

»Ja, ich weiß auch nicht, wie lange ich dann am See unten war. Ich ging irgendwann zurück, das Fahrrad lehnte an der Grundstücksmauer, die Tasche war weg, und das Tor war zu.«

Wieder dieses nervöse Lächeln. »Sie können aber gut zuhören. Ich mag das, wenn Männer zuhören. Jede Frau mag das.«

Stocker nickte nur.

»Gut. Ich merke, dass ich keinen Schlüssel dabeihabe. Ich läute, ich nehme mein Handy und rufe seines an, denn er war ja offensichtlich schon im Haus. Aber sein Anschluss war besetzt. Also winke ich mit meiner Jacke über dem Tor und rufe, schreie, werfe was über das Tor. Er kam dann runter und hat mich reingelassen. Das ist alles. Mehr habe ich nicht zu sagen.«

Sie breitete die Hände aus und lächelte den Stocker an.

»Und der Brief?«

»Welcher Brief?«

Stocker trank von seinem Bier, machte »Ahh« und sagte: »Na, der Erpresserbrief. Es gibt doch einen, oder?«

Sie lachte bitter auf und schaute zum Himmel: »Ach so, ja. Der Brief. Stellen Sie sich vor, diese Leute entführen die falsche Frau und haben dann auch noch die Frechheit, meinen Mann um drei Millionen Euro anzugehen. Finden Sie das nicht auch lachhaft?«

Stocker schüttelte bedächtig den Kopf: »Weiß ich nicht. Sie sagen, die Frau … wie heißt sie gleich noch mal?«

Sie verzog das Gesicht: »Na, Ihr Gedächtnis sollten Sie bei Gelegenheit auch mal wieder ein bisschen trainieren, nicht? Brenning. Inge Brenning. Gibt es noch was, das Sie sich nicht merken konnten?«

Stocker winkte müde ab. »Entschuldigen Sie bitte. Mein Kurzzeitgedächtnis ist wirklich die reine Katastrophe. Was wollte ich Sie eigentlich fragen? Ah ja, das hier: Woher wissen Sie denn, dass die Frau Brenning entführt wurde?«

Wie aus der Pistole geschossen fauchte sie: »Das ist eine Vermutung. Eine reine Vermutung. Wollen Sie mir da was unterstellen? Ich sag Ihnen mal was: Wenn die Inge Brenning nicht am See ist, und auch sonst nirgends, und sie meldet sich einen geschlagenen Tag lang nicht, was ist denn dann das Naheliegendste, Herr Ichweißehschonalles?«

Stocker hob beschwichtigend beide Hände. »Entschuldigen Sie bitte meine dumme Frage. Wir sind auch gleich fertig. Wie hat Ihr Mann reagiert?«

Sie machte: »Pff. Ja wie wohl? Er war sauer, dass er aus seinem Büro musste. Er wollte speziell an diesem Montag wieder mal die Welt retten, und da kommt ihm so was dazwischen. Wissen Sie, was er gesagt hat? ›Erst mal keine Polizei. Ich lass ein paar Kohlköpfe von der örtlichen Wache vorbeikommen und die Situation protokollieren. Dann warten wir ab. Einen Tag.‹ So.«

»Und der Brief? Die Lösegeldforderung?«

Sie schnaubte. »Da hat er nur gelacht, mit dem Wisch vor meinem Gesicht herumgewedelt«, sie machte die entsprechende Bewegung mit ihrem weißen Tuch, »und dann gemeint: ›Wenn die wenigstens dich geschnappt hätten. Obwohl, bist du der Meinung, dass ich dann für dich gezahlt hätte, meine Prinzessin auf der Erbse?‹ Genau das hat er gesagt. Wortwörtlich.«

Stocker schaute auf sein Bier, hob dann die Augen und meinte: »Gnädige Frau, es geht mich ja nichts an. Aber wie steht es denn so um Ihre Ehe?«

Sie rückte ihren Stuhl nach hinten, trank ihr Glas leer und stand auf. »Bleiben Sie sitzen. Machen Sie sich keine Mühe. Und die Antwort auf Ihre Frage haben Sie sich ja auch gleich mitgeliefert: Es geht Sie nichts an. Guten Tag, Herr … ich vergesse Namen sehr schnell.«

»Stocker. Albin Stocker.«

»Ganz allerliebst.« Sie wedelte mit einer Hand über den Gläsern. »Ich darf mich eingeladen fühlen. Danke. Wenn Sie mich jetzt entschuldigen?«

Stocker erhob sich etwas, deutete eine leichte Verbeugung an und ließ sich wieder in den Sessel plumpsen. Du wirst dich noch wundern. Für manche Menschen laufen die Dinge nämlich schon schief, bevor sie überhaupt begonnen haben, dachte er sich. Dann nahm er das kleine Aufzeichnungsgerät aus seiner Brusttasche und hörte zur Kontrolle die letzten Sätze ab. Alles glasklar zu verstehen.

Beim Durchqueren des Eingangsbereichs fiel ihm ein, dass er ja Nellie versprochen hatte, nach dieser speziellen Wellnessanwendung zu fragen. Er drehte zur Rezeption ab und sah im Gang zu den drei Restaurants Heide Sielmann stehen. Sie sprach aufgeregt in ihr Handy und gestikulierte wild mit der freien Hand. Als sie Stocker im Foyer sah, erschrak sie sichtlich, drehte sich weg und beendete rasch das Gespräch, während sie mit schnellen Schritten auf die Tür des Sushi-Restaurants zuging.

Wen hat sie da wohl in ihrer Alarmstimmung angerufen?, dachte sich Stocker, während er auf den Eingang des weitläufigen Mizu-Onsen-Spa-Bereichs zusteuerte.

Und falls du dich jetzt fragst, was das Wort »Mizu« eigentlich bedeutet: Es ist genau genommen ein japanischer Ausdruck für »Erstaunen«. Andererseits haben ja viele japanische Wörter eine doppelte Bedeutung, je nachdem, wie man sie ausspricht. »Mizu« kann so gesehen auch für »einfaches kaltes Wasser« stehen.

Ich selber kann mir das nur so erklären, dass die beiden Wörter eigentlich doch die gleiche Bedeutung haben, weil man ja beispielsweise ganz schön erstaunt sein kann, wie kalt das Wasser in einem See ist, obwohl es von draußen ziemlich muggelig aussieht.

Zum Spa des Hotels kann ich dir sagen, dass man sich in diesem Dreitausend-Quadratmeter-Bereich durchaus auch mal verlaufen kann. Alles ist in einem gediegenen, vornehmen, asiatischen Stil gehalten. Viel Gold, viele gedeckte, matte, wohlige Brauntöne, leise asiatische Musik, und auch in den

Ruheräumen ist alles so edel und prachtvoll, dass man sich auf die gemütlich aussehenden Liegen erst nach Vorlage eines ärztlichen Rezeptes niederzulassen getraut.

An der Bar in einem der Räume war ein kleines Büfett mit Sushi-Variationen und gepressten Säften angerichtet, und eine sehr gut aussehende Dame in einem Kimono lächelte den Stocker an. »Guten Tag, kann ich Ihnen helfen?«

»Ja, äh, ich hätte gerne eine Auskunft zu einer bestimmten Wellnessanwendung.«

»Da sind Sie bei mir richtig. Um was für eine Behandlung geht es denn?«

»Sie heißt Chai-yok. Habe ich das richtig ausgesprochen?«

Das Lächeln der Dame wurde breiter. »Aber ja. Wir haben Chai-yok zwar nicht im regulären Programm, können diese Anwendung aber durchaus anbieten. Möchten Sie für die Dame einen Termin buchen?«

Stocker schaute sich um. »Warum nur für die Dame? Vielleicht wäre das ja auch was für mich. In meinem Alter sollte man auch als Mann durchaus mehr für seinen Körper tun, meinen Sie nicht?«

Miriam, das stand auf ihrem Anstecker über der rechten Brust, lachte herzhaft und meinte: »Ihnen würde ich da eher andere Behandlungen empfehlen. Darf ich Ihnen unsere Unterlagen mitgeben?«

»Moment.« Stocker nahm die Mappe, die sie ihm reichte, und hakte nach: »Warum kann ich keine Chai-yok-Anwendung haben? Wäre das zu anstrengend für meinen Kreislauf oder so?«

»Nun«, sagte Miriam lachend, »weil ich mir das bei Ihnen nun wirklich nicht vorstellen kann. Chai-yok ist ein ›V-Steaming‹, ein Vaginadampfbad, zur Reinigung und Erfrischung des Intimbereichs. Dieser wird mit Heilkräutern bedampft, in Verbindung mit Infrarot- oder LED-Bestrahlung. Aber das hat man Ihnen möglicherweise etwas missverständlich erklärt, oder?«

Stocker spürte, wie ihm die Röte ins Gesicht schoss, und

er murmelte: »Soso, dann werde ich mir das wohl noch mal überlegen.« Er hob die Mappe hoch. »Danke für die Unterlagen, ich gebe sie meiner Frau weiter. Einen schönen Abend noch.«

Dann machte er, dass er rauskam, so flott er konnte.

Auf dem Weg zu seinem alten Benz schaute er sich unauffällig um, beobachtete parkende Autos und stellte sich vor ein Schaufenster, um das Umfeld auf der anderen Straßenseite zu überprüfen.

Er setzte sich in seinen Mercedes, schaltete das Nokia wieder ein und rief den KHK Zuckerhahn in seinem Reha-Hotel in Bad Birnbach an. Der ging nach dem vierten Rufton ran. »Mmpf. Stocker. Moment. Ich muss noch schnell runterschlucken.«

Kurze Pause, dann: »So, jetzat geht's. Was liegt an?«

»Grüß dich. Was isst du gerade?«

»Kuchen. Die haben hier ein phantastisches Kuchenbüfett. Das soll eigentlich die Nachspeise sein, aber ich ernähre mich hauptsächlich mittags von Schweinsbraten und Knödeln, und abends gibt's zum Ausgleich Kuchen.«

»Das ist ungesund.«

»Mein gesamtes Leben ist ungesund. Warum bin ich denn eigentlich hier, hä? Weil mich jemand umbringen wollte. Schon vergessen?«

»Nein. Ich hab schließlich den Kerl höchstpersönlich ins Jenseits befördert. Aber trotzdem: Zu viel Kuchen ist auch eine Art von Selbstmord. Du wolltest doch abnehmen, soweit ich weiß.«

Der Kriminalhauptkommissar in Reha schnaufte wie ein Walross. »Tu ich ja. Aber weißt du was? Ich kann essen, so viel ich will, ich nehme kein Gramm ab. Was ist der Grund deines Anrufs? Du willst doch was von mir, oder?«

Stocker schaute durch die Frontscheibe in die Dämmerung. »Wie geht es dir?«

»Gut. Ich fühle mich fit. Die Reha ist eigentlich nur ein

Grund, damit sie mich vom Schreibtisch fernhalten können. Ich soll ausgemustert werden, habe ich gehört. In den vorzeitigen Ruhestand wollen sie mich wegloben. Mit einem Orden, einer Urkunde und einem Fresskorb von Netto oder Aldi. Die, die im Polizeipräsidium zwei Etagen höher sitzen, bekommen Fresskörbe vom Käfer oder vom Dallmayr. Also, was liegt an? Ich habe hier am Büfett noch zu tun.«

Stocker überlegte und wischte sich über die Stirn. »Oberstaatsanwalt Dr. Hubert Sielmann. Was fällt dir zu ihm ein? Eventuell auch zu seiner Frau?«

Der Zuckerhahn stöhnte auf. »Au weh. Der Sielmann ist ein Karrierehengst. Altes Geld und beste Connections. Burschenschaftsverbindungen vom Feinsten. Ich glaube, der war in einer dieser elitären Burschenschaften, in denen auch der Ramsauer, Diepgen, Vogel, Höcherl und so weiter waren … Diese Kaliber eben. Die halten auch später zusammen wie Sekundenkleber. Mit diesen Seilschaften legst du dich besser nicht an. Der Sielmann ist ein Intrigant, wie er im Buche steht. Der hat seinen Machiavelli auswendig gelernt und beherrscht die Kunst des Krieges. Überdies ist er der Topkandidat für den nächsten Generalstaatsanwalt. Warte mal.«

Der Zuckerhahn stopfte sich ein weiteres Stück Kuchen in den Mund, schmatzte, kaute und schluckte, dann sagte er: »In diesen Käsesahnekuchen könnte ich abtauchen. Seine Villa am Tegernsee solltest du mal sehen. Mit eigenem Badestrand und allem.«

»Warst du da schon mal zu Gast?«

Zuckerhahn lachte laut auf. »Wer? Ich? Nein, nein, wo denkst du hin? Aber ein Kollege vom BND, der dort Kameras und Überwachungskram installiert hat, aus Gefälligkeit, du weißt schon, der hat mir Handyfotos gezeigt. Der George Clooney würde für so ein Anwesen einen Blankoscheck hinlegen.«

»Kommst du an die Fotos ran?«

»Kann schon sein. Warum?«

»Weil ich glaube, dass der Sielmann Dreck am Stecken hat.

Seine Frau auf jeden Fall. Mit der habe ich mich grade unterhalten, in einem Hotel. Die lügt wie gedruckt. Weißt du was über die Frau? Heide Sielmann?«

Der Zuckerhahn stöhnte. Wahrscheinlich beugte er sich über das Büfett, um weiteren Kuchen zu angeln. »Die ist so was wie eine Trophäenfrau. Sehr hübsch, obwohl ich persönlich glaube, dass sie mit manchen ihrer Körperteile seit einiger Zeit nicht mehr blutsverwandt ist. Aber das machen ja die Promischnecken heutzutage alle. Die Sielmanns habe ich mal gesehen, warte mal … genau … vor vier Jahren. Da veranstaltete der Herr Dr. S. eine Dinnerparty direkt am Tegernsee. Die reine Seeprominenz war da und ein paar Adabeis aus München. Ich war mit meiner Truppe als Security aufgestellt. Bezahlte Überstunden, und wir durften nachher das essen, was vom Büfett übrig blieb. Die Heide Sielmann ist die perfekte Small-Talk-Bussi-Bussi-Queen. Spricht eine Handvoll Sprachen, weiß, wie man mit Besteck und Stäbchen umgeht, und kennt jeden und alle. Auch die Yellow-Press-Schickimickis und die Nobelhoteliers rund um den See.«

»Und privat? Wie läuft es bei denen privat, was meinst du?« Stocker bekam bei dem Gemampfe am anderen Ende der Leitung einen richtigen Heißhunger, und sein Magen knurrte laut.

»War das gerade Donner? Gewittert es am See?«

»Nein, mein Magen knurrt. Also, was ist?«

»Ich weiß doch nix Privates von denen, wo denkst du hin? Was ich allerdings mitbekommen habe bei der Edelparty: Die Sielmanns gehen sich irgendwie aus dem Weg, das sieht für mich eher wie eine Zweckbeziehung aus. Sie ist für High-Society-Glanz und -Glimmer zuständig und er für den hohen Status.«

»Weißt du, wie und wo er sie kennengelernt hat?«

»Da, wo die meisten ganz oben ihre Ehefrauen kennenlernen: Sie war seine Sekretärin, dann seine Abteilungsleiterin, dann hat sie ihn wahrscheinlich über den Schreibtisch gezogen, und schwupp waren sie verheiratet.«

»Kinder?«

»Nein, die waren damals beide schon erwachsen, der Sielmann und die Heide.«

Stocker seufzte. »Selten so gelacht. Du weißt schon, was ich wissen will.«

»Nein. Die haben keine Kinder. Jedenfalls nicht zusammen. Der Sielmann hält sich für einen Womanizer und schlägt ganz schön zu, was man zu meiner aktiven Zeit so gehört hat. Soll ich mal ein bisschen bei meinen alten Kontakten nachfragen? Außer Kuchenessen und Kartenspielen habe ich hier nicht viel zu tun.«

»Ja, bitte mach mal. Aber lass dich nicht erwischen. Das könnte eventuell brandig werden.«

»Ja gut. Dann bis dann. Ich muss mich hier noch ein bisschen durcharbeiten. Servus, Stocker.«

Stocker hob den Arm. »Nein. Warte. Schau mal, was du über eine gewisse Inge Brenning rauskriegst. Du weißt schon: woher, Familienstand, aktenkundig, die ganz normale Röntgenprozedur.«

»Kann ich machen. Hast du noch ein paar Anhaltspunkte für mich?«

»Die Inge Brenning ist, oder war, die Haushälterin bei den Sielmanns. Geschieden, Alter um die fünfzig? Genau weiß ich das nicht. Wohnt irgendwo in der Nähe vom Tegernsee, da, wo die wohnen müssen, die sich das Seeumfeld nicht leisten können. Kann aber nicht weit sein, wenn sie mit dem Fahrrad zur Arbeit kommt.«

»Mmpf. Mach ich. Also, ich melde mich morgen mal, bis dahin hab ich was. Servus, Albin.«

»Servus, Zuckerl. Der Name passt irgendwie zu dir.«

»Sehr witzig.« Dann beendete der KHK Zuckerhahn das Telefonat.

10

Dienstag, 7. Juni, 20:11 Uhr

Kurz nach dem Zentralparkplatz in Tegernsee tauchte hinter ihm aus einer Seitenstraße ein blauer BMW auf, und die Scheinwerfer des Wagens ließen Stockers alten Benz nicht mehr aus den Lichtkegeln. Sie wirkten im Rückspiegel wie die Augen eines riesigen Unterwasserungeheuers, das auf den günstigsten Moment zum Angriff wartete. Ein kleiner Fiat setzte den Blinker, um den BMW zu überholen, aber der Fahrer des blauen Wagens beschleunigte und schloss bis auf drei oder vier Meter zu Stocker auf.

Im trüben Schein der Straßenbeleuchtung konnte Stocker erkennen, dass zwei Personen in dem BMW saßen. Er drückte das Gaspedal durch, um etwas Abstand zu schaffen, sodass er das Nummernschild des Verfolgers sehen konnte.

Dann rief er Nellie über die Freisprechanlage an. »Danke für die Chai-Nummer, mein Hase. Da hast du mich mal wieder schön auflaufen lassen.«

Sie lachte hell auf. »Albin, mein Schatz, ich habe echt geglaubt, so was gibt es auch für Männer. Wegen Gleichberechtigung und so. Die wollten deinen Pillermann also nicht bedampfen? Na so was.«

»Jaja. Du mich auch. Pass auf, ich gebe dir mal ein Autokennzeichen durch, hast du was zu schreiben?«

»Ja, fang an.«

Stocker nannte ihr die Miesbacher Nummer und sagte: »Ruf den Ringo an, jetzt sofort, auf der Festnetzleitung. Ich bleibe dran.« Etwa zweihundert Meter vor einer Parkbucht überholte der BMW, setzte sich vor Stockers Benz, und im Rückfenster der Limousine tauchte eine Diodenleuchtschrift auf: »POLIZEI – BITTE FOLGEN«.

Der BMW blinkte, bremste, bog von der Straße ab und kam

neben den Bäumen auf der Höhe der Mülltonne und der Betonsitzbank zum Stehen.

Stocker hielt den Benz einige Meter hinter der Zivilstreife an und schaltete den Motor ab. Der Fahrer und der Beifahrer des BMW stiegen gleichzeitig aus. Der Fahrer blieb an der Tür stehen und leuchtete Stocker mit einer starken Stablampe an.

Der Beifahrer kam zum Benz, schaute in das Wageninnere, ging auf die Fahrerseite, und Stocker ließ das Fenster runter. »Guten Abend. Sagen Sie nicht, ich war zu schnell.«

Ohne auf seine Frage zu antworten, sagte der Mann: »Wo kommen Sie her?«

Stocker hob die Augenbrauen. »Generell gesehen? Aus meiner Mutter. Darf ich mal Ihren Ausweis sehen? Polizeibeamte in Zivil weisen sich stets mit ihrem Dienstausweis aus.«

Der Kerl, ein mittelgroßer Typ um die vierzig mit sehr dünnen, kurzen Haaren, griff in die Brusttasche seines Hemdes, zog einen Polizeiausweis im Scheckkartenformat hervor und hielt ihn vor Stockers Gesicht. »Bitte. Ich zeige Ihnen aber gleich noch was anderes. Vorher bitte ich Sie um den Fahrzeugschein sowie den Führerschein.«

»Das habe ich hier in der Seitenablage. Ich öffne jetzt die Tür und fasse nach unten.«

Der Polizist drehte den Kopf zu seinem Kollegen und sagte: »Der kennt sich aus. Gib uns mal den Blasebalg.« Und zu Stocker: »Wenn die Tür schon auf ist, können Sie auch gleich aussteigen. Wir machen jetzt einen Alkoholtest, wegen Anfangsverdacht und so. Mein Kollege überprüft derweil Ihre Papiere. Sind Sie mit einem Alkoholtest einverstanden?«

»Ja klar.« Stocker hievte sich aus dem Benz, überreichte dem Mann die Papiere und stellte sich neben die hintere Tür.

Der zweite Polizist, ein jüngerer, muskulöser Mann mit kurz geschorenen Haaren, reichte ihm ein Messgerät mit einem durchsichtigen Schlauch und einem kleinen Mundstück daran. »Tief Luft holen, in einem Stück, ohne abzusetzen, kräftig reinblasen.«

Dann nahm er Stockers Papiere und ging damit zum BMW.

Stocker tat, wie ihm geheißen, reichte den Tester dann dem Dünnhaarigen. Der leuchtete mit seiner Lampe drauf. »Knappe null Komma drei. Setzen Sie sich in Ihren Wagen. Lassen Sie den Motor aus. Dauert nicht lange.«

Dann ging er zurück zum BMW.

Stocker sagte in Richtung Mikro seiner Freisprechanlage: »Hast du das gehört?«

»Klar doch. Das hätte ich dir auch sagen können. Die Kiste ist eine Bullenschleuder. Gibt's Probleme?«

»Glaube ich nicht. Bleib dran und hör einfach mit, was die noch von mir wollen, wenn ich meine Papiere zurückbekomme. Wenn's Ärger gibt, werde ich dich als Frau Dr. Nell, meine Anwältin, anreden. Dann musst du improvisieren, je nachdem, was anliegt. Machst du das?«

»Aber ja, mein Schatz. Ich werde einen oscarreifen Auftritt hinlegen. It's showtime, baby!«

Die beiden in der blauen Limousine ließen sich Zeit. Nach etwa fünf Minuten kamen sie lässig zum Benz geschlendert. Der Muskulöse beugte sich auf der Beifahrerseite runter, klopfte ans Fenster und machte Kurbelbewegungen.

Stocker ließ nun auch das Beifahrerfenster runter, der Kerl in Jeans und Holzfällerhemd zog den Sperrknopf hoch, öffnete die Tür und ließ sich in den Ledersitz fallen. Stockers Nokia legte er mit einem Grinsen auf seine Seite der Ablage, direkt über dem Handschuhfach.

Dünnhaar stellte einen Fuß auf die Schwellerleiste und verhinderte so das Schließen der Fahrertür. Dann warf er mit einer schnellen Handbewegung Stockers Papiere auf das Armaturenbrett. »Na so was. Von dir weiß man nur, dass man nicht viel weiß. Aber du bist ein ganz schön schräger Vogel.«

Stocker schaute erst Dünnhaar, dann Muskelmann an und fragte: »Kennen wir uns? Ich meine, wegen dem Du und so?«

Muskelmann schüttelte bedauernd den Kopf, und Dünnhaar meinte: »Solche wie dich kennen wir gut. Und wir können super mit Psychoten wie dir umgehen.«

Hoffentlich kriegt die Nellie alles mit, dachte Stocker und

machte ein verdutztes Gesicht. »Ich verstehe nicht, was Sie mir sagen wollen.«

Dünnhaar beugte sich nach unten, um seinem Kollegen ins Gesicht schauen zu können, und sagte mit Erstaunen in der Stimme: »Hast du das gehört? Er versteht uns nicht. Wie versteht er uns nicht? Akustisch? Ja, was machen wir denn da?«

Mr Muskel schlug dem Stocker ansatzlos und blitzschnell mit der flachen Hand auf den Hinterkopf, dass es nur so klatschte, und Dünnhaar schob sein Hemd zur Seite, sodass seine Pistole im schwarzen Gürtellederhalfter zu sehen war. »Jetzt pass mal auf, du Gurke. Ich sage das jetzt ein einziges Mal: Lass die Frau in Ruhe. Die ist nichts für dich. Schau nicht so blöd. Du weißt schon, die Frau von vorhin, im Hotel. Die ist ab sofort tabu. Ihr Mann ist ein hohes Tier bei uns, und der hat was gegen Stalker. Hast du mich verstanden, oder soll dir mein Kollege noch schnell eine Kiefermassage für deine Hackfresse verpassen?«

Stocker zuckte ängstlich zusammen und fragte: »Sie drohen mir mit körperlicher Gewaltanwendung?«

Der Muskelmann stieß ein meckerndes Gelächter aus. »Hohoho, wie der sich auf einmal ausdrücken kann. Und Schiss hat er auch. Weißt du was? Ich hätte Lust, dich gleich hier hinter die Bäume zu ziehen. Dann kriegst du von mir persönlich einen Vorschuss auf das, was dich erwartet, wenn dein Pimmelgesicht hier noch mal auftaucht.« Und an seinen Kollegen gewandt: »Soll ich ihn mal ein bisschen durchprügeln? Was meinst du?«

Dünnhaar wackelte grinsend mit dem Kopf. »So rein präventiv? Tja, das würde ihm vielleicht nicht schaden. Mach mal. Ich bleib so lange hier beim Auto.«

In dem Moment ertönte Nellies Stimme forsch aus der Freisprechanlage. »Guten Abend, die Herren. Hier ist Dr. Nell. Ich bin Herrn Stockers Anwältin. Das Gespräch habe ich von Anfang an mitgehört und aufgezeichnet. Sagen Sie mir zwecks Erstellung einer Anzeige wegen tätlicher Bedrohung, Amtsmissbrauch und was mir noch gegen Sie einfällt, erst einmal laut und deutlich Ihre Namen und Dienstnummern. Dann begeben Sie sich umgehend zu Ihrer Dienststelle, die ich nach Beendigung dieses Gesprächs von Ihrem Vorgehen in Kenntnis setzen werde. So, und jetzt Ihre Namen, aber langsam und deutlich, wenn ich bitten darf. Wer fängt an?«

Der Muskelmann zeigte dem Armaturenbrett seine zwei Mittelfinger, während seine Lippen ein lautloses »Fick dich, Bitch« formten. Dünnhaar streckte dem Stocker seinen Zeigefinger vor die Nase und flüsterte: »Hiermit kriegst du jetzt richtig Ärger, du Arsch«, beugte sich ins Auto und sagte laut: »Da liegt ein Missverständnis vor, Frau Anwältin. Bei unserer Aktion handelt es sich um eine Gefährderansprache nach Paragraf 29 PolG. Herr Stocker steht im Verdacht, eine Frau zu stalken.«

Nellie schnarrte: »Verstehe. Und Ihre Aktion bedingt den Einsatz von körperlicher Gewalt? Darüber steht meines Wissens nichts im Neunundzwanziger. Vielleicht in Nordkorea, meine Herren, aber nicht hier. Wer hat diese Aktion wann und aufgrund welcher Vorfälle angeordnet?«

Dünnhaar kam ins Schleudern. »Äh, ja, das war, äh, erst einmal eine Anweisung unseres Vorgesetzten. Wegen Gefahr im Verzug und so weiter musste es schnell gehen. Die Frau, um die es geht, hat vom Hotel aus ihren Mann angerufen.«

»Sehr schön. Wer ist der Ehemann dieser Frau?«

»Das, äh, können wir nicht preisgeben. Laufendes Verfahren. Das verstehen Sie sicher.«

Nellie steigerte ihre Lautstärke und fauchte ins Telefon: »Ich verstehe, dass Sie mir hier einen Haufen Bockmist erzählen. Ihre Namen, die Dienstnummern und dann ab durch die Mitte, meine Herren.«

Muskelmann beugte sich vor. »Finden Sie die doch selber raus, Frau Anwältin. Wir müssen jetzt leider weg. Dringender Einsatz und so.« Dann schnippte er mit den Fingern, und als Stocker zu ihm rüberschaute, machte er das »Ich beobachte dich«-Zeichen, du weißt schon: Zeigefinger und Mittelfinger erst an die eigenen Augen halten und dann zum Gegenüber schwenken. Und dabei natürlich den bösen Indianerblick aufsetzen.

Nachdem der BMW mit durchdrehenden Reifen vom Parkplatz gefahren war, sagte Stocker: »Ich mach mich jetzt ganz schnell vom Acker. Und nehme die Strecke hintenrum über Osterberg und ein paar Schleichwege nach Rosenheim.«

»Kommst du nicht zu uns in die ›Endstation‹?«

»Nein, ich bleibe in Rosenheim. Übrigens, in der Sache mit der Muschi-Sauna ist das letzte Wort zwischen uns zweien noch nicht gesprochen. Das ist dir schon klar, oder?«

Sie lachte auf. »Ah, du willst doch zum Steamen mitkommen? Ich schau mal, was sich machen lässt. Aber grade eben, als Anwältin, da habe ich schon deinen Hintern aus dem Feuer ziehen dürfen, was?«

Jetzt musste auch der Stocker grinsen, während er anfuhr und den Benz wieder auf die Uferstraße steuerte. »Du warst so was von super, mein Schatz. Drum ist hiermit alles vergeben und vergessen. Die zwei hätten mich wahrscheinlich ziemlich ramponiert zurückgelassen. Bussi und bis morgen, oder so. Grüß den Drago.«

11

Dienstag, 7. Juni, 21:42 Uhr

»Da hast du aber Glück, Albin, in einer Viertelstunde macht die Küche zu. Was darf's denn sein?«

Stocker lehnte sich auf der gemütlichen Eckbank beim »Stockhammer« zurück und schaute in die Karte. »Den Zwiebelrostbraten mit Spätzle und Salat, das klingt gut. Und ein alkoholfreies Weißbier, bitte.«

Die junge Frau schaute ihn an. »Alkoholfrei? Seit wann das denn? Da ist doch jede Menge Zucker drin.«

»Ich muss mal eine Alkoholpause einlegen, meint meine Leber, und auf seine Innereien soll man hören.«

Er nahm sich eine von den Brezen aus dem Korb neben dem Kartenhalter, und während er hineinbiss, summte sein Handy. Stocker schluckte hastig, nahm das Telefon ans Ohr und sagte: »Ja?«

»Drah di net um, der Kommissar geht um«, ertönte aus dem Nokia. Ziemlich falsch gesungen vom Zuckerhahn, der bester Laune zu sein schien.

»Zuckerl, hast du ein paar Cognacschnitten zu viel gefuttert?«

»Nein, mein Lieber. Aber ich bin gut drauf, obwohl ich mich heute Nachmittag noch mitten in einer ausgewachsenen Sinnkrise befunden habe.«

»Wegen deiner wahrscheinlichen Weglobung aus dem Dienst?«

»Nein. Ich habe dummerweise ein paar Kilo zugelegt, das ist die schlechte Nachricht. Die gute dabei ist, dass wir auf der Station heute eine neue Schwester bekommen haben. Eine sehr interessante Frau. Um die fünfzig, ein bisserl mollig und mit einem Lachen wie ein Engel. Und die sagt zu mir, das musst du dir jetzt mal auf der Zunge zergehen lassen: ›Herr Zucker-

hahn, also, ganz ehrlich, Sie erinnern mich so an den Volks-
schauspieler Walter Sedlmayr, unser Herrgott hab ihn selig.
Ich bin direkt wohlig erschrocken, als ich Sie zum ersten Mal
auf dem Gang gesehen habe.‹ Genau das hat sie gesagt. Wohlig
erschrocken, wie schön klingt das denn, oder was meinst du?«
Stocker nickte der Bedienung zu, die das hohe und von
außen beschlagene Weißbierglas vor ihn hinstellte.
»Wohlig erschrocken, hm? Also für mich klingt das so wie
bei einer Fahrt durch die Geisterbahn. Da wird man auch
wohlig erschrocken. Ich würde diese Aussage deiner neuen
Krankenschwester schon mal von ein paar Seiten aus beleuch-
ten. Ich meine, du bist doch ein Kriminaler, dir macht keiner
was vor. Aber überleg dir, ob du dir nicht vorsichtshalber
Autogrammkarten anschaffen solltest. Als Sedlmayr-Double
oder so.«
»Papperlapapp. Aus dir spricht der Neid. Lass uns lieber
zur Sache kommen. Von der verschwundenen Frau gibt es
nicht viel. Wäre in zwei Wochen einundfünfzig geworden.
Vielleicht taucht sie ja auch wieder auf und kann ihren Geburtstag feiern. Brenning ist übrigens ihr Mädchenname, den
hat sie nach der Scheidung vor, warte mal, hier steht es, vor
ungefähr fünfzehn Jahren wieder angenommen. Gemeldet ist
sie in 83684 Tegernsee. Da wohnt sie in der Nähe der orthopädischen Klinik in einem Mehrfamilienhaus zur Untermiete.
War vorher in München, Obergiesing, gemeldet. Ist kurz nach
der Scheidung nach Tegernsee gezogen. Seit sieben Jahren bei
Graf Dracula Sielmann in der Villa als Haushaltshilfe. So nennt
man heutzutage moderne Sklaverei. Nicht vorbestraft oder
anderweitig behördenkundig. Keine Kinder, keine Geschwis-
ter. Bankverbindungen: Sparkasse, Kontostand 1497,68 Euro
im Plus. Als Entführungsopfer ist sie also absolut ungeeignet.
Hast du was Neues?«
»Nicht wirklich. Ich hab mich vor ein paar Stunden mit der
Frau Oberstaatsanwalt in einem Nobelhotel in Rottach-Egern
getroffen. Die Dame ist aalglatt wie der besagte Fisch. Lügt
aber wie gedruckt. Sie sagt, die Inge Brenning wäre schon fast

so was wie eine Freundin von ihr gewesen, sie hat sie mit abgelegten Taschen und Kleidern versorgt, sie kann das Ganze überhaupt nicht fassen und weiß außerdem von nichts. Die Dame hat ihre Körpersprache aber nicht so richtig im Griff, deshalb vermute ich, dass sie doch einiges über den Montagmorgenvorfall weiß.«

»Warum hast du dich mit ihr getroffen?«

»Ich bin meinem Anwalt noch einen Gefallen schuldig, und sie ist seine Tochter. Er glaubt, sie sollte eigentlich entführt werden. Pass auf: Auf dem Rückweg haben mich zwei Zivile von der Straße gefischt. Die hatten wohl den Auftrag, mir eine Scheißangst einzujagen, und wollten mich mal so richtig durchmangeln.«

»Aber du hast dafür sie verdroschen? Sag mir bitte nicht, dass es so war. Das ist nämlich deine normale Reaktion bei so einer Sache, und wenn alle am Boden liegen, dann fragst du, um was es eigentlich geht.«

Stocker lachte. »Ich glaube, der Sielmann will mich unter Druck setzen. Die beiden haben sich schon kurz nach Rottach-Egern an mich drangehängt, weil die Frau Sielmann wahrscheinlich sofort, nachdem ich weg war, ihr Männi angerufen hat. Traust du dem Sielmann so was zu? Andersrum: Kann der eine solche Aktion anordnen?«

Der Zuckerhahn schwieg ein paar Sekunden, sog sich geräuschvoll einen Kuchenrest zwischen den Zähnen in den Gaumen und meinte dann: »Offiziell natürlich nicht. Aber einer wie der, der hat seine Verbindungen in alle Richtungen. Dem schlägt auch kein Revierleiter eine Gefälligkeit aus, ich würde an deiner Stelle mal ...«

In dem Moment stellte die Bedienung den dampfenden Zwiebelrostbratenteller auf den Tisch, daneben eine Schüssel mit gemischtem Salat. Sie sagte: »Lass es dir schmecken.«

Und Stocker zum Zuckerhahn: »Ich muss jetzt Schluss machen, mein Braten steht auf dem Tisch. Ich melde mich morgen. Danke und weiterhin: Hau rein.«

12

Dienstag, 7. Juni, 22:02 Uhr

Nur fünfundvierzig Autominuten entfernt, in einer hochherrschaftlichen Villa am See, passierte Folgendes, während
Stocker in Rosenheim genussvoll an einem Bratenstück kaute:
Dr. Sielmann stand, einen Arm auf dem Kaminsims, in der
anderen Hand ein klobiges Whiskyglas, kerzengerade da und
versuchte, den Zorn, der sich durch seinen Kopf und seine
Eingeweide fraß, im Zaum zu halten.

Heide saß an dem alten, mit wertvollen Schnitzereien ver-
zierten englischen Esstisch und schälte mit einem kleinen sil-
bernen Laguiole-Obstmesser einen blassen Apfel. Mit einem
spöttischen Lächeln schaute sie zu Sielmann. »Na, du hast ja
schon ganz schön getankt, mein Lieber. Irgendwas frisst an
dir. Komm, Daddy, sag es deinem kleinen Mädchen, vielleicht
machen wir dann ein bisschen Kuschi-Kuschi, und alles wird
gut.«

Sie legte den Apfel nachdenklich beiseite und tippte sich mit
dem Zeigefinger an die Schläfe. »Nein, warte, mir fällt grade
ein, wir machen so was ja schon lange nicht mehr. Vögeln,
meine ich. Ich habe auch überhaupt keine Ahnung, wann du
dich zum letzten Mal ächzend von mir gewälzt hast.«

Sielmann trank seine drei Fingerbreit Whisky und setzte ein
schiefes Grinsen auf. »Du hast recht, meine Kleine. Aber du
wirst ja Gott sei Dank zweimal die Woche beschält. Von deinem gut aussehenden Personal Trainer mit dem Eselsschwanz.
Und ich Kamel bezahle dafür.«

Heide erstarrte und merkte, wie sich ihre Hand um das
Obstmesser verkrampfte.

Sielmann machte ein Clownsgesicht: die Brauen extrem
hochgezogen, mit unnatürlich weit aufgerissenen Augen
und einem zu einem ganz großen »O« aufgerissenen Mund.

»Hooo, das hätte ich jetzt nicht sagen dürfen. Verzeih mir, Königin. Der Hofnarr hat sich nicht mehr im Griff.«

Er versuchte einen weit ausholenden Schwenk mit dem linken Arm und verlor beinahe das Gleichgewicht, krallte sich aber am Kaminsims fest und fuhr fort: »Der Arlecchino darf sich in der Commedia dell'Arte alles herausnehmen, und er glänzt mit seinen akrobatischen Kunststücken. Ich glänze mit meinem Geld, meine Kleine. Und habe dich jahrelang damit verwöhnt. Auch dafür, dass du deinen Part in diesem Drama übernommen hast. Und was deine nachmittäglichen akrobatischen Kunststücke in Zimmer dreizehn anbelangt … Was soll ich nur davon halten? Wo doch die Dreizehn Unglück bringt, das weiß jeder. Nun haben wir den Salat.«

Ihm entfuhr ein lautstarker Rülpser, aber er machte sich gar nicht erst die Mühe, eine Hand vor den Mund zu halten.

»Ah, verzeihen Sie, Madame, der musste jetzt raus. Um bei der Kunst zu bleiben: Du, meine Teure, bist in diesem Stück eine Zanni, das sind die, die aus bäuerlichen Verhältnissen kommen und ihr Glück in den Häusern der Oberschicht als Magd oder Köchin … Warte mal, was fängt denn noch mit ›K‹ an?«

Sielmann hielt sich theatralisch den Handrücken an die Stirn und schloss die Augen. »Psst. Gleich hab ich es.« Er schnippte mit den Fingern. »Kurtisane. Das ist das Wort. Kurtisane.« Er machte eine Kunstpause und starrte seine bleiche Frau an. »Obwohl, der Begriff stammt ja aus dem Französischen. Oder doch aus dem Italienischen? Weil wir gerade dabei sind: Woher stammt denn dein Stecher? Ich konnte da nur rauskriegen, dass er in Spanien geboren und in einem italienischen Kaff aufgewachsen ist. Und noch was: Der Knabe vögelt sich quer durch die Münchner High-Koksiety. Und zockt so nebenbei die alten Suppenhühner ab, dass es nur so klappert. Hey, weißt du, was ich noch über ihn habe? Er hat Schulden wie ein russischer Großfürst, dem steht das Wasser bis hier.«

Sielmann hielt sich den Zeigefinger quer unter die Nase.

»Und deshalb glaube ich, dass der dich entführen wollte. Oder ihr beide dich. Ist das nicht süß? Ist das nicht die reine, unverfälschte, romantische Liebe? Also, ich persönlich bin verrückt nach solchen Geschichten.«

Mit unsicheren Schritten trat er hinter sie, hielt sich mit einer Hand an der Stuhllehne fest und kraulte mit der anderen ihr Haar. Dann beugte er sich so weit herunter, dass sein Mund ganz nahe an ihrem Ohr war. »Aber vielleicht reicht dir ein Ficker nicht mehr, meine Kleine. Hast du dich deshalb heute mit diesem Kerl im Hotel in Rottach-Egern getroffen? Der ist doch zu alt für dich, meine Schöne, alt und feige. Und Geld kann er auch nicht viel haben, weil er einen uralten, versifften Benz fährt. Also, was geht da vor? Was willst du mit einem Handlanger deines Vaters? Für den arbeitet der doch, oder? Wollt ihr mich etwa alle drei gemeinsam abziehen? Ist das der Plan, mhm?«

Sielmann drehte zärtlich eine dicke Haarsträhne um zwei Finger und riss mit einer ruckartigen Bewegung ihren Kopf nach hinten. »Ich sag dir jetzt was, du miese kleine Schlampe. Mit Kohle ist ab sofort Schicht im Schacht. Deine Gold- und Platincards sind ab morgen gesperrt. Dein Porsche bleibt in der Garage. Ab jetzt fährst du mit den Öffentlichen. Oder mit dem Fahrrad. Hast du überhaupt eines?«

Sein Speichel troff ihr auf die Schläfe. »Du ziehst morgen früh zu deinem lächerlichen Vater. Ich überlege mir dann in aller Ruhe, wie es mit dir weitergeht. Sag doch was. Du sagst doch immer zu allem was. Oder hast du was im Hals? Ja? Armer Schatz. Warte, mein Liebling, ich helfe dir.«

Er ließ sie los, und während sie den Kopf hochnahm, schlug er ihr mit solcher Wucht mit der Faust auf den Hinterkopf, dass sie nach vorne mit dem Gesicht auf die Tischplatte geschleudert wurde. Blut ergoss sich aus Mund und Nase und bildete auf der blütenweißen gestickten Leinendecke schnell ein abstraktes Gemälde.

Im Reflex stieß sie mit dem Obstmesser nach hinten und erwischte ihn mit einem schmatzenden Geräusch, wie wenn man einen Zuckerkürbis anschneidet, mitten am Oberschenkel.

Sielmann schrie auf, taumelte zurück und ließ sich mit dem Rücken an der Wand zu Boden gleiten. Mit ungläubigem Staunen starrte er auf den Griff des Obstmessers, um den sich schnell ein immer größer werdender dunkler Fleck bildete. Er umfasste seinen Oberschenkel mit beiden Händen und beobachtete, wie sein Blut nun unter seinen Daumen hervorquoll und die Lache unaufhaltsam größer wurde.

Heide hielt den Atem an, das Blutgemälde auf dem Tischtuch wurde immer surrealer. In dem großen Wohnzimmer der Sielmanns herrschte eine drückende Stille wie in einer Aussegnungshalle um Mitternacht.

Sielmann presste den Hinterkopf an die Wand und stöhnte: »Dafür bring ich dich um. Ruf den Arzt und lass dir was einfallen. Aber wenn das hier vorbei ist, bist du dran, du Mistvieh. Das ist ein Mordversuch.« Seine Stimme wurde immer lauter und hysterischer. »Jetzt ruf schon den gottverdammten Scheißarzt, ich verblute, siehst du das nicht? Mach schon!«

Aber Heide war mit sich selbst beschäftigt. Bei dem Versuch, sich das Blut aus dem Gesicht zu wischen, verschmierte sie es nur noch mehr. Sie drehte sich in ihrem Stuhl langsam zu Sielmann um, schwenkte das blutige Tuch und starrte ihn an.

Erst war es nur ein leises, unterdrücktes Glucksen, dann öffnete sich ihr Mund, und mit dem ersten, kreischenden Lachen ergoss sich ein Schwall Blut auf den edlen dunklen Teppich und auf Sielmanns dunkelbraune Tausendzweihundert-Euro-Schuhe von Dior. »Du drohst mir?«, kreischte sie ihn an. »Du mir? Mr Latex himself? Wenn ich jetzt den Arzt rufe, dann auch gleichzeitig deine Kollegen. Und denen erzähle ich, dass du säufst und mich dann schlägst. Nicht oft, aber zu oft.«

Sielmann setzte mit schmerzverzerrtem Gesicht zu einer matten, geflüsterten Erwiderung an, doch sie hob die Hand mit dem blutigen Tuch in seine Richtung, ihre Stimme hatte sie nun wieder unter Kontrolle, und sie sagte, ohne ihn anzusehen: »Halt die Schnauze! Jetzt hörst du zu! Ich erzähle deinen Kollegen noch was. Oder warte mal, das muss ich mir in meinem Zustand ja überhaupt nicht antun. Ich gebe denen einfach den USB-Stick. Was wolltest du gerade sagen, mein geliebter Gemahl?«

Sie schüttelte bedauernd den Kopf und zischte: »Spar dir das Gelaber. Bei uns im Keller hat sich jemand ein Sadomaso-Studio eingerichtet, wusstest du das? Da ist so ein alter Kerl mit Mundgeruch und einem lächerlich kleinen Schwanz. Man sieht natürlich nicht ganz genau, wer das ist, weil der alte Knabe ja immer von oben bis unten mit glänzendem schwarzem Latex bekleidet ist. Nur seine jämmerliche Zündschnur schaut raus. Der böse alte Mann prügelt auf Frauen ein, dass es nur so klatscht. Ins Gesicht, in den Bauch, auf den Rücken, was du willst. Und wenn die Frauen dann wie tot in den Seilen hängen, dann steckt er ihnen seinen kleinen, halb erigierten Pillermann in den Mund. Manchmal pinkelt er sie auch an. Igitt. Kannst du dir so was vorstellen? Oder willst du den Film sehen, bevor ihn deine Kollegen von mir bekommen? Vielleicht fällt dir ja ein, wer das sein könnte. Nein, warte mal. Das bist du, oder? Dem Mini-Ringelschwänzchen nach kannst das nur du sein. Ich bin neugierig, was deine Kollegen sagen.«

Sielmann starrte sie ungläubig und sprachlos mit offenem Mund an.

Heide drehte ihren Stuhl vollends, beugte sich vor, tätschelte seine Wange und sagte in spöttischem Tonfall: »Na, da sind wir sprachlos, was? Ich mach dir einen Vorschlag, Daddy. Drum hältst du jetzt einfach weiterhin deine perverse Schnauze, bis ich dir erlaube zu sprechen. Sonst hole ich noch ein Obstmesser. Das steche ich dir in den anderen Oberschenkel. Pass auf: Wir leben einfach unser Leben weiter. Nur nach außen hin natürlich. Ich werde mich weiterhin mit Hagen treffen und mir das Hirn rausvögeln lassen. Und du ziehst weiterhin deine Ficki-Ficki-Bootsfahrten durch. Egal, wie viel Geld ich brauche, du gibst es mir. Ohne Fragen, einfach so. Ich spiele dafür im Gegenzug weiterhin meine Glanzrolle als liebes, gesellschaftsfähiges Vorzeigefrauchen, das dir und deinem Charme verfallen ist. Und in ein paar Jahren, wenn du dann der Generalstaatsanwalt bist, trennen wir uns, bleiben aber best friends ever. So machen das doch alle. Und du zahlst weiter, immer weiter. Denn ich habe den Film, vergiss das nicht. Der ist unbezahlbar. So, jetzt hole ich Desinfektionsmittel und den Verbandskasten. Zieh das Bein an, sodass die Wunde mindestens in Herzhöhe ist, dann blutet es gleich weniger. Fass das Messer nicht an. Bin gleich wieder da, also geh nicht weg, Darling.«

Im Rausgehen hörte sie ihn »Miese Drecksschlampe« flüstern.

Sie drehte sich um, winkte ihm mit der blutverschmierten Serviette und sang hüftschwingend: »Das habe ich gehö-hört, Daddy-O!«

Jetzt wird dir jeder Arzt sagen: Zieh auf keinen Fall das Messer aus einer Wunde. Stichwort: innere Blutungen, unkontrollierter Blutverlust und so. Aber wenn du so eine Wut hast wie die Heide, dann siehst du so was nicht so eng.

Sie wühlte im Erste-Hilfe-Wandschrank in dem Haushaltsraum neben der Küche, griff sich einen Eimer und legte Kompressionsmull, ein kleine Rolle mit dünnem Gummischlauch, zwei Scheren, Einweghandschuhe, Desinfektionsspray, Verbände und eine Rolle mit breitem silbernem Klebeband hinein. Sie überlegte noch ein wenig und ging dann ohne Hast zurück ins Wohnzimmer.

Sielmann hatte sich nicht bewegt, unter seinem linken Fuß bildete sich nun auch eine Blutlache auf dem glänzenden Parkettboden, der Fleck auf dem Teppich hatte sich ausgebreitet und hatte die Form eines großen ovalen Tellers.

»Gib mir die Whiskyflasche, bevor du anfängst.«

Heide salutierte übertrieben und rief fröhlich: »Die Whiskyflasche. Jawoll, Captain, Sir, Master, Bwana, Mr John Wayne. Yess.«

Sielmann fielen die Augen zu, und sie beugte sich über ihn, ging auf die Knie und tätschelte seine Wange. »Hallo, aufwachen. Du sollst doch alles miterleben, weil du ja Schmerzen so gerne magst. Ist jemand zu Hause? Hier ist Nachtschwester Heide. Sei froh, dass ich bei den Pfadfindern war, du Arsch. Ich fange jetzt an. Wenn du dabei sein willst, mach die Glupscher auf.«

Er stöhnte laut auf, als sie ihm den Gummischlauch weit oben am Schenkel umlegte, festzurrte und dann mit einer langen Schere, die sie als Drehwerkzeug benutzte, um den Blutstrom abzustellen, enger drehte.

Mit der kleineren Schere schnitt sie sein Hosenbein vom Knie bis zum Schritt auf, zögerte und schnitt dort rundum, bis das Hosenbein abgetrennt war. Dann führte sie einen ziemlich schiefen Schnitt von oben bis runter zu den Aufschlägen und zog den Stoff weg. »Das nähe ich dir wieder zusammen, Schatzi. Versprochen. Und jetzt beiß die Zähne zusammen. Das, was jetzt kommt, wird richtig wehtun.« Sie küsste mit besorgter Miene seine bleiche, schweißnasse Stirn. »Das hoffe ich wenigstens. I do my very best, dear.«

»Hol den Whisky. Bitte.«

Sie stieß einen erstaunten Ausruf aus: »Huch! Du lebst ja doch noch«, ging aber schnell zu dem kleinen Glastisch neben dem Kamin und schnappte sich die Whiskyflasche, setzte sie ihm an die Lippen und meinte: »Sau dich nicht voll. Es reicht, dass die Hose am Arsch ist.«

Sielmann trank mit geschlossenen Augen in großen, gierigen Zügen. Heide nahm die Flasche weg und nahm selber einen Schluck. »So, Dr. House hat seine Stimmbänder desinfiziert, wir können anfangen.«

Sie nahm zwei Stücke von dem Kompressionsmull, legte sie links und rechts an die Messerklinge, drückte und zog das Obstmesser langsam aus der Wunde. »Da haben wir ja den Übeltäter. So weit, wie ich eigentlich vorhatte, war die Klinge nicht drin. Wie schade. Möchtest du mal schauen?«

Schnell nahm sie die Whiskyflasche und schüttete den edlen

Scotch großzügig über die Wunde. Sielmann bog schreiend den Rücken durch, verdrehte die Augen und versank in eine gnädige Ohnmacht.

Heide legte mehr oder weniger geschickt einen Druckverband an und summte dabei ein Lied aus »High Noon«, das ihr unvermittelt in den Sinn kam. »Do not forsake me, oh, my darling.«

13

Dienstag, 7. Juni, 22:41 Uhr

Wenn du von Gmund aus in Richtung München fährst, dann kommst du an die Kreuzstraße. Die ist genau das, wonach sie benannt ist, der großen Ampelkreuzung mitten auf dem flachen Land. Rechts auf der B 472 geht's zum Dürnbacher Kriegerfriedhof, links, auf der anderen Seite der Kreuzung, steht ein schönes altes Haus, das immer frisch gestrichen aussieht. Im Erdgeschoss ist seit vielen Jahren ein Antiquitätengeschäft. Schau mal rein, wenn du in der Gegend bist, das lohnt sich immer. Ein paar hundert Meter weiter auf der 472 nach Westen steht die Abfüllanlage vom Gmunder Brauhaus.

Wenn du aber geradeaus über die Kreuzung fährst und nach ein paar Kilometern nach links auf das kleine, weilerartige Mischwäldchen schaust, würdest du nie vermuten, dass sich hinter den Bäumen ein mittelgroßer Schrottplatz befindet.

Jockel Perler, der Onkel von Pille, betrieb diesen Platz seit so vielen Jahren, dass ich glaube, erst war der Schrottplatz da, und dann ist der Wald gewachsen, einfach weil sich die Landschaft für den Schandfleck geschämt hat.

Perler war ein dicker, leicht verwahrlost wirkender Kerl mit Bierbauch und einem verfilzten Bart, den er sich selber einmal im Jahr stutzte. Auf den Schrottplatz, den er sich liebevoll über Jahrzehnte hinweg geschaffen hatte, war er sehr stolz. An dem Wohnwagen, der auch sein Büro und seine zeitweilige Wohnung war, glänzten Dutzende von verchromten Radkappen. Daneben hatte er vier oder fünf hohe Stapel mit abgefahrenen Autoreifen auf Felgen aufgeschichtet. In dem von Rost überzogenen Wellblechschuppen am anderen Ende des Platzes türmten sich in den Regalen hinter der Mechanikergrube Kettenzug, Motorenteile, Türen, Batterien und Ähnliches. Und unter dem altersschwachen, windschiefen Vordach stand ein von Öl und Schmierstoffen verdreckter japanischer Gabelstapler.

Auf vier Flächen lagerte er, übereinandergestapelt und nach den wichtigsten Marken sortiert, an die hundert Pkws.

Die, die in absehbarer Zeit in die Presse mussten, standen schräg neben der Presse.

Sein absolutes Schmuckstück und sein ganzer Stolz war aber ein speziell umgebauter Al-Jon-Autofalter XL, Baujahr '90 mit Dieselantrieb. Die Presskraft von mehr als sechzig Tonnen konnte locker auch mal einen von diesen modernen SUVs auf Garderobenschrankgröße zusammendrücken, wenn es sein musste.

Perler liebte die Geräusche, wenn der mächtige Stahlschieber das Autowrack in das weit offene Maul der Maschine schob. Das sah für ihn aus, wie wenn sich ein Riese ein gigantisches Sandwich zwischen die Kiefer drückte. Das Klirren, metallische Stöhnen, Quietschen und Krachen des Autoskeletts erregte ihn auch ab und zu mal sexuell.

Mit Frauen hatte er nichts am Hut, mit Männern ebenso wenig. Da dienten ihm seine verschrobene ältere Schwester und deren idiotischer Sohn als Abschreckung. Besagte Schwester litt seiner Meinung nach an einem Barbara-Schöneberger-Syndrom, nur so konnte er sich ihr ständig aufgedrehtes Gegacker erklären. Und ihr unterbelichteter Sohn? Den hätten sie Jockels Meinung nach schnell entsorgen sollen und einen neuen produzieren.

Der Trottel von Neffe arbeitete ab und zu bei ihm auf dem Schrottplatz, wobei man das, was er tat, nicht unbedingt als Arbeit bezeichnen konnte. Aber er hatte immer Joints oder Happy-Time-Pillen dabei, und gegen eine gut gedrehte Tüte hatte selbst Perler nichts einzuwenden.

Tiere mochte er. Aber auch da waren ihm die am liebsten, die fertig zubereitet auf dem Teller in seiner Stammkneipe lagen. Mit Knödeln und Sauerkraut und einer gut gezapften Maß daneben.

Eine Kirchturmuhr schlug drei Mal. Viertel vor elf. Pille stand im Scheinwerferlicht von Joes altem Golf und steckte den Schlüssel in das schwere Vorhängeschloss am Gittertor. Es klemmte, und Pille drehte ihn fluchend hin und her, zog die dicke Eisenkette durch die Drahtmaschen und stieß einen Torflügel auf. Dann löste er den rostigen Eisensplint, der den zweiten Flügel arretierte, und gab dem Rahmen einen Tritt. Joe saß im Golf, streckte seinen Kopf raus und rief: »Reinfahren?«

»Ja logisch, du Clown. Willst du die Alte bis hier raus schleppen?«

»Wollen wir nicht erst mal schauen, ob sie überhaupt noch da ist?«

Pille blickte in den dunklen Nachthimmel, stöhnte auf und sagte gereizt: »Mann, ey. Und wennse weg ist, dann liegt da ein Zettel im Kofferraum: ›Bin gleich wieder da‹, oder was?«

Joe maulte: »Ich meine, dein Onkel hätte sie ja in der Zeit durch die Presse schicken können, oder?«

»Dann würde es wahrscheinlich jetzt noch, um diese Zeit, nur so wimmeln von Bullen und so Gesocks.« Pille marschierte los und winkte Joe, der zog eine Grimasse und startete den Motor des Golf.

Der Peugeot stand da, wo er immer stand. Nichts hatte sich verändert. Pille griff in eine der vielen Taschen seines Schiman-ski-Parkas und holte ein kleines, flaches Metallstück heraus, steckte es in das Kofferraumschloss des Peugeot, ruckelte ein bisschen damit herum, und der Deckel schwang quietschend hoch.

Schnell trat er einen Schritt zurück und fächelte sich Luft zu. »Shit aber auch. Die hat auch schon mal besser gerochen.« Und zu Nazi-Joe, der unschlüssig neben dem Golf stand: »Na los, mach hin und bring die Plane.«

Sie wickelten die Leiche fluchend und stöhnend in eine halb durchsichtige, feste Plastikabdeckplane. Joe packte die Füße, Pille griff sich den Oberkörper: »Gut, dass die Leichenstarre so gut wie weg ist. Auf drei geht's hoch und ab in den Koffer-raum. Eins, zwei ... und drei.«

Nachdem sie den Körper der Frau hinten in den roten '95er Golf III gehievt hatten, drosch Joe die Ladeklappe runter und lehnte sich schwer atmend an das Heck des Wagens. »Gib mal 'nen Joint, Alter.«

Pille, der vornübergebeugt beide Hände auf die Knie stützte und durch seinen weit geöffneten Mund Luft einsog, schaute hoch und meinte keuchend: »Nix da. Wir bringen sie zu dem kleinen Weiher in der Nähe von Einhaus. Da hab ich als Kind oft gebadet. Dann geht's ab nach Hause, und dann gibt's zur Belohnung ein paar fette Tüten.«

Er richtete sich stöhnend auf: »Solche Transporte aller Art, das wär auch kein Job für mich. Pass mal auf, mir kommt da was.«

Joe schaute ihn an.

Pille dehnte seinen Rücken und sagte: »Ich hab eine Idee, die ist so was von geil. Wir holen uns die richtige Frau. Die andere, du weißt schon. Ich meine, hör mal, Alter, wir wissen, wo die wohnt. Der Hagen ist nicht blöd, ich wette mit dir, dass er mindestens eine Million oder so verlangt hätte. Das können wir doch auch, oder? Keine Kleingeldjobs mehr. Sondern einmal richtig zulangen, und ab durch die Mitte.«

Joe kniff ein Auge zu und grinste schief: »Hast du dir die Rübe vollkommen weggedröhnt, Bro? Das ist doch jetzt bullenverseuchtes Gebiet.«

Pille klopfte ihm auf die Schulter: »Eben deswegen, kapierst du das nicht? Wir warten ein paar Tage und dann … Zack! Und dass wir zweimal kommen, da rechnet keiner mit. So einen Gag kannst du nicht mal im Film bringen, so abgefahren ist das. Hey, wir sind so gut wie reich. Und, was sagst du jetzt?«

»Lass uns fahren, aber irgendwie finde ich deinen Plan saucool. Wollen wir sie in den See legen? So ähnlich haben das die alten Wikinger immer gemacht.«

Pille lachte. »Nein, Bro, da am See ist so ein alter Holzschuppen. Da legen wir sie rein und schmeißen Heu drüber oder was da drin so rumliegt. Hey, in dem Schuppen hab ich vor fast fünfzehn Jahren meine Unschuld verloren. Sie hieß Lisi und war ziemlich behaart.«

»Also eine Ziege? Echt, Mann? Du hast eine Ziege gefickt?« Jetzt lachten beide ziemlich hysterisch, und Joe drehte an den Knöpfen des alten Autoradios. »Lass uns mal cool abrappen, Alter.«

14

Mittwoch, 8. Juni, 0:39 Uhr

Die Blutung war gestillt. Sielmann wurde wach, stöhnte und rief ihren Namen. Sie kam aus dem Gäste-WC, wo sie sich das Blut aus dem Gesicht gewischt hatte, und beugte sich über ihn.
»Na, mein Kleiner, wie geht es uns denn?«
»Bring mir Wasser.«
»Wie sagt man?«
»Bitte, bring mir Wasser. Und Schmerztabletten. Ich habe Fieber, mir ist kalt und heiß.«
Heide stupste ihn zärtlich mit dem Zeigefinger auf die Nasenspitze. »Da kannste mal sehen, wie ich auf Männer wirke. Was hast du mir sonst noch zu sagen?«
»Das wird dir nicht gefallen, du blöde Pissnelke.«
Sie zog ein übertrieben erstauntes Gesicht. »Ooooh, so spricht man aber nicht mit einer Dame. Ich glaube, die Tabletten sind erst mal gestrichen. Und warum bin ich ein böses Mädchen, wenn ich fragen darf?«
Sielmann versuchte, es sich etwas bequemer zu machen. Sofort durchzog ihn ein Höllenschmerz, der sich, vom linken Bein ausgehend, rasend schnell über seinen Körper ausbreitete. Er erschlaffte, und sein Kopf kippte nach vorne. »Er wird kommen und uns beide umlegen. Du hast die Büchse der Pandora geöffnet. Den hält keiner auf.«
Heide setzte sich auf den Stuhl und beugte sich interessiert nach vorne. Mit einer Hand fasste sie unter sein Kinn und hob seinen Kopf hoch, sodass sie ihm in die trüben Augen sehen konnte. »Du lispelst ja gar nicht mehr, Schatzi. Siehst du, meine Behandlung war doch für was gut. Und jetzt erzähl der Mami schön brav, wer kommen wird, um uns zu töten. Mein Vater? Sein Pudel, der Herr Stocker? Die Typen, bei denen du deine Frauen zum Verprügeln buchst? Armer Schatzi, ich

befürchte, du bist im Delirium. Was mache ich denn jetzt mit dir?«

Sielmann schüttelte matt den Kopf, und Heide musste sich noch etwas weiter vorbeugen, um seine Worte zu verstehen. »Die Frauen, die in den Keller gehen, wissen, auf was sie sich einlassen. Manche genießen es sogar. Vor jedem Besuch wird abgeklärt, wohin man schlagen darf und wo die Tabuzonen sind. Implantate in Brüsten oder Arsch, Gebiss, noch nicht ganz verheilte Brüche, so was eben. Ich krieg die Nutten über einen Kerl, den ich aus dem Darknet kenne. Der wird nicht zur Gefahr, der kann mich auch nicht erpressen, weil ich eine Akte über ihn habe.«

»Wow, ihr habt euch also gegenseitig an den Eiern? Ich liebe diesen Machoscheiß. Was kostet so was überhaupt, ich meine, mal so richtig die Sau rauslassen und saftig zuschlagen?«

Er zuckte mit den Schultern: »Je nachdem. So zwischen vier- und fünftausend. Meist kriege ich Ostware. Die werden hierhergekarrt, und nach Gebrauch geht's gleich wieder ab in die Walachei.«

»Fünftausend ist nicht viel, wenn man bedenkt, wie lange so eine Schnecke anschließend arbeitsunfähig ist. Und bis die wieder unter Menschen gehen kann.«

»Jaja, schon gut. Bringst du mir bitte Schmerztabletten?«

»Nein. Vielleicht später. Also, wer kommt und bringt uns um? Das würde mich jetzt doch interessieren.«

Sielmann versuchte, sein verletztes Bein in eine andere Lage zu bringen, und stöhnte wieder auf. Mit geschlossenen Augen sagte er: »Die Inge Brenning, falls die nicht mehr auftaucht, wenn man die tot findet und das geht durch die Zeitungen, dann sind wir dran.«

»Warum? Glaubst du an Geister?«

Sielmann versuchte zu lachen, er brachte aber nur ein dumpfes Heulen über die Lippen. »Die Brenning ist auf Empfehlung von einer Gemeindemitarbeiterin auf mich zugekommen. Meine Leute haben sie natürlich auf Herz und Nieren überprüft, bevor ich sie eingestellt habe. Und stell dir mal vor, was wir herausbekommen haben? Ihr Ex-Mann heißt Koppeck, Manfred Koppeck. Er ist an die siebzig, im Zeugenschutz und wohnt in Bernau am Chiemsee.«

Er schluckte hart, und Heide erwiderte: »Na und? Ein alter Kerl im Zeugenschutz, was ist daran so gefährlich?«

»Der Koppeck war Killer bei der Stasi, ist nach der Wende sofort mit Handkuss vom BND übernommen worden und hat viele Jahre Spezialeinsätze für die und andere Dienste durchgeführt. Hin und wieder hat er auch als freiberuflicher Ausputzer für die Amis gearbeitet. Jetzt ist er seit ein paar Jahren im Ruhestand, man hat ihn mit einer satten Pension versehen und ins Zeugenschutzprogramm aufgenommen.«

»Warum? Wollte er aussagen?«

»Gegen wen denn? Nein, das ist die einfachste Methode, jemandem eine neue Identität zu geben und ihn trotzdem im Auge zu behalten, falls man ihn reaktivieren muss oder ein Bauernopfer für ein Tauschgeschäft braucht. Koppeck ist der Name, den er 1989 im Westen bekommen hat. Seinen richtigen Namen habe ich in der Akte gesehen. Irgendwas Slawisches.«

»Und warum hast du die Inge eingestellt?«

Jetzt gelang Sielmann ein müdes Lächeln. »Warum? Denk doch mal mit. Die Inge war doch ideal für uns. Weil die von alledem nichts weiß. Deswegen hat die sich ja scheiden lassen, weil ihr Ex-Mann nie erzählt hat, wo er gerade war, wenn er wieder mal einen Auftrag hatte. So einer wie der Koppeck ist manchmal eine oder zwei Wochen oder noch länger am Stück von zu Hause weg. Wie ein Monteur auf Montage. Stell dir vor, er hätte gesagt: ›Meine liebe Frau, ich muss mal eben schnell einen umbringen, das kann ein bisschen dauern, bis ich sauber an den rankomme.‹ Die hat irgendwann geglaubt, er hätte andere Weiber. Und hat sich da immer mehr reingesteigert. Nach der Scheidung ist sie hierher in die Gegend gezogen. Sie ahnte nichts, auch nicht, wo ihr Ex jetzt lebt. Wichtig für mich war, dass Koppeck weiß, dass sie bei uns arbeitet und gut verdient. Einer meiner Leute war bei ihm und hat ihn informiert. Ich glaube, der liebt sie immer noch. Aber wir haben ihm natürlich jeglichen Kontakt zu ihr verboten. Das ist Teil des Deals. Er hat meiner Meinung nach überhaupt nichts mit dem Verschwinden von der Brenning zu tun.«

»Oh Scheiße.«

»Genau. Jetzt stell dir bloß mal vor, der Koppeck liest im Lauf der nächsten Tage oder Wochen oder was weiß ich über den Tod seiner Frau in der Zeitung: ›Leiche unter mysteriösen Umständen gefunden‹, oder: ›Wer kennt diese Frau?‹ Irgend so was.«

Heide überlegte. »Und wenn sie nicht tot ist?«

»Das hoffe ich doch sehr. Falls du oder dein Stecher was damit zu tun habt, dann schaut ganz schnell, dass ihr das in Ordnung bekommt. Ich muss mich aus den offiziellen Ermittlungen raushalten, das ist dir doch wohl klar, oder? Ich muss mir das genau überlegen, aber möglicherweise lasse ich dem Koppeck die Info zukommen, dass seiner Ex-Frau was zugestoßen ist. Aber erst morgen oder übermorgen, keine Ahnung. Wir warten erst mal die Nacht ab. Vielleicht war alles anders, und sie meldet sich.«

»Das glaubst du aber nicht im Ernst, oder? Was passiert jetzt mit uns? Wie machen wir weiter?«

In Sielmanns Augen kehrte etwas Glanz zurück. »Wir machen weiter wie bisher. Ich lasse ab morgen früh ein paar meiner Jungs und Mädels in dem Fall zusammen mit der örtlichen Kripo ermitteln. Ganz wichtig: Du triffst dich vorerst nicht mehr mit deinem Hengst, falls der wirklich irgendwas mit der Entführung zu tun hat. Telefonieren ja. Treffen nur, wenn sicher ist, dass er die Brenning nicht hat. Willst du meine persönliche Theorie dazu hören?«

Ohne ihre Antwort abzuwarten, fuhr er fort: »Ihr beide habt das ausgeheckt. Dein Macker ist chronisch pleite und braucht Geld. Ich habe Geld, das hast du ihm sicher erzählt, wenn du nicht grade seinen Schwanz im Mund hattest. Er ...«, Sielmann malte Anführungszeichen in die Luft, »... ›entführt‹ dich. Du versteckst dich bei ihm, ihr versucht, so viel wie möglich aus mir rauszupressen, und dann geht's ab nach irgendwo in den Sonnenuntergang. Kommt das ungefähr hin? Kein normaler Mensch entführt die Frau eines Oberstaatsanwalts. So, und jetzt pass auf, ich sage das nur einmal: Unser Leben führen wir so weiter, wie wir es bis vorgestern früh getan haben. Ich werde weiterhin meinen Hobbys nachgehen, auch denen im Keller, und du den deinen. Du kannst Geld verbrauchen wie immer, und bei offiziellen Anlässen spielen wir das Traumpaar. Sobald ich Generalstaatsanwalt bin, trennen wir uns, das verspreche ich dir. Du wirst genug Abfindung bekommen, um in Würde alt zu werden. So, und jetzt rufst du mir den Arzt, und ich werde sagen, dass ich betrunken beim Obstschneiden abgerutscht bin. Haben wir einen Deal?«

»Ich habe Angst.«

»Ich auch. Aber zusammen stehen wir das durch. Noch was: Erzähl deinem Vater so wenig wie nur eben möglich. Diesen Stocker sehe ich nicht als Gefahr an, der ist ein Hosenscheißer. Zwei Kripoleute aus Miesbach haben sich den heute vorgenommen. Und natürlich wusste ich immer, wo du grade mit wem warst. So, ich frage dich noch mal: Haben wir einen Deal?«

»Ja. Ich rufe jetzt den Doc an.«

»Braves Mädchen. Wasch dein Gesicht ab und richte dich ein bisschen her. Noch was: der Kellerfilm. Ist das, was immer du von mir hast, sicher aufbewahrt?«

Sie schenkte ihm ihr schönstes Lächeln. »Aber ja, mein Ritter. Und die Kopie auch. Gib dir also dahin gehend keine Mühe. Und bevor ich es vergesse: Sollte mir in absehbarer Zeit was passieren, egal, ob du dahintersteckst oder nicht … Oh Gott, ich mag überhaupt nicht dran denken, was die Medien mit diesem oscarreifen Horrorfilm alles anstellen. Und mit dir erst, mein Süßer. Also pass in Zukunft immer schön auf, dass deinem Schatzi nichts passiert, gelle?«

15

Mittwoch, 8. Juni, 5:16 Uhr

Stocker fand in dieser Nacht so gut wie keinen Schlaf. Sein Körper gierte nach Alkohol, sein Kopf schmerzte, und er fror trotz der Daunenbettdecke, die er bis ans Kinn hochgezogen hatte.

Und wenn er wirklich für eine kurze Zeitspanne einschlief, kamen sofort die Alpträume. Oder Zeno erschien ihm, wie so oft.

Im Grunde seines Herzens hatte sich Stocker seinen eigenen Glauben erschaffen. Er hatte seinen eigenen Gott, der mit dem blutigen, leidenden Körper am Kreuz oder mit dem Propheten und seinen strengen Gesetzen sowie dem milde lächelnden Buddha nicht das Geringste zu tun hatte.

Stockers Gott war so was wie die ewige Energie hinter dem Ganzen, ein unbegreifliches Etwas, das wir Menschen genauso wenig verstehen wie zum Beispiel das Weltall. Denn auch wenn wir mit Weltraumteleskopen an die dreizehn Milliarden Lichtjahre weit ins All fotografieren können, weiß keiner von uns, wie weit das da noch hinausgeht. Wo das unendliche All anfängt oder endet. Und selbst wenn es irgendwo anfängt und woanders aufhört, was ist dann außenrum? Oder ist das All so was wie eine unvorstellbar gigantische Seifenblase, die über kurz oder lang platzen wird?

Ebenso war Stocker der Meinung, dass jemand, den wir beerdigen, verbrennen oder zu einem Diamanten verarbeiten lassen, zwar tot ist, aber immer noch unter uns. Sie können dem Grab oder dem Diamanten oder der Urne entschweben, und sie besuchen uns in manchen Nächten.

Bestimmt ist dir so was auch schon passiert, und du hast es als einen Traum oder Alptraum abgetan. Ich glaube, diese nächtlichen Besuche haben weniger mit ihnen als mit uns zu tun.

»Wir sind immer da«, sagte Zeno in einer Nacht nach zu viel Bier und Zigaretten mal im Traum zu Stocker. »Wir sind da, in den verschiedenen Zeitebenen, in denen wir von euch gegangen sind. Manche Menschen können uns sehen oder ahnen.« Ob er dann auch in die Zukunft sehen könnte, hat ihn Stocker mal gefragt, und Zeno hat den Kopf geschüttelt. Und gemeint, seiner Meinung nach können Tote nicht mal in die Vergangenheit schauen, also in die, die vor ihrer Geburt war. »Wir sind alle gefangen in Zeitschleifen«, das waren Zenos Worte.

Stocker war nicht besonders verwundert, als er an diesem 8. Juni, kurz vor Anbruch der Morgendämmerung, in seinem Traum den schwachen Rauch von Zigarillos wahrnahm. Er sah sich selbst auf einem Waldweg in Richtung eines kleinen Sees gehen. Zeno trat zwischen zwei großen, verdorrten Fichten hervor und setzte sich auf einen Baumstumpf am Wegesrand. »Albin, da bist du ja endlich.«

Stocker schaute sich um und setzte sich auf einen anderen Baumstamm, dessen Ende aussah, als hätte ihn eine Riesenhand kurz über dem Stumpf abgebrochen.

»Du rauchst immer noch?«

»Wenig. Und immer nur die eine. Wie das funktioniert? Keine Ahnung. Hey, ich war bei Nellie. Dieser Drago tut ihr echt gut. Was meinst du?«

»Ja, schon. Ich glaube, die sind glücklich.«

Zeno schaute auf seinen glimmenden Zigarillo. »Aber du nicht. Wenn du so weitersäufst, hab ich bald Gesellschaft. Ich muss dir was sagen: Bei dieser neuen Sache stimmt vieles nicht. Die Frau ist tot. Die andere, die ist grundschlecht, aus der kommt nur schwarze Energie raus. In deiner Nähe ist noch jemand, vor dem du dich in Acht nehmen musst.«

»Wer?« Stockers Stimme klang dumpf und wie in Zeitlupe.

Zeno schaute auf ein Licht, das zwischen den Bäumen auftauchte und auf sie zuzukommen schien. »Ich muss weg, es holt mich, siehst du? Pass auf: Da ist jemand, der viel an die Frau denkt, die tot ist. Positive Gedanken. Er weiß noch nicht, dass sie nicht mehr lebt. Aber ich spüre, dass da eine schlimme Kraft losbricht, wenn er erfährt, dass sie gestorben ist. Der Mann ist gefährlich. Wie genau, das weiß ich nicht. Aber mindestens so gefährlich, wie du sein kannst. Ich will ...«

Zenos Stimme verschwand, das große Licht hüllte sie beide ein. Stocker wachte auf, schweißgebadet, und schlug verwirrt um sich. Die ersten Sonnenstrahlen schimmerten durch die beiden Ostfenster, und sein Funkwecker zeigte fünf Uhr sechzehn.

Stocker schlurfte zur Toilette, dann zum Kühlschrank und nahm sich eine Flasche Mineralwasser. Aus dem Schlafzimmer holte er sein Handy und ging auf die Terrasse. Die Rattanliegen waren noch feucht vom Tau der Nacht, also lehnte er sich an die Brüstung und schaute zum Stadtpark rüber und dachte über seinen Traum nach.

Um welchen Mann ging es? Welche Frau war tot? Die Entführte?

Er wählte Zuckerhahns Handynummer, und nach dem fünften Rufton hörte Stocker seine Stimme. Sie klang, als hätte man dem Mann einen Draht sehr eng um den Hals geschlungen. »Vielen Dank auch. Vor zwei Stunden bin ich eingeschlafen. Aber ich hätte dich eh angerufen.«

»Ich habe dich geweckt?«

Zuckerhahn räusperte sich ausgiebig. »Nein, ich war wach, weil das Telefon grade geklingelt hat.«

»Im Krankenhaus gibt es doch immer um diese Zeit die erste Visite. Blutdruckmessen, Fragen nach dem Stuhlgang und so, oder?«

»Ich bin nicht im Krankenhaus, sondern auf Reha. Und ich wohne im Hotel. Schon vergessen?«

Stocker fuhr sich über die Stirn. Unten auf der Straße kam der Zeitungsausträger auf seinem Fahrrad in Sicht. Ein dürrer Kerl mit langen weißen Haaren, die wie eine Kapitulationsfahne um seine dünnen Schultern flatterten, die in einer gelbsilbernen Bauarbeiterweste steckten.

»Nein, ich, äh … habe wieder einen von meinen Alpträumen gehabt, du weißt schon …«

»Schon gut. Ich hatte einen sehr persönlichen Alptraum, im Gegensatz zu dir im Wachzustand. Gestern Abend, gegen halb elf. Wer fängt an mit seinen Alptraumgeschichten? Du oder ich? Im Moment haben wir beide nichts Dringendes vor. Warst du schon auf dem Klo?«

»Ja.«

»Gut. Ich war vor zwei Stunden. Die Prostata. Weißt du was? Vor zwanzig Jahren, da konnte ich meinen vollen Namen in den Schnee pinkeln. Komplett, mit dem damaligen Dienstgrad. Und jetzt?«

Stocker fiel ihm ins Wort. »Schneit es nicht mehr so oft im Winter, und zu Weihnachten war mehr Lametta. Also, fang schon an.«

»Pass auf: Ein gut informierter Kollege hat mich angerufen, um mir inoffiziell zu bestätigen, was ich eh schon geahnt habe. Sie werden mich dienstuntauglich schreiben. Mit der wolkigen Begründung, ich hätte ein Trauma erlitten, und das nicht zum ersten Mal. Meine Psyche wäre unter Berücksichtigung meines Alters und meiner körperlichen Verfassung dermaßen angeschlagen, dass man bla und deswegen bla, bla, bla, und zwar unter Bezugnahme auf Paragraf 26, und so weiter und so fort. Das kommt aus dem Büro des Staatsanwalts. Und mein Dienststellenleiter, die feige Sau, hat dem zugestimmt. Und erzählt am Telefon was von wegen, das würde er verstehen. Leute wie ich, die sich beruflich in die tiefsten Niederungen der menschlichen Seele begeben, kommen da irgendwann nicht mehr raus. Denn wenn man sich in das Dunkel hineinbegibt, kriecht dasselbe Dunkel in die Seele des Betreffenden. Typisch psychische Aktion-Reaktion, so hat er das genannt. Kannst dir so einen Blödsinn vorstellen? Das wäre so wie bei einem Tiefseetaucher, der in das ewige Schwarz des Meeres gleitet. Und ich wäre so weit, dass ich mit meinem persönlichen Dunkel nicht mehr umgehen könne, sagte er. Ist das nicht ein gequirlter Schwachsinn?«

Nein, ist es ganz und gar nicht, dachte sich der Stocker, gab aber ein verständnisvolles »Mhm, mhm« von sich.

»Sag ich doch«, maulte Zuckerhahn, »aber weißt du was? Weil ich nach dem Gespräch so was von hellwach war, habe ich einen pensionierten Kollegen angerufen, den ich seit dem Studium kenne. Der hat es zum Beamten im höheren Dienst beim BND gebracht. Und auch den haben sie vier Jahre vor der regulären Pension via Zwangspensionierungsverfahren von der Bahn gekegelt. Gut, der hat wohl auch ein paar Mistkerle zu viel über den Jordan geschickt, aber ich sag dir mal was: Wenn dir auf der Straße einer gegenübersteht, und der zieht eine Waffe, da bleibt nur der übrig, der schneller ist. Ich hatte da mal eine Sache …«

»Stopp. Warte mal. Du wolltest von dem zweiten Telefonat erzählen. Dein Studienkollege, ja?«

»Was? Warum sind wir so ungeduldig heute früh? Aber gut. Ich rufe also den Schlichting an und erzähle ihm, dass ich versucht habe, auf Akten zuzugreifen, aber von einem Sperrvermerk in den nächsten gerannt bin.«

»Welche Akten?«

»Lässt du mich bitte mal ausreden? Nur einmal? Ich habe über diese Frau nachgedacht, du weißt schon, die in dem Ort am Tegernsee verschwunden ist. Weil, so ist das nun mal, oft der Täter im engsten Familienkreis zu suchen ist. Der Mann, der Onkel, Neffen, Söhne, was weiß ich. Die Frau ist geschieden. Geschieden von wem, denke ich, gibt's da Hickhack in der Familie? Oder einen eifersüchtigen Ex? Und ich recherchiere auf meinem Laptop herum. Die Infos zur Heirat habe ich, das Scheidungsdatum auch, den Namen des Ex-Mannes ebenso. Und dann hört es auf, verstehst du, worauf ich hinauswill?«

Stocker richtete sich auf. »Lebt der Ex-Mann noch?«

»Keine Ahnung. Als tot finde ich ihn aber auch nirgends. Als Beruf habe ich Gärtner. Aber nicht, wo er arbeitet oder gearbeitet hat. Einen Gärtner mit Namen Koppeck kennt das Netz nicht. Null Ergebnisse. Also denke ich, mal schauen, ob er was auf dem Kerbholz hat. Auch Fehlanzeige. Der Koppeck ist ein ziemlich leeres Blatt. Das habe ich meinem Studienfreund erzählt, und der sagt, bleib mal dran, ich schmeiß meinen Rechner an. Ich höre ihn murmeln, pfeifen, lachen, und dann ist er wieder in der Leitung. Und jetzt stell die Ohren auf, denn jetzt kommt der Hammer: Manfred Koppeck war einer von denen, der für unsere Dienste die Drecksarbeit gemacht hat. Für den BND, auch mal für den Staatsschutz, und speziell da soll er bei der Böhnhardt-Mundlos-Sache entscheidend mitgemischt haben.«

»Die Terroristen? Der Doppelselbstmord 2011 in dem Wohnmobil?«

Zuckerhahn lachte auf. »Wäre das so unmöglich? Dir brauch ich doch von so was nichts zu erzählen, Stocker. Aber jetzt in dem Fall, denk mal nach: Die beiden radeln zu ihrem Wohnmobil. Gehen rein, einer erschießt den anderen, dann sich selber. Dann geht das Wohnmobil in Flammen auf. Das ist doch Käse, mein Lieber. Oder besser gesagt, das ist die offizielle Version. Aber ich sag dir mal was. Die zwei waren doch zuvor die großen Ballerer vor dem Herrn, und in dem Wohnmobil war ein ganzes Arsenal von Waffen und so viel Munition, um einen Kleinkrieg anzufangen. Kerle wie die beiden, die wünschen sich doch einen Abgang wie Redford und Newman in diesem Film, wie heißt der noch gleich? ›Zwei Banditen‹, genau. Die Schlussszene, wo sich die beiden, Sundance und Butch, in die Augen schauen, lachen und dann um sich schießend aus der Höhle rennen. Und sterben als Kämpfer im Kugelhagel der mexikanischen Armee. Das ist ein würdiger Abgang für Terroristen. So was bringt dich in die Bild-Zeitung, ganz vorne als Aufmacher. Nicht so: ›Ich jag dir was in die Birne, und dann du mir, aber vorher lass uns noch schnell die Karre hier abfackeln.‹ Verstehst du, was ich meine?«

»Sprich weiter.«

»Mach ich doch glatt. Schlichting meint, dass die Amis da auch mitgemischt haben, was natürlich von unseren Stellen strikt dementiert wurde. Und die Amis, mein Lieber, die rekrutieren für solche ›wet jobs‹ bevorzugt Profis aus dem Land, in dem sie jemanden ausradieren wollen. Unser Koppeck hat auch schon mal für ausländische Dienste gearbeitet, wenn's sein musste, da war er nicht pingelig. Man kennt sich in diesen Kreisen, sagt der Schlichting. Und in ebendiesen Kreisen hatte der Koppeck den Namen ›das Chamäleon‹. Weil der so unauffällig ist, dass er sich sogar als Baum tarnen kann, und das so echt, dass ihn die Hunde im Vorbeilaufen anpinkeln. In Eisenach wurde in der unmittelbaren Nähe des Wohnmobils ein Mann gesehen, der an einem Gully gearbeitet hat. Blaumann mit gelben Streifen, Werkzeugtasche, den Gully vorschriftsmäßig gesichert und so weiter.«

»Und?«

»Na ja, der Schlichting war ja mit einigen BND-Leuten in der Nähe, es gab auch Videos von Überwachungskameras. Nur sind genau die, auf denen der Gully-Mann zu sehen ist, plötzlich unbrauchbar. Da war wohl jemand mit einem starken Magneten in der Nähe des Aufzeichnungsgerätes. Der Schlichting meint, das hätte es schon mal ab und zu gegeben, wenn man nicht wollte, dass das Material gesehen wird.«

»Was hat das mit der verschwundenen Frau am Tegernsee zu tun?«

»Langsam, junger Freund. Koppeck ist seine Identität seit '89. Er kommt aus dem Osten, wurde aber hier bei uns sofort mit Handkuss eingestellt. Arbeitet alleine, deswegen braucht er oft mehrere Wochen für einen Job. Weil er alles selber macht: die Aufklärung, die Überwachung, Planung, Fluchtwege, bester Moment für den perfekten Schuss oder was auch immer. Davon darf seine Frau natürlich nix wissen, und er kann auch nichts von der Arbeit mit nach Hause bringen. Scheißjob. Ehe geht kaputt. Mann will das nicht wahrhaben, Frau will Mann nicht mehr wahrhaben. Mann schnappt sich Frau, um sie umzuerziehen. Wäre nicht das erste Mal. Na, was sagst du jetzt?«

»Dieser Koppeck, das Chamäleon, hat seine Ex-Frau entführt und hält die irgendwo in Anbindehaltung?«

»Tja, kann sein. Weiß man es?«

»Wie komme ich an Koppeck ran?«

»Du? Überhaupt nicht. Aber das Leben ist ja manchmal eine dumme Sau. Und wie es das Schicksal so will, ist der Sohn vom Schlichting, der Dr. Jens Schlichting, bei der Staatsanwaltschaft in München. Da hat der Papa ein bisschen nachgeholfen, aber was soll's. Sohnemann ist OK-Koordinator, das heißt, er ist mit Polizei, Steuerfahndung, und jetzt pass auf: den Nachrichtendiensten – hast du gehört? –, mit all denen ist er in Kontakt und sorgt für reibungslose und effektive Zusammenarbeit. Da geht's nicht nur um Korruption, Rotlichtschweinereien, Rauschgifthandel und so, sondern auch mal um Sachen aus der politischen Grauzone, wenn der eine oder andere Geheimdienst Dinge tut, damit gewissen Verhandlungen sanfter Druck verliehen wird.«

»Dr. Jens Schlichting, ja?«

»Genau der. Schreib dir mal eine Handynummer auf, hast du was?«

»Klar, Moment.« Stocker ging schnell zurück ins Wohnzimmer, weiter zur Küchenecke und schnappte sich den Einkaufsblock. »Okay, her damit.«

Zuckerhahn diktierte ihm die 0151-Nummer und sagte dann: »Es kommt noch besser. Die Interne ist an dem Sielmann dran, wie Sohnemann dem Papa erzählt hat. Der Jens hat nämlich seine Probleme mit dem Sielmann, weil der seine Untergebenen behandelt wie der Stromberg in dieser Fernsehserie. Mit dem jungen Schlichting wirst du gut klarkommen, der hat Zugriff auf alles, was du willst. Fast alles jedenfalls. Er weiß schon, dass du ihn anrufst. Ich habe meinem Studienfreund natürlich ein bisschen über dich erzählen müssen. Wie wir uns kennengelernt haben, was du so ungefähr machst.«

»Was mache ich denn, so ungefähr?«

»Na ja, dass du bei deinen Jobs da anfängst, wo die Polizei aufhören muss. Also auf der anderen Seite des Zaunes. Von der Sache mit Zeno habe ich erzählt und dass bei dir manchmal ganz schön die Späne fliegen, aber ich habe ihm auch gesagt, dass ich dir jederzeit mein Leben anvertrauen würde. Er hat gemeint, was anderes machen die in der hohen Politik auch nicht, nur kriegt das dann fast keiner mit. Sohnemann wird also vorgewarnt sein und dich empfangen. Der hat sein Büro in der Linprunstraße. Schlag als Treffpunkt am besten das Foyer im ›Hotel Europa‹ vor, da ist ein ständiges Kommen und Gehen, okay?«

Stocker erwiderte nichts, sondern klopfte mit dem Finger auf die Arbeitsplatte neben dem Herd, und Zuckerhahn sprach weiter: »Pass auf den Sielmann auf, der kann sogar einem wie dir die Hölle heißmachen. So, und jetzt schlafe ich noch ein bisschen. Ist das okay für dich?«

»Aber ja. Danke für alles, mein Freund. Ich halte dich auf dem Laufenden. Soll ich dich mal besuchen?«

»Wage es nicht. Und wenn doch, bring mir vom Käfer eine von diesen Himbeertartes mit. Die kleine mit achtzehn Zentimeter Durchmesser reicht vollkommen. Ich meine, die gibt's auch größer, aber in meinem Alter isst man ja nicht mehr viel, da tut's eine kleine zur Not auch.«

»Eine Himbeertarte, achtzehn Zentimeter. Wird gemacht. Schlaf gut, mein Alter.«

Stocker war hellwach und wollte sich nicht mehr hinlegen. Er trabte durch das Treppenhaus nach unten und holte sich die Zeitung.

Wieder oben angekommen, kochte er sich einen Kaffee, setzte sich an den Küchentresen und blätterte unkonzentriert im OVB.

In seinem Magen machte sich dieser klebrige Druck breit, den jeder von uns kennt. Ich meine, wenn du das Gefühl hast, da ist ein Klumpen, du weißt schon, diese unbestimmte Angst, die du dir beim besten Willen nicht erklären kannst.

Du hast auch nicht unbedingt Angst um dich selbst, auch nicht um jemand Bestimmten. Es ist nur diese dumpfe Vorahnung, dass was passieren wird. Du weißt nicht wann, nicht was und nicht wem.

Stocker faltete die Zeitung wieder zusammen und ging mit seiner Kaffeetasse in der Hand auf die Terrasse. Der Berufsverkehr hatte eingesetzt, alle Parkplätze am seitlichen Ende des Wäldchens beim Hallenbad waren besetzt, Mütter schoben Kinderwagen durch den Park, und Hundebesitzer riefen ihren Vierbeinern Befehle zu, die keinen von den drei oder vier Hunden interessierten, die Stocker von hier aus sehen konnte. Eine durchaus gut gekleidete ältere Frau kam mit einem hellen Fahrrad über die Straße und stoppte vor einem der Abfallkörbe neben einer Parkbank. Sie lehnte ihr Fahrrad an die Banklehne und begann, in dem Abfallkorb nach Verwertbarem zu wühlen. Die Ausbeute war mager: eine Dose und zwei Plastik-Getränkepfandflaschen, soweit Stocker von hier aus sehen konnte.

Warum ich dir das erzähle? Weil in jedem Moment, mit jedem Atemzug, den wir tun, rund um uns herum und überall viele Dinge gleichzeitig geschehen. Und alles setzt auf seine Art etwas in Bewegung, das man nicht rückgängig machen kann.

Im Fernsehkrimi passiert das meiste linear: Ein Mord geschieht, die Kommissare werden gerufen, alle bearbeiten nur diesen einen Fall, der ist in fünfundvierzig Minuten gelöst, und dann gibt's eine Currywurst und Bier an einem Stand, wo nie was los ist. Die Kommissare erklären kauend und schmatzend noch mal kurz den Fall, falls jemand vor dem Fernseher eingeschlafen ist, und das war's dann.

Stockers Fälle lagen immer anders. Und während er den letzten Schluck seines lauwarmen Kaffees schlürfte und den Mikrokosmos im Stadtpark beobachtete, gingen ihm tausend Gedanken durch den Kopf. Er war sich ziemlich sicher, dass die entführte Frau nicht mehr lebte. Und wie bei jedem Fall waren die Hinweise, die zur Aufklärung führten, von Anfang an da. Du musst dich in die Situation hineindenken, sie fühlen, riechen, auch wenn die Ursachen und die Verbindungen noch außerhalb deines Blickfeldes sind. Die Täter sind meistens keine Genies. Sie haben nur alle Zeit der Welt, um ihre Verbrechen vorzubereiten.

Wobei auch da wieder Amateure weitaus unberechenbarer sein können, weil sie aus dem Bauch heraus handeln. Ein Profi überlegt sich alle Phasen seiner Tat sehr genau, aber als Allererstes wird das Hauptproblem geklärt: der Fluchtweg.

16

Mittwoch, 8. Juni, 9:02 Uhr

Stocker wartete, bis der Minutenzeiger seiner Uhr auf 02 wanderte, dann wählte er Jens Schlichtings Nummer. Der ging nach dem zweiten Rufton ran. »Jens Schlichting, guten Morgen.«

»Auch Ihnen, Herr Dr. Schlichting. Mein Name ist Stocker, ich rufe –«

Aber Schlichting unterbrach ihn. »Jaja, ich weiß. Bleiben Sie dran.«

Stocker hörte Schritte, eine Tür fiel zu, dann wieder Schritte, diesmal mit einem halligen Nachklang. Eine andere Tür schnappte schmatzend auf, dann ertönte Schlichtings Stimme. »So, jetzt können wir reden. Was genau kann ich für Sie tun?«

»Koppeck, Vorname Manfred. Ist im Zeugenschutz, wahrscheinlich hier irgendwo im Chiemgau. Von meinen Kontakten kommt keiner an die Akte ran. Ich muss mit ihm reden.«

Schlichting stieß geräuschvoll die Luft aus. »Mein Vater hat mich vorgewarnt, Herr Stocker. Es kann für mich ziemlich brenzlig werden, wenn ich mich auf einen Deal mit Ihnen einlasse.«

»Keiner spricht von einem Deal.«

»Ich möglicherweise schon. Aber zuerst: Was wollen Sie von diesem Koppeck, mal angenommen, ich komme an die Infos ran?«

Stocker lachte auf. »Lassen wir das Vorspiel, Herr Doktor. Ich weiß so ziemlich genau, an was Sie in Ihrer Position rankommen und an was nicht. Andersrum habe ich Möglichkeiten zur Verfügung, die Sie nicht haben. Vielleicht wissen Sie, dass ich seit vielen Jahren im Geschäft bin und für die Polizei so manches Eisen aus dem Feuer geholt habe.«

»Sind Sie der gute Mensch von Sezuan, Herr Stocker? Sehen Sie sich so?«

»Nein. So habe ich das Buch auch nicht verstanden, denn ich arbeite durchaus gewinnorientiert. Meistens jedenfalls. Den Koppeck muss ich finden, bevor der anfängt, Amok zu laufen. Das vermute ich zumindest. Seine Ex-Frau, die er offenbar immer noch liebt, ist spurlos verschwunden. Der Vorfall vor dem Haus des Oberstaatsanwalts Sielmann am Montag. Sie haben davon gehört?«

Schlichting pfiff durch die Zähne. »Ja klar, der Flurfunk ist schnell. Und der Dr. Sielmann hat seine verschworene Truppe drauf angesetzt, weil er denkt, seine Frau wäre das eigentliche Ziel gewesen. Wie viel wissen Sie?«

»Nicht viel. Aber die verschwundene Frau hat einen Namen: Inge Brenning. Sie ist ein vollkommen unbeschriebenes Blatt, kein Vermögen, arbeitet als Haushaltshilfe bei den Sielmanns. Dass Koppeck sie gegriffen hat, glaube ich nicht. So einer würde das anders anstellen.«

»So einer?«

»Koppeck war oder ist ein Mietkiller, der auch für den einen oder anderen Nachrichtendienst die nasse Arbeit gemacht hat. Das fällt doch alles mit in Ihre Zuständigkeit als OK-Koordinator, nicht wahr? So, und wenn der Mann Wind von der Sache bekommt, dann zieht der los, und dann bleibt auf seinem Weg kein Stein mehr auf dem anderen.«

Stille am anderen Ende der Leitung. Stocker hörte nur Schlichtings tiefes Atmen, dann klang seine Stimme wieder aus dem kleinen Lautsprecher des Nokia. »Ich vermute, das weiß er längst. Sielmann hat Dienstagfrüh im Büro rumtelefoniert. Vorher hat er sich einige Akten auf den Laptop geladen.«

»Kriegen Sie raus, welche das waren?«

»Ja. Wie verbleiben wir?«

»Wenn ich, sagen wir mal, so gegen elf Uhr im Foyer des ›Hotel Europa‹ bin, können wir uns da sehen?«

»Warten Sie mal … elf Uhr? Das schaffe ich. Wie erkenne ich Sie?«

»Ich habe einen alten Trench, so einen, wie Columbo immer

anhat, kennen Sie die Serie? Und ich werde versuchen, in einer Ecke zu sitzen, mit Blick auf die Tür.«

»Okay, dann bis später. Ich bemühe mich, pünktlich zu sein.«

Während Stocker seinen alten Benz kurz vor zehn Uhr vom Beschleunigungsstreifen auf die A 8 in Richtung München zog, was ihm ein wütendes Lichthupenkonzert eines riesigen Tank-Lkws einbrachte, fuhr in der Nähe von Einhaus, nahe der Kreuzstraße zum Tegernsee, ein Bauer mit seinem Frontlader zu seinem Schuppen am Weiher.

Fluchend stellte er fest, dass das Vorhängeschloss mitsamt der Halterung aus dem morschen Holz gerissen war und im Gras lag. Ächzend zog er die beiden Tore auf und tuckerte mit dem Trecker in den Schuppen. Der Strohhaufen links an der Wand sah aus, als wäre darin wieder mal ein Pärchen zugange gewesen. Haben die alle keine Betten zu Hause?, dachte er sich, nahm eine Mistgabel von der Halterung rechts neben der Tür und stapfte auf den mannsgroßen Haufen zu.

Nach drei Gabeln stieß er auf etwas Festeres als Stroh und räumte mit dem Gabelstiel rund um die Stelle frei. Zuerst kam ein Stück einer halb durchsichtigen milchigen Plane zum Vorschein, der Gegenstand schien groß zu sein.

Der Bauer packte die Plane mit beiden Händen, zog daran, und das Paket rollte ihm vor die Füße. Durch die milchige Plane hindurch starrten ihn die weit aufgerissenen Augen aus dem blutverschmierten Gesicht einer Frau an. Er rannte ins Freie, übergab sich und wählte dann die 112.

An die fünfzig Kilometer Luftlinie östlich, in einem kleinen alten Haus am Ortsrand von Bernau am Chiemsee, saß Manfred Koppeck vor einer Schüssel mit gelblich roten Tomaten am Küchentisch und starrte ins Leere.

Sein Gesicht war wie aus Stein geschlagen, er hörte seinem Atem zu und drehte geistesabwesend die Metallschüssel. Draußen, im Garten neben dem kleinen Gewächshaus, sangen

Vögel, von der Straße nach Grassau war das Brummen vorbeifahrender Autos zu hören, und irgendwo schrie ein Kind.

Die Welt drehte sich weiter, aber nicht für Koppeck. Seine Inge war verschwunden, dröhnte die Stimme des Staatsanwaltes immer noch in seinem Kopf. Es gab einen Erpresserbrief, aber offensichtlich hatten die Kerle die falsche Frau erwischt. Weil sie ein Kleid der Frau des Staatsanwalts trug. Wie verrückt war das denn?

Koppeck rekapitulierte das Telefonat mit dem Mann immer wieder. »Ich fühle mit Ihnen. Mein bestes Team ist an der Sache dran. Wir finden Ihre Ex-Frau, Herr Koppeck. Sie dürfen nichts unternehmen, sonst fliegen Sie auf. Verstehen Sie das? Ich kann Sie dann nicht mehr schützen.«

Als ob dieser Fatzke ihn je geschützt hätte. Koppeck hörte auf, die Schüssel zu drehen, lehnte sich in dem alten Stuhl zurück und schloss die Augen. Wem nutzte es, seine Inge zu entführen?

Dem Oberstaatsanwalt? Eher nicht. Der sah in Inge eine Art Faustpfand, etwa so: Koppeck, deine Frau arbeitet bei uns im Haus. Also vergiss alles, was du über mich weißt, und wenn ich nach dir pfeife, dann springst du. Du fragst dann nicht, warum. Sondern nur, wie hoch.

Gut, dachte sich Koppeck, so hat er das nie ausgedrückt, aber das war wohl seine Intention. Dabei weiß ich durchaus was über den Mann. Aber was sollte ich von dem wissen, das der BND nicht auch weiß? Dass er einen Clanchef aus Berlin deckt, der hier im Süden seine schwarze Kohle mit Immobilien weiß machen will? Das ist doch kalter Kaffee, denn das tun die doch längst.

Der halbe Berliner Senat kuscht vor den Clans, die andere Hälfte ist so schräg drauf, dass sie vor Jahren mal einen Künstler ein Denkmal für den »unbekannten Dealer« im Görli-Park errichten ließ. Eine drei Meter hohe Statue, die einen jungen Afrikaner mit einem Handy in der Hand darstellte. Am Sockel stand »Letzter Held«. Na ja, genau genommen, und was die wenigsten wissen, konnte der Senat herzlich wenig für den reißerischen Bild-Artikel, und dass das Ding vierundzwanzig Stunden später samt Sockel wieder verschwand, war ja eh so geplant.

Möglichkeit zwei: Inge hat im Hause Sielmann was gesehen oder gehört, das sie zum Risiko machte. Koppeck hatte im Lauf der Jahre über einige seiner verschwiegenen Kanäle Material über ein paar BND-Leute, Staatssicherheitsgauner und natürlich Sielmann gesammelt. Aber das Material über den Oberstaatsanwalt war eher Beifang.

Möglichkeit drei: Sielmann hat recht. Seine Frau sollte das Opfer sein. Aber das wäre das Gleiche, wie wenn du eine Hand in einen Bienenstock streckst, um die Königin zu klauen. Oder aber: Sielmann hat Ärger mit den Clanleuten, weil er die ihrer Meinung nach nicht ausreichend deckt. Darum schnappen sie seine Frau, um … Ja, um was? Das können die einfacher haben.

Koppeck atmete in Drei-Sekunden-Abständen ein und aus, um seinen Puls unter sechzig zu halten. Dann beschloss er, die Sache selber in die Hand zu nehmen. Das war er Inge schuldig, egal, was zwischen ihnen war.

Ein wehmütiges Lächeln grub sich in sein Gesicht, als er an sie dachte. Für ihn war es damals Liebe auf den ersten Blick. Für Inge eher nicht. Ihm fielen seine ungeschickten Worte ein, als er versuchte, sie ins Theater einzuladen. Sie lachte hell auf und meinte, Kino wäre ihr lieber. So ein richtig spannender Krimi, das wäre ihr Ding. Im »Leopold« in Schwabing lief grade ein älterer Film mit Al Pacino, »Hundstage«. Und als die Szene kam, als Al seinen besten Freund umarmte, nur um ihn dann zu erschießen, schrie sie auf und versteckte ihr Gesicht an seiner Schulter. An dem Abend beschloss er, sie zu heiraten.

Er liebte alles an ihr, ihre Zärtlichkeit, ihr Lächeln, wenn sie ihn morgens anschaute, und die Unschuld, mit der sie die Welt sah.

Die Scheidung ein paar Jahre später tat beiden sehr weh, und Koppeck verschwand aus ihrem Leben, behielt sie aber weiterhin im Blick, ohne dass Inge das bemerkte. Sie hatte nach ihm keinen anderen Kerl, und ganz tief in sich hegte Koppeck die kleine, flackernde Flamme der Hoffnung, dass es irgendwie passieren könnte, dass sie beide noch mal zusammenkämen. Obwohl er wusste, dass allein die Gedanken daran närrisch waren. Aber seine Liebe zu ihr verschwand nicht, da konnte er machen, was er wollte.

Unwillig riss er die Augen auf, schüttelte die Erinnerungen aus dem Kopf und ging in das Gewächshaus, um eines seiner Prepaid-Handys aus dem Erdbeerbeet zu graben.

17

Mittwoch, 8. Juni, 10:52 Uhr

Jockel Perler kratzte sich missmutig auf der Höhe des Bauches seines fleckigen roten FC-Bayern-T-Shirts, während er sich umschaute. Das Vorhängeschloss am Gittertor war nicht verschlossen gewesen, als er verkatert aus seinem Passat kletterte und mit dem Schlüsselbund in der Hand die Kette anstarrte. Der Sperrhaken des Schlosses hing weit geöffnet in einem Kettenglied und erinnerte ihn an einen Fisch, der verzweifelt nach Luft schnappte. Ich bin mir so was von sicher, dachte er, dass ich das Schloss gestern versperrt habe. Ich hab sogar das Klicken noch im Ohr. Also werde ich entweder senil, oder von den Dorfkids waren wieder welche hier, um Schrott zu klauen.

Mit einem Ruck zog er die Kette durch die Ösen, warf sie zur Seite und öffnete die beiden rostigen Torflügel so weit, dass er auf den Platz fahren konnte. Dann hievte er sich wieder in seinen silbergrauen Passat und rollte langsam bis zum Schuppen, griff sich seine Brotzeitbox und die Bild-Zeitung vom Beifahrersitz und schlurfte über den Platz.

Im Wohnwagen war alles okay, soweit er sehen konnte. Nachdem er die Schlüssel für den Gabelstapler und die Schrottpresse aus einer Schublade gefischt hatte, zog er sich die Hose hoch, schniefte und trottete zur Presse hinüber, um den Diesel zu starten.

Neben dem Wrack des Peugeot blieb er stehen und überlegte, ob sich der Kerl, der die Motorhaube und die Beifahrertür kaufen wollte, noch melden würde. Wahrscheinlich nicht, denn das Telefonat war jetzt auch schon, warte mal, an die drei Wochen her.

Blöde Ärsche. Handeln eine Viertelstunde lang rum, labern einem ein Furunkel ans Ohr und melden sich nicht mehr. Pech gehabt. Nicht mit mir, der geht heute in den Schlund, dachte sich Perler und versetzte dem Kofferraumdeckel einen Fausthieb von oben.

Der Deckel schwang quietschend und knarrend auf, ein widerlicher Geruch drang in Perlers Nase, sodass er erschrocken zurückfuhr. Hatte da einer reingekackt, oder was? Zornig schaute er in den Kofferraum, sah zwei dunkelrote Lachen und einen Schuh, an dem ebenfalls zähes rotes Zeug klebte.

Perler ging nachdenklich zurück in seinen Wohnwagen, holte sich eine Dose lauwarmes Red Bull aus seiner Brotzeitbox und war nach ein paar Schlucken sicher, dass die Flecken und der Schuh noch nicht im Kofferraum waren, als er den Peugeot vor zwei Wochen mittels Gabelstapler neben die Presse gestellt hatte.

Er holte sein Handy aus der Hosentasche und wählte die 112. »Ja hallo? Perler hier. Kennen Sie den Schrottplatz bei Einhaus? Ja? Der gehört mir. Und in einem der Autos ist was, das wie Blut aussieht, ein Schuh liegt auch da. Was? Ein Damenschuh, der ist auch voll Blut, glaube ich. Nein, nicht mein Blut. Ich trage keine Damenschuhe. Was? Leiche? Hier ist keine Leiche. Aber vielleicht war eine hier. Wie? Natürlich fasse ich nichts an. Gut. Bis gleich.«

Er lehnte sich in seinem Stuhl zurück und beobachtete zwei dicke schwarze Fliegen, die auf seiner blauen Brotzeitbox saßen. Sein verfluchter, nichtsnutziger Neffe kam ihm in den Sinn, und zusammen mit dem offenen Vorhängeschloss ergab das einen Sinn. Aber was für einen?

Perler wählte eine Münchner Nummer, hielt sich das Handy ans Ohr und schlug mit der Bild nach den Fliegen.

»Hallo? Ich bin's. Warst du gestern Nacht auf dem Platz? Wie, auf welchem Platz, na hier, du Trantüte. Auf wie vielen Schrottplätzen treibst du dich denn rum? Nicht? Bestimmt nicht? Na, dann hast du ja nix dagegen, wenn mich die Bullen fragen, wer alles Schlüssel für das Schloss am Tor hat, und ich sage ihnen, außer dir und mir keiner. Hallo? Bist du noch da? Was? Welchen Bullen? Na denen, die hier gleich aufkreuzen,

Mann. Ja, logisch, ich habe die gerufen. Weil im Kofferraum von der Karre neben der Presse was liegt, das neulich noch nicht da drin gelegen hat. Warum ich dich deswegen anrufe? Weil ich deinen Arsch bis jetzt immer gedeckt habe. Aber wenn du wieder irgend so ein idiotisches Kifferding durchgezogen hast, will ich nicht dafür in den Käfig, klar? Jaja, du mich auch. Ciao.«

18

Mittwoch, 8. Juni, 10:58 Uhr

Stocker betrat das Hotelfoyer zwei Minuten vor elf. Ein Mann, mittelgroß, schlank, um die vierzig, mit kurzen braunen Haaren, in denen die ersten grauen Strähnen schimmerten, saß in einem der Sessel hinten rechts. Er winkte ihm zu, Stocker winkte zurück und ging zu der Sitzgruppe mit den kleinen, runden Glastischen zwischen den bequem aussehenden Clubsesseln.

Der Mann stand auf, reichte ihm die Hand und sagte: »Schlichting, Jens Schlichting. Freut mich, Sie kennenzulernen, Herr Stocker.«

»Danke, dass Sie kommen konnten, Dr. Schlichting. Jetzt kann ich meinen albernen Columbo-Mantel wieder ausziehen.«

Stocker setzte sich und schaute sich um. »Darf ich Ihnen was bestellen?«

Schlichting winkte ab. »Nein, danke, ich muss gleich wieder rüber. Aber was ich Ihnen zu sagen habe, geht nicht am Telefon.« Er griff in die Brusttasche seines grauen Sakkos und zog ein Briefkuvert heraus. »Das, was hier drinsteht, haben Sie nicht von mir. Dr. Sielmanns Musketiere machen Überstunden, so hektisch habe ich seine persönlichen Vasallen noch nie erlebt.«

»Wie meinen Sie das?«

Schlichting winkte lächelnd ab. »Ah, das ist unwichtig. Die drei Musketiere, so nennen wir Sielmanns Chefsekretärin und seine zwei Referenten. Die drei würden sogar für ihn aus dem Fenster springen, glaube ich. In meinen Augen sind das Sadomaso-Freaks, denn für den Dottore arbeitet bei uns keiner gerne. Egal. Sielmann hat mit Koppeck Kontakt aufgenommen und ihm erzählt, was passiert ist. Natürlich in der

Sielmann-Fassung. ›Ich habe keine Ahnung, warum man Ihre Frau entführt hat. Aber wir arbeiten rund um die Uhr dran, denn für uns, meine Frau und mich, ist das so, wie wenn man uns ein Familienmitglied entrissen hätte‹, und so weiter und so fort. Er hat auch noch gemeint, es könnte ja sein, dass da jemand aus Koppecks Vergangenheit dahintersteckt.«

»Warum erzählt er so was? Und woher haben Sie das?«

»Woher? Wir hören ihn ab. Weil die Internen an ihm dran sind. Aber bei so einem Kaliber wie dem Dr. Sielmann muss man ganz dezent vorgehen. Und warum er Koppeck so einen Schwachsinn erzählt? Ich denke mal, um ihn auf eine falsche Fährte zu locken. Aber das wird bei Koppeck nicht funktionieren. Die, die ihm an die Wäsche gehen könnten, die hat er längst selber liquidiert. Und vergessen Sie nicht, der Koppeck hat immer noch seine Kontakte. Die wird er inzwischen abtelefoniert haben.«

»Hört man den Koppeck nicht auch ab?«

Schlichting beugte sich vor und schüttelte den Kopf. »Warum denn? Dafür gibt es keine Begründung. Er wurde natürlich in der ersten Zeit in seinem neuen Leben dezent überwacht. Das haben sich die Schlapphüte vom Staatsschutz und dem BND geteilt. Der Koppeck hat sich von Anfang an auf sein neues Hobby, die Züchtung alter Tomatensorten, gestürzt und ist nur ab und an mal nach Tegernsee und Rottach-Egern gefahren, um seine Ex-Frau zu beobachten. Es gab bei uns wohl mal eine Sitzung deswegen, aber man ist zu dem Schluss gekommen, ihn machen zu lassen, solange er keinen Kontakt mit ihr aufnimmt. Und das hat er nie, auch nicht ansatzweise, versucht. Zum Thema Telefone noch was: Einer wie der Koppeck hat mit Sicherheit ein halbes Dutzend Prepaid-Handys, von denen wir nichts wissen. Ihre nächste Frage steht Ihnen ins Gesicht geschrieben: Natürlich werden so ziemlich alle, die im Zeugenschutz sind, ab und zu unauffällig kontrolliert. Weil da ein paar ziemliche Kaliber dabei sind. Aber Typen wie den Koppeck haben wir in Bayern nur zwei. Und es könnte ja sein, dass man den einen oder anderen für einen diffizilen Job temporär reaktiviert, wenn es zu einer Korrelation bestimmter Variablen kommt.«

Stocker hob die Hand. »Was soll das heißen?«

»Na, wenn ein Problem auftaucht, das schnell und unauffällig aus der Welt geschafft werden muss, was aber auf dem legalen Weg nicht geht. Und das selbst für die Dienste eine Nummer zu heftig ist. Muss ich noch deutlicher werden?«

»Passt schon. Man hält sich den Koppeck und den anderen Spezialisten warm und macht ihnen bei Bedarf ein Angebot, das sie nicht ablehnen können.«

Schlichting klatschte erfreut in die Hände. »Oder so. Sehr treffend formuliert. In dem Umschlag finden Sie Infos zu Koppeck. Wohnort, Autokennzeichen, das fährt er aber kaum. Meist ist er mit seiner alten Vespa unterwegs. Und ein Foto, das ihn so zeigt, wie er jetzt aussieht. Wenn sie ihn kontaktieren, seien Sie bitte äußerst vorsichtig. Auf einer Gefährlichkeitsskala von eins bis zehn würde ich dem Koppeck immer noch eine glatte Zwanzig geben. Ach ja, ein paar Daten zu unserem verehrten Oberstaatsanwalt habe ich Ihnen auch ausgedruckt. Er hat ein paar, wie soll ich sagen, außergewöhnliche Vorlieben und Hobbys. Behandeln Sie alles, was Sie lesen, sehr vertraulich. Wenn was hochkocht: Ich werde abstreiten, mit Ihnen gesprochen zu haben.«

»Letzte Frage: Was wird Ihrer Meinung nach mit dem Dr. Sielmann passieren? Und warum geben Sie mir all das? Nur wegen der Empfehlung Ihres Herrn Vaters?«

Schlichting stand auf und knöpfte sein graues Sakko zu, dann streckte er Stocker die Hand hin und sagte: »Das waren drei Fragen. Zu eins: Dem Dr. Sielmann wird nicht viel passieren. Den Generalstaatsanwaltsposten kriegt er natürlich nicht, den bekommt ein anderer, davon ahnt der verehrte Dottore aber noch nichts. Zu drei: Ja, auch wegen des Gesprächs mit meinem Vater. Sein Studienfreund bürgt für Sie. Und zu zwei: Warum das alles? Sie schickt der Himmel, guter Mann. Bei uns dreht sich sehr bald das Beförderungskarussell, und da fliegen die Messer tief. Auch die meinen. Ich wünsche Ihnen viel Erfolg und ein langes Leben. Passen Sie gut auf sich auf, Herr Stocker. Guten Tag. Ach ja, noch was: Rufen Sie mich bitte nicht mehr an.«

Stocker schaute dem Mann nachdenklich nach, und als die beiden Glastüren am Eingang automatisch zur Seite glitten, winkte ihm der Dr. Schlichting mit der linken Hand lässig zu, ohne sich noch mal umzudrehen.

Ein Pärchen, beide um die vierzig, fünfundvierzig Jahre alt, betrat das Foyer und ging, ohne Stocker auch nur eines Blickes zu würdigen, zur Rezeption durch. Die Frau nestelte an ihrer Handtasche rum, und der Kerl kratzte sich mit der rechten Hand am Genick.

Dieser kurze Augenblick reichte aus, um seine dunkelblaue Jeansjacke etwas zu heben, und Stocker erhaschte einen Blick auf ein schwarzes Gürtelhalfter, aus dem ein oder zwei Zentimeter eines Pistolenlaufes herausragten.

Stocker konnte sich ein Grinsen nur schwer verkneifen und beglückwünschte sich, dass er das Kuvert, das ihm Dr. Schlichting übergab, schnell weggesteckt hatte.

In den meisten Fernsehfilmen, »SOKO« oder so, du weißt schon, da laufen die Kripoleute rum wie Jesse James im Wilden Westen: die großkalibrige Kanone weithin sichtbar am Gürtel, daneben Handschellen, und zwar so, dass eine Hälfte der stählernen Acht gut sichtbar beim Gehen über dem Hinterteil hin und her wippt.

Im richtigen Leben siehst du so was natürlich nie, sonst könnten die ja gleich eine Uniform anziehen. Auch das ganze Auftreten der beiden amüsierte einen wie den Stocker. Denn wenn jemand ein Hotelfoyer oder, sagen wir mal, ein Restaurant betritt, noch dazu ein Pärchen, dann schaut sich einer von beiden mit hundertprozentiger Sicherheit erst mal um. Selbst wenn es nichts zum Sehen gibt. Das liegt nun mal in der menschlichen Natur. Auch das Verhalten der Frau, das Rumgenestele in der Handtasche während des Betretens, ist für einen, der das Metier kennt, verdächtig, ja, was glaubst du denn?

Also folgerte der Stocker, dass die Frau ihn fotografiert hatte, und der Kerl war zur Tarnung und Absicherung dabei. Was den Schluss zuließ, dass die beiden Kieberer waren und aus dem Haus Linprunstraße 25, der Staatsanwaltschaft München 1, kamen. Hastig von jemandem auf die Pferde gescheucht, der mitbekommen hatte, dass sich der Dr. Schlichting mit einem Unbekannten trifft.

Das würde den Zeitablauf erklären und auch, warum das Pärchen erst nach Schlichtings Abgang auftauchte. Weil der sie nämlich unter Umständen als Kollegen erkannt hätte.

Stocker stand auf, schaute sich suchend um und ging dann ebenfalls zum Empfang.

Die beiden unterhielten sich mit einer hübschen jungen Frau in einem dunkelblauen Kostüm und schenkten dem Stocker keinerlei Beachtung. Der wiederum nutzte die Gelegenheit, zog sein Nokia aus der Hosentasche und fotografierte die beiden aus der Hüfte heraus von hinten.

Dann trat er neben sie und sagte zu der Hotelmitarbeiterin: »Entschuldigen Sie die Unterbrechung. Haben Sie bitte einen Stadtplan?«

Sie lächelte ihn an, griff unter den Tresen und reichte ihm einen dünnen Faltplan mit dem Logo des Hotels drauf. »Hier, bitte. Kann ich sonst noch was für Sie tun?«

Stocker versuchte ein charmantes Lächeln und schüttelte den Kopf. »Nein, danke. Ich bin von auswärts, und mein Navi streikt. Deswegen habe ich mich wohl verfahren, wissen Sie. Ihnen allen noch einen guten Tag.«

Er nickte den dreien freundlich zu und verließ das Hotel. Die Fotos von den beiden Kripoleuten schickte er auf das Smartphone von Dr. Schlichting, steckte sein Nokia wieder ein und schlenderte zu seinem Wagen.

Wegen einer möglichen Überwachung machte er sich keine Sorgen. Warum auch? Das eben in der Hotellobby war eine überstürzte Spontanaktion. Irgendwer in der Staatsanwaltschaft 1 schaute dem Dr. Schlichting auf die Finger, dieser irgendwer hatte mitbekommen, dass der Schlichting das Haus verlässt und ins nahe Hotel geht, und hatte hastig eine Truppe zur Aufklärung losgeschickt.

Stocker wusste, dass eine Überwachung, wenn sie gut organisiert ist, nur in den seltensten Fällen von der Zielperson bemerkt wird. Meist ist da ein Team von fünf oder sechs Spezialisten am Werk, Männer und Frauen.

Auf einer belebten Straße in einer Stadt musst du dir das so vorstellen: Die Zielperson verlässt ein Gebäude. Zwei Beschatter folgen ihr, ein weiterer Schatten geht auf der anderen Straßenseite, ist aber circa dreißig Meter vor der Zielperson. In Sichtnähe ist der Wagen des Teams, in dem sitzt der Koordinator, weil alle per Knopf im Ohr verbunden sind. Neben dem Koordinator sitzt der Fahrer. Falls ein Zugriff geplant ist, wartet oder folgt in einer Seitenstraße zielnah ein Transporter mit einem Greiftrupp.

Stocker trottete zu seinem Benz, nahm einen Strafzettel von der Windschutzscheibe und schaute beim Einsteigen zurück in Richtung des Hotels. Die beiden von eben standen auf der anderen Straßenseite, und die Frau notierte sich was. Bestimmt meine Autonummer, dachte sich der Stocker und winkte den beiden fröhlich zu.

Von der Staatsanwaltschaft in der Linprunstraße bis zum Käfer-Bistro und -Feinkostladen sind es zwar nur knappe sechs Kilometer, aber in einer Stadt wie München und speziell zu dieser Uhrzeit kann sich das ganz schön hinziehen.

Stocker haderte wieder einmal mit dem Umstand, dass er kein Navi in der Wanderdüne hatte. Aber er liebte den Wagen nun mal so, wie er im Originalzustand war. Selbst eine Handyhalterung am Armaturenbrett empfand er als Sakrileg. Und wenn du dich im Münchner Straßen- und Baustellenchaos nicht besonders gut auskennst, dann fährst du halt nach Gefühl.

Stocker bog beim »Café Lotti« links ab, fuhr über die Theresienstraße an der Alten Pinakothek vorbei, dann über die Gabelsberger auf den Oskar-von-Miller-Ring, und ab da ging es etwas flotter voran. Am Karl-Scharnagl-Ring geriet er in einen Stau, und im Wagen neben ihm verfluchte ein libanesisch aussehender Taxifahrer sämtliche Autos und die in München im Besonderen und gestikulierte wild aus dem geöffneten Schiebedach.

Das Telefon klingelte. Es war Nellies Stimme, die aus den unsichtbaren Lautsprechern der Anlage kam. »Wo bist du?« Stocker schaute in den Rückspiegel, weil ihm der Kerl hinter ihm mit der Lichthupe drohte. Stocker hob entschuldigend die Hand und fuhr drei Meter weiter. Dann stand der Verkehr wieder.

»In München. Gleich auf der Maximilianstraße, was gibt's?«

»Hoppala, das klingt teuer. Gönnst du dir was?«

»Nein. Der Zuckerhahn gönnt sich was. Irgend so ein Ding mit Himbeeren obendrauf soll ich ihm vom Käfer mitbringen. Und vorhin hab ich einen Staatsanwalt getroffen. Erzähl ich dir später. Also, was ist los?«

»Ich glaube, deine beiden neuen Freunde aus Miesbach beobachten die ›Endstation‹. Blauer BMW, MB-Nummer, zwei Kerle drin.«

»Bist du sicher?«

»Schon, ja. Der Wagen stand oben an der Straße, mit laufendem Motor, wie wenn sie auf was warten würden. Dann fuhren sie runter auf den Parkplatz. Der auf dem Beifahrersitz, ein schmaler Kerl, hat die Kneipe fotografiert. Am Steuer saß ein bulliger Typ mit kurzen Haaren.«

Stocker nickte, obwohl Nellie das nicht sehen konnte. »Das sind sie. Und dann?«

»Nichts und dann. Sie saßen da, der Motor lief. Einer hat mich am Küchenfenster gesehen und freundlich gewunken. Dann hat der am Steuer sein Handy ans Ohr gehalten, was zu dem anderen gesagt, und sie sind ziemlich flott weggefahren.«

»Wo ist Drago?«

»Da, wo er immer ist, wenn man ihn braucht: weg. Was haben die Bullen vor, hast du eine Ahnung?«

»Tja, könnte sein, dass die nur Präsenz zeigen wollen. Nach dem Motto: Wir sehen euch und haben euch im Auge. Wenn die was gewollt hätten, dann wäre einer ausgestiegen und hätte mit dir gesprochen. Die Aktion gilt mir, nicht euch beiden. Wenn du den Wagen oder die Kerle wieder siehst, melde dich sofort. Ich komme heute Abend bei euch vorbei. Vorher muss ich noch nach Bad Birnbach zum Zuckerhahn. Was ist heute zu empfehlen?«

»Drago hat Cordon bleu und Pommes aus dem Airfryer auf dem Plan.«

»Hebt mir unbedingt eine Portion auf. Ich melde mich, wenn ich von Bad Birnbach wegfahre, ja?«

»Ja. Bussi. Und mach nichts, was ich nicht auch machen würde.«

In der Maximilianstraße schämte sich der Stocker fast ein bisschen für seinen alten Benz. Links und rechts am Straßenrand standen Porsches, Mercedes, Ferraris, ein Lincoln und zwei oder drei Rolls-Royce.

Direkt vor Chanel parkte ein Maserati, und die Shops von Versace, Wempe, Bottega Veneta, Saint Laurent, Bulgari und wie sie alle hießen, zogen Menschen aus allen Teilen der Welt an. Vor dem »Hotel Vier Jahreszeiten Kempinski« stand eine Traube Japaner und fotografierte alles, was sich bewegte oder auch nicht. Stocker winkte auch ihnen fröhlich zu und wurde prompt von circa zwanzig freudig armeschwenkenden Asiaten geknipst.

Kurz darauf fuhr er über die Isar rüber zum Prinzregentenplatz und stand gleich darauf vor dem Käfer-Bistro mit Feinkostladen. Er parkte vor den wartenden Taxis, direkt an der Ecke unter dem Verkehrsschild, stellte die Warnblinkanlage an und sprintete in den Laden. Er drängte sich durch die durchweg teuer gekleideten Menschen und reihte sich an der Patisserie ein. Der Amerikaner vor ihm ließ sich alles aus der Auslage in aller Ruhe erklären, und Stocker wedelte einer jungen Verkäuferin zu, die an ihm vorbeikam. »'tschuldigung, aber meine drei kleinen Kinder und der Hund sind alleine im Auto, und das steht im Halteverbot. Würden Sie mir bitte eine Himbeertarte geben? Dann bin ich gleich wieder weg.«

Er schob ihr einen Zwanziger über die Theke. Mehr kann so ein Ding nicht kosten, dachte er sich, und den Rest gebe ich ihr großzügig als Trinkgeld. Man will ja nicht so sein, wenn man sich schon vordrängelt.

Den Schein steckte sie schnell und mit einem freundlichen Lächeln weg. »Danke sehr. Im Moment haben wir nur noch die größeren, sechsundzwanzig Zentimeter, ist das okay für Sie?«

»Ähm, jaja. So eine wollte ich eh.«

»Kommt sofort.« Sie ging zurück, und Stocker sah ihr zu, wie sie ein sehr flaches, tellergroßes rundes Gebäckstück liebevoll in einen weißen glänzenden Karton gab und diesen mit einer breiten roten Schleife sorgfältig verschnürte. Dann holte sie eine Käfer-Papiertragetüte unter der Theke hervor, stellte den Karton vorsichtig hinein und überreichte dem Stocker das Gesamtkunstwerk: »Neunundvierzig neunzig, bitte.«

»Neunund... äh, ja klar, sofort.«

Ziemlich sprachlos verließ er den Laden, stieg in den Benz, und erst als er auf der A 94 in Richtung Markt Schwaben fuhr, rief er den Zuckerhahn an. »Grüß dich. Ich bin in etwa eineinhalb Stunden bei dir. Das Himbeerkunstwerk habe ich auch. Die größere Ausführung, sechsundzwanzig Zentimeter.«

»Ja wunderbar, dann halte ich mich mit Essen etwas zurück.«

»Sag mal, Zuckerhahn, weißt du überhaupt, was so ein Teil kostet? So groß wie ein Pfannkuchen, ein bisschen höher, mit ein paar Dutzend blassen Himbeeren drauf?«

Zuckerhahn lachte. »Natürlich weiß ich das. Und jetzt weißt du es auch. Ist das nicht schön? Das sollten dir die neuen Infos, die ich für dich habe, aber auch wert sein. Bis gleich, mein Lieber.«

19

Mittwoch, 8. Juni, 11:42 Uhr

Koppeck schob seine graue Vespa durch den Vorgarten auf die Aschauer Straße und stellte sie auf den Kippständer. Er kontrollierte die Halteriemen um die schwarze Sporttasche, die er auf dem Sozius befestigt hatte.

Die Vespa mochte er, so sehr jedenfalls, wie man eine Maschine mögen kann. Koppeck liebte das unauffällige Grau, den Klang des Zweihundertfünfzig-Kubik-Motors, den Tacho mit der roten Beleuchtung und die Anzeigen des Bordcomputers, der ihn jederzeit über die Öltemperatur, Drehzahl, den Tankinhalt, die Kühlmitteltemperatur, die Tageskilometer und die genaue Uhrzeit informierte. Er schätzte es, alles unter Kontrolle zu haben.

Bei einem Job in Spanien, in den neunziger Jahren, wie er sich zu erinnern glaubte, hatte man ihm mal eine rote Harley Sportster an den vereinbarten Treffpunkt im Parkhaus am Alicante Airport hingestellt. Kopfschüttelnd war er um das Motorrad herumspaziert, das so unauffällig war wie ein Schimpanse in einer Damensauna. Die Kiste hatte nicht einmal eine Tankanzeige. In der rechten Satteltasche fand er den Beutel mit der Waffe, die Infos zur Zielperson sowie die Bezahlung, ein dickes Bündel gebrauchter Dollarscheine. Koppeck musste heute noch schmunzeln, wenn er daran dachte. Er nahm den Beutel, fischte die Harley-Schlüssel heraus und steckte sie ins Zündschloss. Für irgendeinen Blödmann ist heute Weihnachten, waren seine Gedanken, als er sich suchend umschaute.

Dann knackte er einen blassblauen Nissan Micra, der zwei Reihen weiter stand, und fuhr damit zur Arbeit.

Die Vespa war dritter Hand, Kilometerstand viertausendneunhundertsechsunddreißig, Koppeck hatte sie von einer Malermeisterwitwe in Grassau gekauft, die den Roller nie mochte, weil ihr Verstorbener damit gegen Abend oft zum Fischen wegfuhr, wie er sagte. In Wirklichkeit zuckelte er in seine Stammkneipe nach Unterwössen und kam meist gegen Mitternacht ohne Fische, aber gut abgefüllt nach Hause.

Koppeck fuhr gemächlich über Rosenheim, Bad Aibling und Aying bis nach Unterhaching, wo er den Roller hinter einer Bushaltestelle in der Biberger Straße an einem Baum parkte, das Lenkradschloss einrasten ließ und durch die hintere Felge ein mattschwarzes Abus-Granit-Extreme-Kettenschloss zog, weil es seiner Ansicht nach viel zu viele Ganoven in der Nähe von Großstädten gab.

Ein paar hundert Meter weiter, auf einem Aldi-Parkplatz, schloss er einen unversperrten, um die zehn Jahre alten roten Fiat Panda kurz, warf die schwarze Sporttasche auf den Beifahrersitz und holte ein Prepaid-Smartphone heraus, in das er die Zieladresse eingab: Truderinger Straße.

Wenn du dich in der Gegend auskennst, dann weißt du, dass du nur die Biberger Straße weiterfahren musst, die wird dann zur Unterhachinger Straße, das Navi leitet dich weiter auf die Hofangerstraße, danach noch einmal rechts, einmal links und schon bist du auf der Truderinger Straße.

Das hört sich alles ganz einfach an, aber wer den Verkehr in München kennt, der fürchtet ihn. Da sind Staus, wo es keine geben dürfte, Baustellen, an denen keiner arbeitet. Auf denen die Kleinbagger, Rüttler und die eine oder andere Straßenwalze rumstehen wie geflüchtete Zootiere, die nicht mehr weiterwissen.

Koppeck fluchte sich von Ampel zu Ampel, wenn bei Grün nur vier oder fünf Autos über die Kreuzung kamen, weil sich die Links- oder Rechtsabbieger nicht richtig einordnen konnten. Er schimpfte auf Kampfradler und korpulente, kinderwagenschiebende Kampfmütter, für die die Ampeln und Verkehrszeichen offenbar nicht existierten.

Ein tiefergelegter schwarz glänzender 6er BMW hielt während einer weiteren Rotphase links neben ihm, und das Wummern der Bässe veranlasste Koppeck, den Kopf zu wenden.

Aus der rollenden Disco starrten ihn zwei junge fette Köpfe mit kurz geschorenen Haaren und viel Gold um den Hals mit dem bösen Indianerblick an, und Koppeck schaute schnell wieder weg. Er hörte ihr schallendes Lachen, verzog aber keine Miene, sondern fixierte das Rotlicht der Ampel.

»Sie haben Ihr Ziel erreicht«, teilte ihm das Smartphone-Navi in freundlichem Tonfall mit, Koppeck schaltete es aus, nahm die SIM-Karte heraus und setzte eine andere ein, ohne das Handy wieder zu aktivieren.

Die entnommene SIM-Karte warf er in die Sporttasche und schaute sich das Zielhaus an. Ein runtergekommener Mietblock aus den Fünfzigern. Alte Holzfensterrahmen, von denen die ehemals weiße Farbe in vielen Schichten abblätterte. Das rote Ziegeldach hätte schon vor vielen Jahren erneuert werden müssen, direkt vor dem Haus führten zwei Busspuren vorbei. Ruhig wohnen ist anders, dachte er sich.

Ein paar hundert Meter weiter bemerkte Koppeck ein Aldi-Schild auf der linken Straßenseite. Er bog in den Bognerhofweg ein und fuhr auf den Supermarktparkplatz, wo er den Fiat ganz rechts hinten zwischen einen rostigen Passat und einen schäbigen Sprinter mit bulgarischen Kennzeichen stellte.

Aus der Sporttasche holte er einen mattblauen Monteuranzug mit Kapuze, den er unter Verrenkungen über seine Kleidung streifte.

Ich meine, versuch mal, dich in einem Fiat Panda umzuziehen. Das ist harte Arbeit. Allerdings kann es noch schwieriger sein, in so einem kleinen Auto jemanden auszuziehen, das weiß ich noch aus meiner Jugendzeit.

Aber zurück zum Koppeck: In der rechten Brusttasche des Kombis hatte er Nitril-Einweghandschuhe in Hellblau sowie Einmal-OP-Überschuhe durchsichtig, in der linken einen Satz Dietriche und ein schwarzes Baseballcap mit einem gelb-ro-ten-schwarzen Agip-Aufdruck.

Aus seiner Sporttasche nahm er noch ein blaues DIN-A4-

Klemmbrett, in der Halterung einen ebenfalls blauen Kuli, in der Klemme des Bretts eine amtlich aussehende Bestelltabelle für verschiedene Tomatensamen.

Als Letztes zog er die .22er-Automatik-Beretta mit dem aufgeschraubten, klobigen Schalldämpfer hervor und steckte sie in die rechte aufgenähte Seitentasche unterhalb der Hüfte.

Für die meisten Profis ist die .22er die Waffe der Wahl. Mit einem Schalldämpfer versehen, ist der Schuss in etwa so leise, wie wenn du einen etwas widerspenstigen Korken aus dem Hals einer Weinflasche ziehst: ein halblautes, schnelles »Plopp«, das man schon zwei Meter weiter nicht mehr hört.

Aber auch ohne Schalldämpfer hat die .22er auf nahe Distanz nur Vorteile: Das Projektil bleibt im Kopf des Opfers und dreht da noch einige Runden im Inneren des Schädels. Das musst du dir so vorstellen wie diese todesmutigen Steilwandfahrer, die früher auf so mancher Kirmes in zehn Meter hohen senkrechten Zylindern aus Holz oder Stahlgeflecht im Kreis bis hoch zu den Zuschauern gebrettert sind, rauf und runter, in einem Höllentempo.

Einem italienischen Killer brauchst du aber mit so einer .22er-Pistole gar nicht erst zu kommen. So kleine Kaliber akzeptiert der höchstens, wenn sie aus einer Kalaschnikow abgefeuert werden. Einen italienischen Don oder wen auch immer erledigt man mit einem würdigen Kaliber, sonst verliert das Opfer selbst im Tod noch sein Gesicht.

Die Sizilianer sind da noch pingeliger. Wenn da einer aus dem Spiel genommen wird, dann mit einer standesgemäßen Doppelladung Schrot aus einer Lupara, bitte schön. Die Granden auf dem Lande verziehen über die Motorradgangs in den Großstädten mit ihren riesigen Ballermännern und viel Bling-Bling am Körper nur verächtlich die Lippen und nennen sie »Baby-Gangsta«.

Koppeck ging die paar hundert Meter zum Zielhaus, das ihm sein Kontakt beim Staatsschutz genannt hatte, und hielt sich auf der rechten Straßenseite nah an den Häuserwänden, den

Blick auf sein Klemmbrett gerichtet, sodass sein Gesicht bis zur Nase runter nur schwer kenntlich war. Heutzutage weiß man ja nie, ob und wo Überwachungskameras angebracht sind.

Kurz nach dem Anruf vom Oberstaatsanwalt hatte er ein paar seiner alten Kontakte angeklingelt. Viele gab es ja nicht mehr, die noch im aktiven Dienst waren. Aber einer seiner ehemaligen Führungsoffiziere aus dem Osten war beim Staatsschutz untergekommen, und der Mann gab Koppeck, wenn auch nur sehr widerwillig, nach etwa einer halben Stunde per Rückruf die gewünschten Auskünfte.

»Ja, es ist ohne Zweifel deine Ex. Tut mir leid. Sie wurde in einer Scheune an einem See gefunden. Der nächste Ort ist ein kleines Dorf, Einhaus, südöstlich und etwa vierzig Kilometer von München. Geh von München auf die Siebzehn-Uhr-Position, dann hast du es. Da ist sie aber nicht zu Tode gekommen. Der Todesort liegt in der Nähe, ein Schrottplatz ein paar Kilometer oberhalb der Kreuzstraße, an der B 318. Ziemlich mittig zwischen der Kreuzung und dem Auffindeort. Der Besitzer des Schrottplatzes hat sie gefunden. Im Kofferraum eines Wracks, das in die Presse sollte. Relativ frische Fingerabdrücke vom Neffen des Platzbesitzers und noch einem Kerl. Im Kofferraum und auf dem Deckel, außen. Ich habe die Meldeanschrift von dem Neffen. Der Kerl heißt Benno Pitzinger. Schreibst du mit?«

Und Koppeck schrieb mit, dann sagte er: »Ja. Und der andere?«

»Der heißt Josef Dirscherl. Dreißig, vorbestraft, die übliche Latte, hat sich eine Zeit lang in der Nazi-Szene rumgetrieben, deswegen hatten wir ihn auf dem Radar. War aber selbst denen zu blöd, der Kerl, und das ist bei den Nazi-Schreihälsen gar nicht mal so einfach. Wohnort oder Arbeitsstelle unbekannt, weil er uns nicht weiter interessiert hat. Den kriegst du aber bestimmt über den Benno Pitzinger. Hast du alles, was du brauchst?«

»Passt. Danke. Wie geht es dir?«

»Noch een Jahr. Ich habe eine Datsche am Wandlitzsee, wa? Und du? Sorry. Blöde Frage. Ein Jammer, das mit deiner Ex.«

Koppeck schniefte. »Du hast sie doch gar nicht gekannt.«

Aus dem Handy drang ein bitteres Lachen. »Jenosse, ein paar von uns waren sogar auf deiner Hochzeit. Die standen aber nicht auf der offiziellen Einladungsliste. Wir haben die Unseren immer im Blick. Schon verjessen? Viel Glück, altes Ross.«

Vor der Hausnummer, die Sacrow ihm gegeben hatte, blieb er stehen, studierte die Klingelschilder. Pitzinger, der zweite Name von unten auf der rechten Seite. Erster Stock, rechts. Er schaute zu den Fenstern hoch und sah, dass eines der Fenster der Zielwohnung weit offen war. Deutscher Gangsta-Rap wehte in Wortfetzen auf die Straße runter.

Koppeck ging ins Treppenhaus. Es roch nach gekochtem Kohl, Bohnerwachs und Urin. Von oben kam ihm eine ältere Frau entgegen. Er tippte an den Schirm seiner Mütze, aber sie beachtete ihn nicht, sondern sprach leise mit sich selbst.

Dazu muss ich dir sagen, der Koppeck ist sowieso einer, den man nicht beachtet. Rein vom Äußeren her, meine ich. Stichwort: so was von durchschnittlich. Er war eins sechsundsiebzig groß, wog um die fünfundsiebzig Kilo, hatte kurze, mattbraune, grau melierte Haare und ein Gesicht, das man in dem Moment, in dem man es ansah, schon wieder vergessen hatte. Koppeck, das Chamäleon.

Er sprach fließend Russisch, akzentfrei Englisch mit amerikanischem Akzent und ein ganz passables Holländisch. Dazu kamen die wichtigsten Brocken in Spanisch, Französisch und Italienisch.

Seine Ausbildung beim Kampfschwimmerkommando 18, dem KSK 18, absolvierte er als Zweitbester. Simon Rein, der Beste, wurde 1990 direkt zu den Navy SEALs nach Amerika geholt. Als Ausbilder.

An der alten und mit gelben und blauen Graffiti besprühten

braunen Wohnungstür von Pitzinger war zwar ein Klingelknopf, aber darunter klebte ein kleines Pappschild mit der Aufschrift: »VERPISS DICH«.

Er legte ein Ohr an das Holz und hörte wieder die Rapmusik und zwei Männerstimmen, die versuchten, wie Rapper im Takt des Sängers mitzugrölen. Er schlüpfte in seine OP-Handschuhe und streifte die durchsichtigen Einweghüllen über seine braunen Schuhe, dann zog er die Kapuze von hinten über die Baseballkappe und schnürte sie zu, dass sein Kopf bis zum Kinn bedeckt war.

Koppeck machte einen schnellen Schritt zurück, beugte sich über das Geländer und schaute im Treppenhaus kurz nach oben und unten. Dann drückte er dreimal auf den Klingelknopf: bingbingbing.

Keine Reaktion. Koppeck ließ den Daumen auf dem Knopf und hob sein Klemmbrett vor den kleinen Türspion.

»Jajaja, mach kein Stress, Alter. Scheiße, ich bin ja schon hier.«

Ein Schlüssel drehte sich im Schloss, die Tür schwang einen Spalt weit auf, und Benno, die Pille, blinzelte mit den unnatürlich geweiteten Pupillen eines Profikiffers erst das Gesicht vor ihm und dann das Klemmbrett an. »Sammelst du für was, Opa? Dann lies mal das Türschild und mach genau, was da steht.«

»Gaswerke, wir nehmen in dieser Woche die Thermodruckkontrolle in den Wohnungen vor. Haben Sie die Benachrichtigung nicht bekommen?«

»Was? Hä? Welche Benachrichtigung? Pass mal auf, Opa. Wir haben hier gar kein Gas. Also, flieg ab.«

Koppeck nickte nur und sagte: »Genau deswegen. Schauen Sie mal hier!«

Während er dem zugedröhnten Blinzler mit der linken Hand das Klemmbrett vor das Gesicht hielt, holte er mit der rechten die Beretta aus der Seitentasche, stellte schnell einen Fuß in die Tür und flüsterte: »Umdrehen. Geh rein. Kein Wort. Okay?«

Pille schnappte erstaunt nach Luft, wie ein Goldfisch, der sich nach einem Luftsprung neben dem Aquarium wiederfindet.

Eine Stimme übertönte den Rap aus dem Inneren der Wohnung: »Was is los, Alter? Nervt wer?«

Pille starrte in den Lauf der Beretta, blinzelte unkontrolliert, und Koppeck schüttelte sanft den Kopf und bedeutete ihm mit Daumen und vier Fingern zu reden.

»Nee, das is bloß der Dings, äh, der …«, rief Pille über die Schulter in den Flur hinein. Koppeck schob ihn mit dem Lauf sanft rückwärts, drehte ihn um und stupste ihn an.

Joe, der auf dem Sofa lümmelte und an einem Stück Pizza kaute, machte ein verdutztes Gesicht. »Hey, Scheiße, was wird das?«

Koppeck schubste Pille in einen der alten Cordsessel, schwenkte den Revolver, sagte »Schnauze« und setzte sich so in den zweiten Sessel, dass er beide gut im Blick hatte. Trotz des offenen Fensters hing schwerer Marihuanaduft in der Luft.

Die Hand mit der Beretta legte er auf seinen rechten Oberschenkel, mit der linken deutete er auf den aufgeklappten Pizzakarton. »Was esst ihr hier für einen Mist? Wisst ihr, wie ungesund das ist? Und dann auch noch Joints dazu? Find ich gar nicht gut.«

Joe, dem die Lider schwer über die Augen hingen, schaute träge mit stierem Blick von Koppeck auf Pille und wieder zurück, und seine Aussprache klang verwaschen. »Was geht hier ab? Wer ist der Kerl?«

Pille öffnete den Mund, aber Koppeck zeigte mit dem Finger auf ihn. »Pscht. Ab jetzt redet ihr nur noch, wenn ich es euch erlaube, kapiert? Wer von euch beiden ist der Neffe vom Schrottplatzbesitzer?« Und zu Pille: »Du, oder?«

Pille nickte.

»Gut. Und du«, er zeigte auf Joe, »du bist der Dirscherl, richtig?«

Joe lachte laut und unmotiviert und klatschte sich auf den Schenkel. »Bingo, erraten, Alter, aber du darfst mich Joe nennen. Und wer bist du? Der Joker? Glaubst du, ich habe Angst vor deiner Soft-Air-Spritze?«

Koppeck bewegte geringfügig die Hand mit der Beretta und schoss Joe in den linken Fuß, in Höhe des Knöchels. Blut spritzte aus der Wunde auf das Sofa, und Joe röhrte auf wie ein Hirsch, während er den Fuß in beide Hände nahm.

»Psch … sonst ist der andere auch gleich dran. Die Frau im Kofferraum der Schrottkiste, wer von euch beiden hat die umgebracht?«

Pille jammerte los: »Das war doch ein Unfall, Mann, wir wollten –«

Joe ließ seinen blutenden Knöchel los und schrie: »Halt die Fresse, du Arsch. Wir haben damit nichts zu tun.« Dann raunzte er Koppeck mit schmerzverzerrtem Gesicht lallend an: »Du kommst dir wohl mächtig cool vor, mit deinem Spielzeug, was? Bist sogar richtig gut damit.«

Koppeck schwieg.

»Was ist? Hat's dir die Sprache verschlagen, Macker? Ich sag dir was. Ich hab draußen in meiner Jacke auch eine Knarre. Wir könnten ja ein Wettschießen machen, wenn du dich traust. Von Mann zu Mann. Du und ich. Wer schneller zieht. Na, was hältst du davon?«

Koppeck hob die Waffe auf seinem Oberschenkel ein wenig an und schoss Joe sauber zwischen die Augen. Pille jaulte auf, und Koppeck erhob sich und setzte Pille den Schalldämpfer ans Ohr: »Der ist übern Jordan. Und du wirst mir was erzählen, sonst kannst du ihm gleich nachpaddeln. Los jetzt, fang an. Wie war das mit der Frau?«

Aus Pille sprudelte es heraus wie aus einer Quelle in einer Felsenwand. Er wiederholte sich oft, verhaspelte sich, fing wieder von vorne an, schwitzte, und seine Angst stand im Raum wie feiner, streng riechender Staub. Koppeck ließ ihn reden, unterbrach ihn kein einziges Mal.

Dann setzte er sich wieder und dachte nach. Mit dem Kopf nickte er zu Joe rüber, der mit einem erstaunten Gesichtsausdruck und offenem Mund zurückgelehnt dasaß. Aus dem kleinen Einschussloch auf seiner Stirn wand sich ein dünnes Blutrinnsal neben seiner Nase auf die Oberlippe. Von dort aus tropfte die rote Flüssigkeit im Sekundentakt auf das T-Shirt. Zwischen seinen Beinen breitete sich ein größer werdender feuchter Fleck aus.

»Er pisst sich an, siehst du? Der Analmuskel erschlafft auch ziemlich schnell. Dann stinkt es hier wie in einem Scheißhaus. Was kannst du mir noch erzählen? Denk genau nach.«

Pille erblasste, japste nach Luft und rang die Hände. »Hab ich dir doch schon alles gesagt. Sie war einfach die Falsche, du weißt schon. Ein Unfall, Schicksal, Karma. Halt dich doch an den Hagen. Der ist sein Kumpel, nicht meiner. Und der hatte die Idee, nicht wir. Den kriegst du jeden Tag in seinem beschissenen Muckistudio, hab ich dir doch alles schon erzählt. Wir sind hier bloß die Malocher. Oh Mann, mir wird schlecht, echt jetzt. Lass mich aufs Klo. Mal ehrlich, wer war denn die Frau überhaupt? Das war doch bloß eine, die zur verkehrten Zeit am verkehrten Ort war, Scheiße aber auch. Und die richtige Tussi, die holen wir, ganz ohne Bezahlung, dann sind wir quitt.«

Pille warf einen Blick zu Joe rüber, schluckte hart und ergänzte: »Ich meine, ich hole sie. Du kannst dich auf mich verlassen, ehrlich. Dich hat der Macker von der Tussi geschickt, die wir uns greifen sollten, richtig? Da drüben im Schrank hab ich das, was von der Anzahlung für den Job noch über ist. Das gebe ich dir. Nimm alles. Du kannst auch noch ein halbes Pfund Gras haben, Mann. Feinste Qualität, das liegt auch da drüben, neben dem Geld. Sag doch was, ey!«

Ohne ein weiteres Wort zu sagen, schoss Koppeck auch ihm zwischen die Augen. Dann beugte er sich über den Tisch und roch an der Pizza. Mit Anchovis, wie er sich schon gedacht hatte. Wer zum Teufel aß heute noch eine Pizza mit Anchovis? Dachte denn echt keiner mehr an die Überfischung der Meere?

Damals, im Ausbildungslager Kühlungsborn, gab es oft Anchovis. Das war aber eine andere Zeit. Und die kamen von den russischen Brüdern, die fraßen ihre Schwarzmeer-Anchovis direkt aus der Büchse, dazu rohe Zwiebeln, Karawai, ein russisches Weißbrot, und Wodka.

Koppeck mochte weder das eine noch das andere. Weil er der Meinung war, dass ihn dieser Fraß aggressiv machte.

Er hob die drei Patronenhülsen vom Boden auf und steckte sie in eine Tasche seines Overalls.

Bevor er die Wohnung verließ, schaute er in das Treppenhaus. Dort war niemand zu sehen oder zu hören. Vor der Wohnungstür schlüpfte er schnell aus seinem Overall, stopfte ihn, die Überschuhe, Handschuhe, das Klemmbrett, die Beretta sowie die Baseballkappe in eine große Lidl-Plastiktüte und verließ das Haus.

Auf dem Aldi-Parkplatz fiel ihm nichts Ungewöhnliches auf, also ging er zu dem Fiat, warf die Lidl-Tüte auf den Rücksitz und fuhr dieselbe Strecke wieder zurück.

In Unterhaching, in der Nähe des Hachinger Bachs, lenkte er den Fiat links dreißig oder vierzig Meter in einen der Waldwege, schnappte sich seine schwarze Sporttasche und holte einen Lappen heraus. Den rollte er längs zusammen, so dünn es ging, und drückte ihn in die Tanköffnung des Wagens, zog ihn wieder heraus und steckte den Lappen dann so in die Tanköffnung, dass vom benzingetränkten Ende nur noch ein paar Zentimeter herausschauten. Aus seiner Tasche zog er ein BIC-Feuerzeug, zündete den Lappenzipfel an und warf das Feuerzeug auf den Fahrersitz.

Dann schulterte er seine schwarze Sporttasche und ging zurück auf die Biberger Straße. Dort setzte er sich auf eine Bank und wartete auf den dumpfen Knall des explodierenden Benzintanks. Der kam nach einer knappen Minute, eine schwarze Rauchwolke stieg schnell zwischen den Bäumen im Park auf, und nach einer weiteren Minute explodierten zwei der Autoreifen kurz hintereinander. Das klang wie Schüsse aus einem großkalibrigen Gewehr, dachte er sich. Die anderen beiden Reifen knallten ein paar Sekunden später.

Etwa dreißig Meter entfernt stand ein junges Pärchen und starrte die Rauchfahnen an. Der Junge tippte eine kurze Nummer in sein Smartphone, hob es ans Ohr und sprach hektisch hinein. Ein grüner Kombi legte eine Vollbremsung hin, und der Fahrer des blauen Sprinters hinter ihm hatte Mühe, seinen Wagen schleudernd an ihm vorbeizuziehen. Von der anderen Straßenseite kamen drei Männer mit arabischem Aussehen gestikulierend angerannt, und eine junge Mutter lief schnell und mit einem verängstigten Gesichtsausdruck an der Bushaltestelle vorbei, ihren Kinderwagen zog sie hinter sich her. Niemand schenkte dem unauffälligen Mann mit den grau melierten mattbraunen Haaren auch nur einen einzigen Blick.

Und als Koppeck seinen Helm aufsetzte und sich auf seine Vespa schwang, hörte er weit hinter sich Sirenen. Mindestens drei oder vier, die schnell näher kamen.

20

Mittwoch, 8. Juni, 15:08 Uhr

Bad Birnbach ist ein Ort im niederbayerischen Landkreis Rottal-Inn und durch sein Thermalbad, die Rottal-Therme, bekannt. Viele behaupten aber, dass dieser Ort die höchste Konditoreiendichte Deutschlands hat und man in Bad Birnbach vieles Positive tun, aber nicht abnehmen kann.

Der KHK Zuckerhahn, der in seinem Hotelzimmer schon sehnlichst auf den Stocker und die Himbeertarte von Feinkost Käfer aus München wartete, klatschte begeistert in die Hände, als beides in sein Zimmer kam. »Herein, herein, gleich wird es fein. Lass uns vorab schon mal ein Stücklein probieren, denn in gut zwei Stunden gibt es ja schon mein Abendessen.«

Stocker stellte die Käfer-Tüte vorsichtig auf den Tisch. »Man merkt, dass du nicht zum Spaß hier bist. Was macht deine neue Bekanntschaft, die Krankenschwester?«

»Die ist drüben in der Klinik und hat heute Dienst. Ich gehe nach dem Abendessen mit ein paar verträumten Stücklein von dieser göttlichen Tarte rüber. Setz dich, Teller und Gabeln sind hier. Willst du Kaffee? Kann ich aufs Zimmer bestellen, kein Problem.«

Während Zuckerhahn die Schleife vom Karton löste, stellte Stocker die beiden Teller nebeneinander. »Da bin ich ja gespannt, was daran fünfzig Euro wert ist.«

»Et voilà, hier ist sie. Bitte nicht wegkauen wie eine Leberkässemmel. Du genießt gerade ein Kunstwerk.«

Stocker schob sich bedächtig ein Stück in den Mund und schloss die Augen. »Mann, ich hab ja schon einige Tartes in meinem Leben gegessen, aber die gehört zu den besten. Kompliment, die ist jeden Cent wert.«

Zuckerhahn grinste mit vollem Mund und meinte dann:

»Ja, oder? Iss du mal, ich erzähle dir, was ich habe. Aber iss langsam, mehr als das eine Stück kann ich dir leider nicht abgeben. Wo fange ich an? Ah ja: Es gibt einige hohe Beamte, die wollen nicht, dass der Oberstaatsanwalt Dr. Sielmann zum Generalstaatsanwalt wird. Das wissen mittlerweile so einige, aber er natürlich nicht.«

»Ähnliches habe ich vor ein paar Stunden vom Dr. Schlichting gehört. Hier sind die Infos, die er mir gegeben hat.« Stocker reichte ihm das Kuvert, und Zuckerhahn fragte: »Du hast es bestimmt schon durchgesehen?«

»Klar. Ich stand ja zeitweilig im Stau. Übrigens, bei der Staatsanwaltschaft 1 muss ein echt gemütliches Arbeitsklima herrschen. Jeder gegen jeden, sogar dem jungen Schlichting hat irgendwer ein paar Wachhunde hinterhergeschickt, um zu schauen, mit wem er sich da im Hotel trifft. Ich habe die beiden fotografiert. Willst du mal sehen?«

Zuckerhahn nickte, und Stocker suchte das Foto auf seinem Handy. Der Kommissar kniff die Augen zusammen und starrte auf das Display. »Die Frau könnte die Huber-Helene sein, da bin ich mir aber nicht sicher. Von dem Mann sehe ich zu wenig. Die Helene hatte mal was mit einem der Staatsanwälte und hat sich an ihm nach oben gehangelt. So was nennt man einen Förder-Bums.«

Zuckerhahn legte das Nokia weg und holte die Papiere aus dem Kuvert. »Was haben wir denn da? Ah ja, Koppecks Anschrift. Auf dem Foto sieht er wirklich aus wie ein depressiver Sonderschullehrer. Wohnt in Bernau, da schau her. Da würde ich auch gerne wohnen. Beruf: Beamter im Vorruhestand. Da hat jemand Humor. Eigentlich müsste da stehen ›Müllmann mit Waffe‹.«

Er drehte den Bogen um, murmelte vor sich hin und nahm sich dann den Rest vor. »Hoppala, mit dem Oberstaatsanwalt Sielmann hat man sich aber Mühe gegeben. Warte mal. Mhm, mhm.«

Zuckerhahn reichte Stocker die Papiere. »Hier. Einiges, was über den Sielmann da steht, habe ich auch rausbekommen. Von seinen skurrilen Sexaktivitäten wusste ich allerdings nichts. Was meint der junge Schlichting dazu? Weiß Sielmann, was man über ihn weiß? Eher nicht, denke ich, oder?«

Stocker hob die Schultern. »Der Sielmann weiß vermutlich nichts und denkt immer noch, er wird der Generalstaatsanwalt. Schlichting meint, dass er glaubt, seine Seilschaften sind stark genug. Was hast du denn über den Doc?«

»Na ja, man ist ihm auf einige Schmutzeleien draufgekommen. Mit dem riesigen Immobiliendeal hinter dem Münchner Hauptbahnhof, in dem er ermittelt, stimmt was nicht. Einer der Großinvestoren ist ein Berliner Clan, die Al Sheikiris. Die machen ihr Geld mit Drogen, Schutzgeld, Prostitution und illegalen Spielcasinos, das übliche Berliner Hauptstadtleben halt. Die Al Sheikiris haben sich zwei der teuersten Münchner Anwälte genommen, die die Verhandlungen für sie führen. Das wäre ja nicht weiter schlimm. Alle, die Geld haben, das nicht ganz sauber ist, waschen das über Dritte und wollen selber bei Geschäften in dieser Größenordnung auch nicht in Erscheinung treten.«

Stocker genoss die letzte Himbeere und schaute auf den geöffneten Karton, aber Zuckerhahn schloss ihn mit einer schnellen Bewegung: »Denk nicht mal dran. Das hier drinnen ist möglicherweise der Schlüssel zum Herzen meiner hübschen Krankenschwester.«

Dann stellte er die beiden Teller übereinander und lehnte sich im Stuhl zurück. »Unser Dr. Sielmann war vor etwa zwei Jahren zu einem Kongress oder so in Berlin. Und weil er ab und zu gerne mal ein bisschen zockt, ist er um drei Uhr in der Frühe in einem der Al-Sheikiri-Casinos am Ku'damm gelandet. Sein für Berlin zugeteilter Personenschützer war mit dabei, ein Mann, der ziemlich gut Libanesisch spricht. Der Doc hat viel gewonnen, dann aber auf einmal noch mehr verloren. Angeblich ging's da um fünfhunderttausend und ein paar Miese, die er um halb sechs auf dem Deckel hatte.«

»Moment, Moment. Der Sielmann ist ziemlich reich, dicke Erbschaft von Papi und so weiter. Ich meine, eine halbe Mio ist ein Batzen Geld, hätte aber den Sielmann nicht groß in Verlegenheit gebracht, denke ich mal. Der hätte beim Frühstück mal kurz telefoniert und fertig.«

Zuckerhahn verzog das Gesicht. »Würdest du mich bitte nicht dauernd unterbrechen? Das wäre ganz allerliebst, ehrlich jetzt. Also, pass auf: Der Doc sprach wegen Erhöhung des Limits mit dem Obermufti am Spieltisch, der bat ihn in sein Büro, und der Personenschützer ging natürlich mit. Dazu muss ich sagen, dass der Bodyguard aussieht wie der junge Hans Albers. Aber er war beim KSK und in dieser Funktion ein Jahr lang in der deutschen Botschaft in Tripolis, Libyen. Da hat er sich die Sprache so einigermaßen draufgeschafft, sagt mein Informant. Auf jeden Fall, im Büro der Spielhölle sitzt einer der Al Sheikiris und sagt was zu dem Bodyguard, der reagiert aber überhaupt nicht, sondern schaut weiter stur aus der Wäsche. Und der grinsende Al Sheikiri sagt auf Libanesisch zum Tischboss: ›Der Blonde versteht uns nicht, hast du das gemerkt? Den Staatsanwalt haben wir in der Tasche. Sag ihm, wir melden uns wegen der Regelung der Schulden. Ich rufe gleich Rami, der soll ihn morgen festnageln. Wir brauchen den Hund für das Grundstück. Wenn er will, soll er ohne Limit weiterspielen. Erzähl ihm das, zusammen mit irgendeinem Mist.‹ Also sagt der Tischboss auf Deutsch zum Sielmann: ›Er sieht, dass Sie ein Mann von Welt sind, sagt Herr Rami. Er sagt auch, dass Sie gerne ohne Limit weiterspielen können, wenn Sie möchten. Er hat Ihre Spielweise über einen der Monitore hier drinnen beobachtet, und er bewundert Ihre Kühnheit. Ihr Glück kommt sicher bald wieder an den Tisch, und wenn dann immer noch eine Kleinigkeit offen sein sollte, regeln wir das morgen wie Ehrenmänner.‹ Und so weiter und so fort. Der Doc spielt noch ein bisschen, verliert weiter, geht ins Hotel und pennt. Am nächsten Morgen plaudert er mit einem arabischen Anwalt, der natürlich fließend Deutsch spricht, nach dem Frühstück an der Saftbar. Ungefähr eine Viertelstunde, der Aufpasser kam nicht nah genug ran, um mitzuhören. Er glaubte aber, die haben sich den Doc gezielt rausgesucht, weil ihnen das illegale Ku'damm-Casino in einem der Läden, in denen sie vorher waren, wärmstens empfohlen worden ist, mit Kennwort, Startkapital aufs Haus und so. Auf jeden Fall erzählt der Bodyguard seinem Berliner Vorgesetzten davon, der sagt es seinem Vorgesetzten, und der will selber befördert werden. Also gibt er die Infos an die Interne weiter, und die gesammelte Kacke landet bei deren Kollegen in München. Das ist die Kurzfassung. Doc Sielmann wird behutsam überwacht, und siehe da, er mauschelt und mauert, was die Grundstücksermittlungen angeht. So in der Richtung: ›Aus unserer Sicht bestehen im Moment keine Vorbehalte gegen die Investorengruppe aus Berlin.‹ Das sagt er natürlich unter dem Vorbehalt der laufenden Ermittlung, der schlaue Hund.«

Stocker hob eine Hand. »Noch mal meine Frage. Fünfhunderttausend sind doch Peanuts für den Sielmann, also warum sollte er sich kaufen lassen?«

Zuckerhahn schüttelte den Kopf. »Tut er ja vielleicht auch nicht. Er will möglicherweise nur mal das Gefühl genießen, zu ein paar Unterweltgrößen gute Kontakte zu haben. Da brauchst du jetzt nicht zu grinsen, mein Lieber. Denk mal an die Geschichte der Kennedys. Die schwammen schon immer im großen Geld. Trotzdem hat sich John F. mit dem US-Ableger der sizilianischen Cosa Nostra eingelassen. Momo Giancana hat eine Menge Dollars für JFKs Wahlkampf gespendet. Angeblich haben die Bosse über Frank Sinatra immer Zugang zu ihm gehabt. Der hat sich sogar die berühmteste Geliebte der Welt mit Momo geteilt.«

Stocker winkte ab. »Das habe ich alles gelesen. Aber warum hätten die den John F. dann umlegen lassen sollen, wenn alles in Butter war?«

Der Zuckerhahn nahm noch zwei kleine Stücke von der Himbeertarte, eines davon gab er an Stocker über den Tisch. »Das sind jetzt aber wirklich die letzten beiden, die ich opfern kann. Die Schmalzlocken waren angesäuert, dass er gegen Jimmy Hoffa, den Gewerkschaftsboss, vorging. Von dem sollte der Mr President die Finger lassen, was er aber nicht tat. So hat es mir ein FBI-Kollege in New York erzählt, als ich vor vielen Jahren mal zu einem Lehrgang drüben war. Und der sagte auch, dass einer der damaligen Paten, nämlich Santo Trafficante, wütend war, als Bobby Kennedy sich selbst nach dem Tod seines Bruders nicht an gewisse Abmachungen gehalten hat, und deswegen den Befehl gab, Bobby K. umzulegen. Was am 6. Juni 1968 dann ja auch geschah.«

Zuckerhahn mampfte mit verzücktem Gesicht und sprach weiter: »Das ist politische Allgemeinbildung, mein Freund. Na ja, ein Teil davon wurde der Allgemeinheit damals vorenthalten, das muss ich schon zugeben. Was den Dr. Sielmann anbelangt: Für einen, der Generalstaatsanwalt werden will, kann es sich schon lohnen, ein paar Big Bosse in der Unterwelt zu kennen. Das ist jedenfalls meine Theorie. Der Mann hat Dreck am Stecken. Das müsste man jetzt nur noch hieb- und stichfest beweisen können. Da gibt es im Moment aber keinen besonderen Aufklärungsdruck, glaube ich.«

Stocker leckte sich die Finger ab und dachte nach. »Könnte sein. Hast du noch was für mich?«

»Reicht das nicht für heute? Mein Studienkollege und sein Sohnemann bleiben dran, und wenn's was gibt, rufe ich dich an.« Zuckerhahn hob die Hand. »Sag nichts, ich weiß, dass ich gut bin. Und irgendwie habe ich auch das Gefühl, was unternehmen zu können. Wenn du den ganzen Tag nur irgendwelche blöden Übungen machen musst, spazieren gehst und dich zwischendurch mit Kalorien aller Art vollstopfst, dann soll wenigstens der Kopf was zu tun haben.«

Er klappte den Käfer-Karton zu. »Das ist für meine zauberhafte Karbol-Prinzessin. Sag mal, wie läuft es denn in der ›Endstation‹?«

»Gut, wie ich höre. Nellie und Drago turteln wie eh und je, der Laden brummt, und heute Abend bin ich zum Essen eingeladen. Es gibt Cordon bleu und Fritten.«

Zuckerhahn stöhnte auf, und Stocker sprach weiter: »Noch was: Zwei Typen von der Miesbacher Kripo machen wahrscheinlich bezahlte Nebenjobs.«

Stocker erzählte von dem Vorfall am Parkplatz, wie Nellie ihn am Telefon rausgehauen hatte und davon, dass die beiden an der »Endstation« waren, wahrscheinlich, um zu sehen, ob er da sei.

Zuckerhahn rieb sich die Wange. »Von einem der Miesbacher Kripoleute weiß ich, dass er unbedingt nach München versetzt werden will. Und dass der besagte Mann bei ein paar Hoteliers die Hand aufhält. Für so was brauchst du verlässliche Typen, die Druck machen, wenn einer nicht bezahlen will oder gar den Abkassierer hinhängt. Das sind in deinem Fall wohl die beiden Bullen. Und ich könnte mir schon vorstellen, wenn da ein Mittelsmann an den krummen Kripomann mit seinen zwei Erfüllungsgehilfen herantritt und ihm ein Angebot macht, so in der Art: ›Ich kenne da jemanden in München, der braucht nur mit dem Finger zu schnippen, und du bist am nächsten Ersten in der Hauptstadt als Oberkommissar tätig‹, dass der korrupte Kollege und seine Truppe gerne mitmachen.«

»Aber doch nicht der Dr. Sielmann?«

»Nein, der natürlich nicht. Aber jemand aus seinem engsten Team, dem er vertraut. Du weißt doch, wie so was abläuft: Such dir dafür ein paar Kerle rund um den Tegernsee aus, die nicht lange fragen oder gegen die wir was in der Hand haben, die sollen das und das machen.«

Stocker schaute auf seine Uhr und stand auf. »Gleich Viertel vor vier. Ich mach mich mal auf den Weg. Bei dem Verkehr brauche ich sicher um die zwei Stunden für die Fahrt. Danke für die Infos. Ruf mich bitte an, sobald du was Neues hast.«

Zuckerhahn erhob sich ebenfalls und reichte ihm die Hand. »Fahr über Pfarrkirchen, Julbach und Unterneukirchen, dann kommst du in Obing raus und sitzt rechtzeitig vor deinem Teller. In unserem Alter sollte man nicht zu spät zu Abend essen, das ist ungesund.«

Stocker drehte sich an der Tür noch mal um. »Was machst du, wenn das Himbeer-Dingens für euch zwei Frischverliebte nicht ausreicht? Wir haben jetzt ja doch fast die Hälfte davon gegessen.«

Der Zuckerhahn zeigte auf den schmalen Kleiderschrank neben dem Fenster. »Da drin habe ich eine halbe Sachertorte und ein paar Stücke Käsesahnekuchen. Wir kommen schon über die Runden, mach dir da mal keine Sorgen. Habe die Ehre und gute Fahrt.«

21

Mittwoch, 8. Juni, 21:17 Uhr

Natürlich zog sich die Strecke wie zäher Gummi, und Stocker wunderte sich ein ums andere Mal, wie viele Lkws unterwegs waren. Und er fuhr auch nicht die vom Zuckerhahn vorgeschlagene Strecke, sondern über Wasserburg, weil er ja vorher in der Wohnung noch schnell duschen und sich was anderes anziehen wollte.

Wasserburg am Inn und die ganze Gegend dort ist ja durchaus reizvoll, aber nicht im nachmittäglichen Berufsverkehr. Und ein alter 240er-Diesel-Benz ist nun mal kein Ferrari, weswegen an ein flottes Überholen nicht zu denken war.

Gegen sieben Uhr abends kam Stocker endlich in Rosenheim an, ließ den Wagen auf der Straße stehen und sprintete die Stufen zum Penthouse hoch, immer zwei auf einmal.

Er mochte keine Aufzüge, und außerdem hatte ihm Zeno mal erzählt, dass jede Treppe, die man zügig steigt, das Leben um eine Sekunde verlängert.

Tolle Sache, die bei Zeno dummerweise nicht funktioniert hat.

Es roch etwas abgestanden in der Wohnung, deshalb öffnete er die großen Schiebetüren zur Terrasse. Dann nahm er sich ein Bier aus dem Kühlschrank und rief Dr. Becker an.

»Stocker hier. Wie geht es Ihnen?«

»Nicht so gut. Konnten Sie was in Erfahrung bringen?«

»Ja. Ob das Verschwinden der Haushälterin Ihrer Tochter was mit ihr zu tun hat, kann ich noch nicht sagen. Aber ich bin da in was reingeraten, das ich noch nicht einschätzen kann. Ihr Schwiegersohn hat wahrscheinlich mächtig Dreck am Stecken.«

»Erzählen Sie mir doch zur Abwechslung mal was Neues. Das habe ich meiner Tochter von Anfang an gesagt, dass der Kerl nicht ganz sauber ist, trotz seines Law-and-Order-Gehabes. Irgendwie habe ich von Anfang an geahnt, dass mit dem was nicht stimmt. Aber sie wollte ja partout nicht auf mich hören. Wie geht's jetzt weiter? Sie machen doch weiter, oder?« Stocker kratzte sich am Kinn. »Ja, natürlich. Meinen Sie, dass Sie Ihre Tochter für ein paar Tage aus dem Spiel nehmen können?«

»Aus was für einem Spiel?«

»Falscher Satz, sorry. Ich wollte sagen, können Sie sie für eine Woche oder so aus dem Haus am See wegbringen? Sie zu sich einladen? Nach, was weiß ich, nach Mallorca oder so schicken?«

Der Anwalt dachte nach, dann sagte er: »Ich versuche es. Aber sie ist ein ziemlicher Dickschädel. Glauben Sie, dass Heide in Gefahr ist?«

Stocker überlegte kurz. »Dazu kann ich nichts sagen, das war nur so eine Idee von mir. Irgendwas stimmt an der ganzen Sache nicht, aber ich weiß noch nicht, was. Morgen Abend kann ich Ihnen vielleicht mehr erzählen.«

Die Zeit wird in manchen Nächten seltsam elastisch. Mal vergeht sie langsam oder gefühlt so gut wie überhaupt nicht. Und ab und zu, so wie in dieser Nacht, lässt sie sich zurückfallen, und in den kurzen, aber heftigen Alpträumen tun sich im Gehirn Schubladen auf, und du siehst Dinge und Situationen, die du längst verschollen im Nebel des Vergessens hofftest.

Dummerweise hatte sich der Stocker noch zwei Gläser aus der schon ewig lange offenen Rotweinflasche genehmigt. Aus dem an und für sich guten 1993er Montepulciano Riserva war dann aber ein 2021er MonteFiasco geworden, und das daraus entstandene Sodbrennen ließ Stockers Träume auch nicht harmonischer werden.

Während der längeren Wachphasen, in denen er ein paarmal die am Oberteil unangenehm schweißfeuchte Bettdecke wendete, dachte er über die Informationen zum Koppeck nach.

Es gibt ja prinzipiell zwei Hauptgruppen von hauptberuflichen Mördern. Gemeinsam haben sie aber alle, dass sie nicht wie Mörder aussehen. Die meisten jedenfalls. Stocker hatte in den vergangenen Jahren, und besonders während seiner Zeit in Spanien, genug mit solchen Typen zu tun.

Da gibt es die, die einfach nichts anderes können, als Menschen schnell und effektiv zu töten. Das haben diese Kerle beim Militär, bei diversen Geheimdiensten, in der Fremdenlegion oder einfach auf der Straße in einem dieser Vororte gelernt, für die sich jede Großstadt auf diesem Planeten schämt.

Diese Männer töten schlicht und einfach des Geldes wegen. Und für jeden, der ihren Preis bezahlt. Sie haben keinerlei Mitgefühl. Nicht mit ihren Opfern und schon gar nicht mit sich selbst. All diese Hollywoodfilme, in denen der Killer davor zurückschreckt, ein Kind zu töten, oder eine hübsche junge Frau verschont, weil er sich in sie blitzverliebt, rettet und sich dann von seinen Auftraggebern dafür rund um die Welt jagen lässt, die kannst du getrost vergessen.

Diese Auftragsmörder haben keine romantischen Anwandlungen, weil sie wissen, dass Gefühle eine Hypothek für die Zukunft sein können, mit einem unberechenbaren Zinssatz.

Der Stocker erzählt ab und zu gerne die Geschichte von dem Andalusier, der ihm bei einem gefährlichen Einsatz Rückendeckung geben musste. Pass auf: Sie waren hinter einem dunklen Volvo, der vor der Villa eines Clanchefs stand, von zwei Seiten unter Feuer geraten. Stocker kauerte sich hinter das Vorderrad, und der Andalusier hatte seinen Rücken gegen den Hinterreifen gepresst, hämmerte während einer kurzen Feuerpause mit der Faust gegen den Kotflügel und rief zum Stocker rüber: »Mir geht gleich die Munition aus. Das war's dann wohl, Hombre. Ich renne los und schau, ob ich bis zur Tür komme. Nimm du den oben im ersten Stock unter Beschuss, ich knall auf den hinter der linken Ecke.«

Stocker hob schnell den Kopf über die Motorhaube und zog ihn blitzartig wieder zurück. Keine halbe Sekunde danach schlugen zwei Kugeln mit einem dumpfen, blechernen Knall in die Karosse ein, wo eben noch sein Kopf war. »Lass uns noch abwarten, was die machen. Wahrscheinlich ist unser Mann längst hinten raus, und die zwei hauen auch gleich ab.«

Aber der Andalusier war schon auf den Knien: »Mierda, meine Chica hat mal gesagt, wenn ich nicht wiederkomme, passiert das Leben auch ohne mich. Wenn in meinem Lebensbuch steht, dass ich dran bin, kann ich nicht einfach weiterblättern. Vielleicht ist heute ein guter Abend zum Sterben. Dann schau ich mir den Arsch meiner Schönen halt von oben an. Entonces, vamos a ver!«

Sie beide hatten den Abend überlebt, der Stocker hatte nie mehr was von dem Andalusier gehört, dachte aber immer noch ab und zu über diesen Spruch nach.

Koppeck, der verheiratet, geschieden und scheinbar bürgerlich in Bernau vor sich hinlebte, gehörte offenbar zur zweiten Kategorie. Seine erste Familie war die Nationale Volksarmee der DDR. Nachdem man dort seine Talente entdeckt und seinen Willen genügend gebrochen hatte, sodass er nur noch auf Befehl und ohne nachzudenken, funktionierte, genoss er all die Annehmlichkeiten, die man Mitgliedern der Spezialkräfte und der Stasi zukommen ließ.

Nach der Wende, beim BND, benutzte und bezahlte man ihn. Inge war wohl die erste Frau, in die er sich verliebte, mit all dem, was er an Gefühlen noch hatte. Stocker konnte dies gut nachvollziehen. Dazu passte auch, dass Koppeck seine Frau des Öfteren heimlich beobachtete und wahrscheinlich dabei überlegte, wie und ob er diese Beziehung entgegen allen Tatsachen noch retten konnte. Die Frau war sein Lebensanker, seine Brücke in die Zeit danach. Einer wie der Koppeck reagiert vorhersehbar, wenn man ihm die Ankerkette kappt und sein fragiles Lebensschiff auf die Klippen zutreibt. Einen wie den Koppeck willst du nicht zum Feind haben, und so einer soll auch nicht plötzlich in deinen Aktionen auftauchen.

Kurz nach dem Morgengrauen, müde und zerschlagen, nahm sich der Stocker unter der Dusche vor, Koppeck zu kontaktieren. Sicher ist sicher.

Er zog eine schwarze Jeans und ein hellblaues Hemd an, schloss die Wohnung ab und setzte sich in seinen Benz.

22

Mittwoch, 8. Juni, 22:33 Uhr

Auf dem Parkplatz vor der »Endstation« standen zwei Autos unter den Kastanienbäumen. Ein grauer Ford und ein silberner Audi A4.

Stocker parkte den Benz neben dem Audi, stieg aus und schaute sich im trüben Licht der beiden Laternen um.

Es roch nach Dung und frisch gemähtem Gras, hinter dem Wäldchen oben an der Straße zogen dünne Nebelschleier auf, und zu hören war nur das Flattern eines großen Vogels, der im Anflug auf einen der Kastanienbäume war.

Vor dem Eingang zur Gaststube standen links und rechts zwei große Terrakotta-Amphoren mit Yuccapalmen, die sich leicht in der sanften Brise neigten. Unter dem Küchenfenster befand sich ein fetter, brandneuer Weber-Grill mit Smoker, neben dem Fenster war auf einer Tafel mit Kreide geschrieben: »DONNERSTAG SPARERIBS – ALL YOU CAN PAY«.

Stocker betrat grinsend die Stube, grüßte die beiden Kerle an der Theke und sagte zu Drago, der hinter dem Tresen stand und ein schwarzes T-Shirt mit der Aufschrift »JOE COOL« trug: »Donnerstag ist Spareribs-Day, was? Wie machst du die denn?«

Drago rief in Richtung Küche: »Der Midnight-Schnitzel-Man ist da.« Und zu Stocker: »Louisiana-Style, so hat mir mein Opa das beigebracht. Die Marinade ist aus Honig, Sojasoße, BBQ-Soße, Salz, Pfeffer und viel Knoblauch.«

Stocker sagte: »Knoblauch macht einsam.«

Und Drago: »Ich bin nie einsam, weil ich nicht alleine in mir wohne. Ach ja, und eine halbe Flasche Bourbon gehört auch noch rein.«

»Wo rein?«

»Ein guter Dreifacher in die Marinade, der Rest in der

Jackie-D.-Flasche kommt in den Koch. Der muss ja immer der Lustigste sein.«

Alle lachten, und die beiden Typen neben Stocker tranken ihre Biere aus und zahlten, der Kleinere zeigte auf Drago und sagte beim Aufstehen: »Mann, der Kerl erzählt so einen Haufen Blödsinn, ich hab mir heute beim Lachen schon den Rückenmuskel gezerrt.«

Nellie kam aus der Küche, umarmte Stocker, der auf einem Hocker saß, von hinten und drückte ihm einen Schmatz auf die Wange. »Schön, dass du da bist. Spät, aber schön. Möchtest du um diese Uhrzeit echt noch ein Cordon bleu oder lieber was anderes? Das Cordon bleu kann ich dir für morgen einpacken.«

Stocker drückte ihre Hände, die sie vor seiner Brust hatte: »Mach mal. Wenn ich nicht aufesse, nehme ich den Rest gerne mit.«

Nellie verschwand wieder in der Küche, und Stocker fragte Drago: »Hat sie dir von den beiden Typen im BMW erzählt?«

»Ja, die waren aber nicht mehr hier. Warum, steht Ärger ins Haus?«

»Kann sein, ich glaube allerdings nicht, dass die …«

Stocker verstummte und legte den Kopf schief. In das Geräusch der beiden wegfahrenden Autos hatte sich ein anderes gemischt.

Drago wollte was sagen, aber Stocker legte seinen Zeigefinger auf den Mund, glitt vom Hocker und war mit ein paar schnellen Schritten an der Tür.

Er öffnete sie einen kleinen Spalt, schloss sie gleich wieder und trat zur Küchentür. »Nellie, ist die Kamera noch im Elchkopf?«

Drago rief hinter ihm: »Klar doch, das kannst du mich auch fragen, warum?«

Stocker ging hinter die Theke, am Zapfhahn vorbei, bückte sich und schaltete die Kamera ein, die sich in einem der beiden Glasaugen in dem ausgestopften Elchkopf über der Theke befand.

Er rief nach Drago, dann hob er den hinteren der zwei großen kupfernen Abtropfroste und schaute, ob die abgesägte .12er-Schrotflinte noch dalag. Er nahm sie aus der Vertiefung, klappte die beiden Läufe herunter und sah auf die Patronen.

Dann klappte er die Läufe wieder hoch und reichte Drago die Flinte. »Pass auf. Die beiden Gäste sind weggefahren, und zeitgleich sind unsere BMW-Freunde auf den Parkplatz gerollt. Die Kerle sind linke Bullen. Nimm die Schrotspritze, geh zu Nellie in die Küche. Bleibt beide dort und verhaltet euch ruhig. Komm erst raus, wenn ich mein Bierglas von der Theke werfe, das ist das Signal, okay? Nellie steht am Herd und macht mein Futter, du bist hinter der Tür an der Wand, aber so, dass man dich durch das Bullauge nicht sieht. Los jetzt, hau ab.«

Drago ging schnell durch die Schwingtür und hielt sie dann fest, sodass sie sich nicht mehr bewegte. Stocker setzte sich mit dem Rücken zur Eingangstür auf den mittleren Hocker und nahm einen kleinen Schluck aus dem Bierglas. Während er dem Elchkopf zublinzelte, sah er in dem auf alt gemachten rechteckigen Jim-Beam-Spiegel unter dem Elch, wie die Tür geöffnet wurde.

Der große Dünne trat ein, die rechte Hand hatte er flach am Oberschenkel, und Stocker konnte sehen, dass er einen Revolver darin hielt. Er blieb kurz stehen, schaute sich in der Gaststube um und winkte über die Schulter, ohne sich umzusehen. Er trug einen blauen, halblangen Regenmantel, Jeans und ein schwarzes T-Shirt mit einem großflächigen, weißen Aufdruck: »ACAB«, *all cops are bastards*.

Der blonde Muskelmann kam herein, stellte sich an die andere Seite der Tür. Auch er hatte einen Revolver in der Hand. Die beiden nickten sich zu. Mister Muskel trug ebenfalls Jeans, die aber ausgeblichen wirkte und vorne an den Knien diese modischen Einrisse hatte, du weißt schon. Seine hellbraune Nike-Windjacke passte nicht zu dem pinkfarbenen Hawaiihemd mit Flamingos und tropischen Früchten drauf.

Als die beiden grinsend auf Stocker zukamen, hielten sie den Drei-Meter-Abstand ein, um sich bei Schusswaffengebrauch nicht gegenseitig im Weg zu stehen. Ihre Augen wanderten unaufhörlich von links nach rechts.

Der Dünne stellte sich neben Stocker und drückte ihm den Lauf des Revolvers in die Seite. »So schnell sieht man sich wieder, alter Mann. Wo sind die anderen beiden? Die Kampflesbe und die Schwuchtel?«

Bevor Stocker antworten konnte, war der Muskelmann schon an der Küchentür, schaute durch das Bullauge und zischte: »Hey, da ist die Schlampe. Am Herd. Die kocht was.«

Der Dünne verzog den Mund. »Hol sie raus.«

Blondie öffnete die Schwingtür einen Spalt, winkte mit seiner Kanone und rief: »Du da! Komm raus. Schnell. Hopp-hopp!«

Stocker hörte, wie Nellie erschrocken aufschrie und die Bratpfanne scheppernd auf die Kochplatten fallen ließ. Blondie ging einen Schritt zurück. »Sehr schön, Torte. Stell dich da an die Wand.«

Nellie schaute ihn mit verängstigtem Gesicht an und ging nach links.

Blondie fauchte: »Nicht dahin. Auf die andere Seite. Sehr gut. Lehn dich an die Wand. Brav. Und jetzt, rutsch mit dem Arsch die Wand runter. Ja, genau so. Mach die Beine breit, so was kannst du doch, oder? Sehr schön. Streck die Hände nach oben und beweg dich nicht.«

Mit zwei schnellen Schritten war er bei ihr, steckte seinen Revolver mit einer flüssigen Bewegung hinten in den Hosen-bund und fesselte sie an den Handgelenken mit einem langen, schwarzen Kabelbinder, den er aus einer Seitentasche seiner Windjacke holte. »Brav bist du, Mädel. Oder bist du eher ein Kerlchen? So, und jetzt die Flossen hinter den Kopf, die Beine so breit lassen und nicht bewegen, sonst schieße ich dir in beide Kniescheiben.«

Stocker starrte schweigend auf sein Glas, und der Dünne stupste ihm mit dem Revolverlauf hart in die unteren Rippen:

»Na, du Arschloch, dass wir uns so schnell wiedersehen, hättste wohl nicht gedacht, was?«

»Habt ihr mich beschattet?«

Der Muskelmann lachte, was wie das Meckern einer Ziege klang. »Wir brauchen dich nicht zu beschatten, Doofkopf, weil wir immer wissen, wo du gerade bist. Wir sind nämlich die Polizei, dein Freund und Helfer.«

Stocker atmete tief durch. »Was wollt ihr?«

»Wir machen jetzt da weiter, wo wir auf dem Parkplatz aufhören mussten. Dank deiner bissigen Anwältin hier.« Der Dünne legte seinen Zeigefinger an die Schläfe und zeigte dann auf Nellie. »Das war eine clevere Nummer, Frau Dr. Nell. Hat nicht lange vorgehalten, aber lange genug, dass sich der Schlappschwanz hier vom Acker machen konnte.« Und zu Stocker: »So, und wo ist der andere?«

»Welcher andere?«

»Na, der schwuchtelige Arschwackler, mit dem die Lesbe da drüben zusammen ist. Wir haben nämlich unsere Hausaufgaben gemacht, Junge. Die Kneipe hat mal dir gehört, jetzt gehört sie dem weißblonden Fischbrötchen da drüben an der Wand. Du bist hier amtlich gemeldet, also wohnst du hier. Macht ihr ab und zu einen gemischten Dreier? Muss toll sein. Also, wo ist der Kerl?«

Nellie sagte: »Wir haben uns gestritten. Er ist bei seinem Ex-Freund.«

Die beiden Bullen lachten, dann stellte sich Blondie hinter Stocker. »Dreh dich um, du Pfeife, und schau mich an.«

Stocker wandte sich ihm schwerfällig zu.

»Siehst du, geht doch. Wir werden dich jetzt mal richtig durchmangeln, dann wirst du verstehen, dass du dich nicht in Dinge einmischen sollst, die dich nichts angehen.«

»Jetzt warte doch mal. Was geht mich nichts an?«, fragte Stocker in ängstlichem Tonfall.

Und Blondie sagte zu dem Dürren: »Mach mal lieber ein paar Schritte zur Seite, der kackt sich nämlich gleich an.« Aus der rechten Tasche seines Nike-Blousons holte er einen Aluminium-Schlagring und streifte sich den über die linke Hand. »Wo fangen wir denn an? Es ist deine Party, also kannst du dir was aussuchen. Schlüsselbein, Arm, Kieferknochen, Rippen?« Stocker zog den Kopf ein. »Können wir verhandeln?«

Der Dünne, der sich zwei Hocker weiter mit der Schusshand auf die Theke lümmelte, grinste schief. »Worüber denn? Du solltest die Frau und ihren Mann in Ruhe lassen, oder? Aber nein, Mister Kack-mich-gleich-an war ja in München und hat sich mit einem Informanten getroffen. Willste die Fotos sehen? Dann hast du einen ausgelaugten, kaputten Kommissar in Bad Birnbach besucht. Was hast du denn mit dem besprochen?«

Stocker schwieg und schaute betreten zu Nellie rüber.

»Na, das wirst du uns schon noch sagen. Die harte Mutter da drüben brauchst du gar nicht anzuglotzen. Die kann ruhig zusehen, von mir aus sogar aussagen, wenn du später unsere Kollegen rufen willst. Weil wir nämlich zwei sind. Zwei Polizisten. Wem glaubt man mehr, was denkst du? Dir und der Fischfresse oder uns?«

Stocker schüttelte den Kopf. »Ich denke nichts. Aber wenn ich schon dran glauben muss, kannst du mir sagen, wer euch schickt.«

Blondie versetzte ihm mit dem Schlagring eine harte Gerade an die Schulter, die Stocker schmerzhaft zusammenzucken ließ. »Schluss mit Gerede. Du hast unseren Boss in eine blöde Lage gebracht, der steht jetzt wie ein Depp vor dem Mann in München da. Und wir beide haben einen Riesenanschiss bekommen, weil du uns auf dem Parkplatz durch die Lappen gegangen bist. Du glaubst wohl, du bist cool, was? Schau noch mal in den Spiegel, denn wenn ich mit dir fertig bin, siehst du aus wie ein paar Kilo frisch Gehacktes. Und die Fotos davon werden den Mann von der besagten Frau so richtig in Stimmung bringen. Hey, möchtest du noch was sagen? Famous last words, oder so?«

»Du willst mich wirklich schwer verletzen?«

Jetzt lachten beide, der Dünne und der Muskelberg, und

Blondie sagte: »Der Typ kann dämliche Fragen stellen, alter Schwede. Komm schon, Mann, nimm es nicht persönlich. Wir haben nichts gegen dich, aber Auftrag ist Auftrag.«

»Eine Frage hätte ich noch, und einen Schluck würde ich bitte gerne noch nehmen. Darf ich?«

Der Dünne schlug sich grinsend mit der flachen Hand an die Stirn, Blondie zog die Augenbrauen erstaunt hoch, und sein Mund formte ein »O«.

»Hey, der kann ja Bitte, Bitte sagen. Los, trink, wenn's dir hilft. Was wolltest du noch wissen?«

Stocker griff hinter sich, nahm sein Glas von der Theke und hob es vor sein Gesicht. Dann deutete er damit auf Blondies Brust und sagte: »Dein Hemd hier. Gab's das auch für Männer?«

Blondie schaute verdutzt nach unten, und Stocker drosch ihm das Bierglas ins Gesicht, trat ihm zwischen die Beine, schnappte sich den Schlagringarm und drehte ihn nach hinten, sodass der Blonde herumgewirbelt wurde und jetzt zwischen Stocker und dem Dünnen war.

Das alles hatte vielleicht zwei Sekunden gedauert, und die kurze Schockstarre und das Erschrecken des Dünnen nutzte Stocker, um Blondies Revolver hinter dem Gürtel zu schnappen, den er dem erschlafften Muskelberg an den Kopf drückte.

Der spuckte Blut und Zähne, aus einem tiefen Schnitt in der Stirn lief ihm die rote Flüssigkeit in die Augen, sein Kopf hing nach vorne, und er brabbelte unverständliches Zeug.

Die Schwingtür flog mit einem Schlag auf und knallte gegen die Wand neben Nellie. Drago kam aus der Küche. Er machte zwei schnelle Schritte seitwärts, sodass er vor Nellie stand. Die Schrotflinte hielt er in der Armbeuge, die beiden Läufe zeigten auf den Dünnen, der mit seinem Revolver am ausgereckten Arm auf Stockers Kopf zielte.

»Die Knarre. Lass sie los.« Dann schrie er: »Jetzt, Mann!« Aber der Dünne war wie in einer Schockstarre und riss nur ungläubig die Augen auf.

Stocker drückte Blondie den Lauf seines eigenen Revolvers

ins Ohr, was diesen zu einem heftigen Aufjaulen veranlasste. »So kann's gehen. Und jetzt sag ich dir was. Du erzählst mir, wer euch schickt. Wir legen dann alle zusammen die Waffen nieder und lassen euch gehen. Ihr seid Polizisten. Wir werden euch nichts tun.«

Der Dünne überlegte, aber Stocker merkte, dass er sehr nervös war, weil seine Hände, die er links und rechts vom Körper abhielt, zitterten. Langsam und ohne hinzusehen, legte er seinen Revolver hinter sich auf die Theke.

Blondie hob den Kopf ein wenig, spuckte eine Ladung Blut auf seine Schuhe und sagte undeutlich: »Leg ihn um. Leg alle um. Die schießen nicht auf Bullen.«

Stocker schlug ihm mit dem Revolver heftig auf den Kopf. »Wenn der Kuchen redet, schweigen die Krümel. Und dein Kumpel hat seine Kanone nicht mehr, hast du das nicht mitbekommen?« Und zum Dünnen: »Was ist, dich halte ich für den Klügeren. Machen wir einen Deal? Ich will keinen Ärger mit euch. Haut einfach ab und lasst uns in Ruhe. Ich gebe auf, sag das deinem Boss in Miesbach, und der kann es seinem Boss in München sagen, so ist es doch, oder? Dein Boss, der Kommissar in Miesbach, der arbeitet für den großen Boss in München. Und der ist auch ein Polizist, oder?«

Der Dünne nickte stöhnend, räusperte sich und sagte: »Der Schichtleiter und wir, wir haben uns gegenseitig an den Eiern, da passiert nichts. Aber der kann Stress mit dem Staatsanwalt in München kriegen, für den wir das machen.«

»Warum das?«

»Der Staatsanwalt, er ist sogar ein Oberstaatsanwalt, verdammte Scheiße, der hat rausgefunden, dass wir hier rund um den Tegernsee ein bisschen abkassieren. Du weißt schon, Spielhöllenbosse vor Razzien warnen, auch mal jemanden aufmischen und so. Der könnte uns an die Internen verfüttern.«

»Euch beide und euren Miesbacher Kommissar?«

»Ja, aber er hat lange nichts unternommen. Neulich kam unser Boss an und sagte, wir können zwei Fliegen mit einer Klappe schlagen. Er wird nach einer Gefälligkeit für den OS nach München versetzt, zur Sitte, und holt uns beide dann nach. Bei der Sitte in München kann man richtig abräumen, meinte er, dann ist Schluss mit Wechselgeldgeschäften. Und der OS deckt uns, wenn's mal Ärger geben sollte.«

»Der in München ist besagter Oberstaatsanwalt, okay. Aber wie will er euch alle nach München zur Sitte bringen?«

»Na, der wird bald befördert, zum Generalstaatsanwalt, dann gründet der eine neue Soko, und unser Boss ist der Chef. Und wir beide werden auch befördert.«

»Wer weiß davon?«

»Wie jetzt? Das ist topsecret, was glaubst du denn? Also, der Oberstaatsanwalt in München, seine Frau, unser Boss und wir beide. Sonst niemand. Und wir halten alle dicht. Hey, Mann, ich hab auch noch ein bisschen Beutegeld und Koks im Auto, so um die Fünftausend, und das Koks, das sind hundertfünfzig Gramm. Das kannst du gerne alles haben. Steht der Deal?«

Stocker schaute zu Drago rüber. »Blondinchen wird mir langsam zu schwer. Sammel mal die Knarren ein und schalte das Dings, du weißt schon, aus.«

Der Dürre, dem der Schweiß in Strömen über das Gesicht lief, schaute sich verwundert um. »Was ausschalten? Habt ihr ein Tonband laufen, oder so was?«

Stocker sagte: »Nein, kein Tonband, sondern eine Filmkamera. Die wird jetzt ausgeschaltet. Ist besser so. Für uns, meine ich. Das ist nämlich gar nicht gut, wenn ich denke, was jetzt gleich alles mit euch passieren wird.«

Er ließ Blondie los, der sich an einem Hocker festhalten wollte, damit aber krachend zu Boden ging. Er versuchte, auf die Knie zu kommen, rutschte jedoch in seinem eigenen Blut aus. Stocker setzte ihn mit einem gezielten Tritt an die Schläfe außer Gefecht.

Dann klopfte er schnell mit der freien Hand den Dünnen ab und fand eine zweite, kleine Waffe auf der rechten Seite des Schulterholsters, in der länglichen Tasche, in der normalerweise Reservemagazine verstaut wurden. Er wog den .22er-Revolver in der Hand und sagte: »Jede Wette, dass da die Seriennummer fehlt. Ist wohl für alle Fälle, das kleine Ding.«

Der Kerl räusperte sich, blinzelte Stocker an und meinte: »Ja, also, dann gehen wir mal, oder? Du hast gesagt, wir haben einen Deal. Du stehst doch zu deinem Wort, Mann?«

Stocker schüttelte traurig den Kopf, kickte den Revolver, der zwischen ihnen am Boden lag, zu Drago rüber und sagte: »Binde Nellie los und gib ihr die Knarre.« Und zum Dünnen: »Weißt du, ich bin ehrlich, gesetzestreu, gut aussehend, ein bisschen schüchtern, aber ich habe einen großen Fehler. Ich lüge gerne.«

»Du verdammter –«

»Psch …« Stocker legte einen Finger an die Lippen. »Weißt du, wir sind eigentlich gar nicht so verschieden, denn wir sind alle nur die Summe von all dem, wo wir waren und was wir getan haben.«

Er hörte, wie sich Nellie mühsam und fluchend auf die Beine brachte, dann schob sie Stocker zur Seite und legte dem Dünnen die linke Hand auf den Oberarm. »Das, was er eben gesagt hat, hätte ich nicht besser ausdrücken können, weil es auch auf mich zutrifft.« Und ansatzlos knallte sie ihm eine harte Rechte mitten auf Mund und Nase.

Der Dünne ging in die Knie, bedeckte sein Gesicht, und Blut floss zwischen seinen Fingern auf seinen Mantel.

Drago schaute sich um. »Was ist, haben wir noch ein bisschen Spaß, oder wie? Wo ist der Schlagring von dem Blonden?«

Aber Stocker hob die Hand. »Ich glaube, die haben genug. Nellie, würdest du mir bitte das Telefon reichen, ich möchte die blonde Muskelmaus nicht aus den Augen lassen.«

»Ach, Albin, deswegen liebe ich dich so. Weil du auch in stressigen Situationen weißt, wie man mit einer Dame umgeht.«

Stocker nahm das Telefon und wählte die Nummer der Priener Polizeiwache. »Ja hallo, der Stocker hier. Hat der Ringo heute Dienst? Was? Nicht? Auch gut. Kennen wir beide uns?«

Der Polizist am anderen Ende der Leitung antwortete, und

Stocker lachte. »Ach, du bist das, ja klar. Ich bin nur noch selten in der Kneipe, deswegen habe ich deine Stimme nicht gleich erkannt, Herbert. Pass auf, vor der ›Endstation‹ haben sich zwei Typen geprügelt. Was? Nein, die sind nicht besoffen, höchstens von sich selber. Obwohl, so ganz nüchtern kommen die mir nicht vor. Wir haben die Schlägerei auf dem Parkplatz erst mitbekommen, als der eine den anderen mit dem Kopf auf den Kofferraumdeckel ihres Autos geknallt hat. Wie? Lass mich doch ausreden. Der Drago, die Nellie und ich sind rausgerannt, aber der eine, so ein großer, dünner Kerl, hat gleich losgebrüllt, dass sie beide von der Polizei wären, und wir sollten uns von ihnen fernhalten.«

Stocker hörte kurz zu, was der Beamte in Prien zu sagen hatte, und meinte dann: »Nein, es sind keine von hier, die kenne ich alle. Die sind aus Miesbach. Was, woher ich das weiß? Weil mir das der andere, so ein blonder Muskelprotz, gesagt hat. Einen Ausweis? Nein, haben wir keine gezeigt bekommen. Aber es liegen zwei Revolver neben dem BMW. Was? Ja, ein dunkelblauer BMW, so einer, wie ihn die Kripoleute in München oft fahren, du weißt schon.«

Herbert, der Diensthabende in Prien, sprach wieder, und Stocker hob die Schultern. »Keine Ahnung, was du jetzt tun sollst. Du bist die Polizei, und hier liegen zwei rum, die sich als ebensolche bezeichnen. Wen soll ich denn sonst anrufen? Die Heilsarmee? Den Wertstoffhof? Ich sag dir was: Du schickst jetzt pronto einen Wagen rüber, der die beiden aufsammelt. Dann kannst du sie ja selber fragen, warum sie sich um Mitternacht auf unserem Parkplatz halb totprügeln. Aber sag denen, die kommen, die sollen vorsichtig sein. Ein bisschen angeschickert sehen eure Kollegen schon aus, oder besser gesagt, man konnte es riechen. Wie? Nein, nicht besoffen, aber man weiß ja nie, ob die nicht irgendwie auch noch auf Droge sind. Was? In fünf Minuten? Na, so was, der Ringo hat meist unter zwei Minuten gebraucht, wenn hier was los war. Kommst du selber? Okay, dann trinken wir noch ein kleines Bier. Bis gleich.«

Stocker legte das Telefon auf die Theke und beugte sich zu dem Dünnen runter. »Hast du das gehört?«

Der Dünne schüttelte den Kopf, und Blut spritzte ihm wie Schweiß aus dem Gesicht. »Du lieber Gott.«

Stocker sagte: »Ich bin nicht der liebe Gott, ich schau nur so aus. Hör gut zu, ich sage das nämlich nur einmal: In ein paar Minuten sind eure hiesigen Kollegen hier. Deine Story ist folgende: Aus einem Grund, den ich nicht kenne, seid ihr auf unseren Parkplatz gefahren. Ihr habt im Wagen was getrunken und seid in Streit geraten.«

Blondie drehte sich stöhnend und ächzend auf die Seite und nuschelte undeutlich: »Wir haben nichts getrunken, Arschloch.«

Stocker machte ein erstauntes Gesicht. »Richtig. Der Mann denkt mit. Nellie, sei so gut und reich mir den Wodka. Der billigere tut's auch.«

Nellie gab die Flasche rüber, Stocker drehte den Schraubverschluss ab, nahm einen Schluck, machte »Ah«, zog den Dürren mit einer Hand hoch und sagte: »Trink. Drei oder vier schöne lange Schlucke.«

Der Dürre kniff die Lippen zusammen, und Stocker schlug ihm die Flasche heftig an den Unterkiefer. Als der Kerl den Mund öffnete, um Luft zu holen, steckte ihm Stocker die Flaschenöffnung zwischen die Kiefer und zog seinen Kopf nach hinten. Der dünne Mann gurgelte, japste, spuckte Wodka und Blut auf seine Klamotten, hatte aber ein paar kräftige Schlucke genommen.

Stocker ließ ihn los und ging zu Blondie, packte ihn am Ohr und zog ihn in eine sitzende Haltung. Dann rammte er ihm wortlos die Flasche in den Mund, und Blondie trank wie ein folgsames Baby. Dann spuckte auch er Blut, krümmte sich und fauchte mit schmerzverzerrtem Gesicht: »Damit kommst du nicht durch. Ich mach dich kalt, Alter.«

Bedauernd erwiderte der Stocker: »Da musst du dich brav hinten anstellen. Aufpassen, ihr zwei Nieten, eure Geschichte geht weiter: Ihr seid also in Streit geraten, denkt euch da schnell mal was aus. Ihr seid ausgestiegen, habt euch geprügelt, so richtig auf die Zwölf, und als wir rauskamen, lag einer, und der andere kniete neben dem Hinterrad. Ihr habt uns angeschrien, den üblichen Polizeischeiß, wir sind wieder reingelaufen und haben die Bullerei angerufen.«

Jetzt meldete sich der Dünne wieder. »An den Schwachsinn glaubst du doch selber nicht, oder? Wir werden gleich ganz was anderes erzählen, und dann bist du dran.«

Stocker machte »Ts, ts, ts« und sagte: »Auch gut. Alles, was passiert ist, als ihr reinkamt, ist mit Bild und Ton aufgezeichnet und schon längst in der Cloud abgelegt. Du machst mein Spiel nicht mit? Super. Dann gehen Kopien des Films nach Miesbach, zur Kripo in München und zum Münchner Merkur. Dann seid ihr schneller im Knast, als eure Kratzer verheilt sind. Okay? Noch was: Wenn ich eine von euren Hackfressen noch mal in freier Wildbahn sehe, dann gnade euch Gott.«

Stocker hob den Kopf und hörte von draußen kurz eine Sirene aufheulen. »Ah, das war aber deutlich unter fünf Minuten. Nellie: Flasche weg. Drago: Versteck die Schrotflinte wieder. Heb die beiden Revolver auf und leg sie hier auf die Theke. Und ihr …«, damit meinte er den Dünnen und den Muskelmann, »… ihr kriegt noch einen Abschiedskuss von mir.«

Und verpasste beiden je einen schnellen Tritt an den Kopf.

Eine halbe Minute später ging die Eingangstür auf, Herbert und ein Kollege, den Stocker vom Sehen her kannte, betraten schnell die Gaststube.

Herbert schaute sich um. »Wie sieht es denn hier aus?«

Und Stocker hob die Arme: »Wir haben sie reingeholt, reingeschleppt, besser gesagt, nachdem ich mit dir telefoniert habe. Es wird ja schon ganz schön kühl nach Mitternacht. Und kaum waren sie wieder einigermaßen bei sich, sind sie beide auf uns losgegangen. Frag Nellie und den Drago. Wir haben uns nur gewehrt. Da sind ihre Revolver. Gestritten haben sie sich vielleicht wegen etwas, das im Wagen ist, denke ich mal. So genau habe ich das in der Hektik nicht mitbekommen, da musst du draußen selber nachsehen. Puh, ich werde zu alt für diesen Blödsinn, und ich soll mich wegen meinem Blutdruck nicht mehr aufregen, sagt mein Arzt.«

Herbert schaute seinen Kollegen an. »Verstärkung, Krankenwagen, Beleuchtung für den Parkplatz. Ja, und die Spurensicherung. Geh raus, ich habe die beiden hier im Blick.«

Er beugte sich zum Dünnen runter, der mit dem Rücken an die Theke gelehnt dasaß und stumpf auf die Blutlachen am Boden starrte. »Mein lieber Mann, du stinkst wie ein ganzer Stehausschank.« Dann hielt er ihm eine Hand unter die Nase. »Hast du einen Ausweis?«

Der Dünne zog schwerfällig was aus der Innentasche seines Mantels und reichte es dem Herbert. Der schaute drauf und kratzte sich am Kopf.

»Der ist tatsächlich von der Kripo.« Er deutete auf den Blonden. »Und der da?«

Der Dünne murmelte was, und Herbert beugte sich tiefer, um ihn zu verstehen. Dann zog er sich kopfschüttelnd an der Theke hoch und sagte: »Das werden wir ja sehen.«

Und zu Stocker: »Der Kollege am Boden meint, das, was wir im Wagen finden, hast du ihm reingelegt. Was ist das denn?«

Stocker blinzelte verblüfft. »Das wird ja immer schöner. Keiner von uns dreien hat den BMW berührt, das werden die Kollegen sicherlich feststellen. Sonst noch was?«

Herbert hievte sich seufzend auf den Hocker hinter dem Dünnen. »Ja, gib mir mal ein Bier, bitte.«

Die Aussagen von Nellie, Drago und die vom Stocker wurden in einem anderen Polizeibus aufgenommen, jede für sich. Die beiden Miesbacher Kripokerle wurden von den Sanitätern nach der Erstversorgung direkt ins Krankenhaus nach Prien gefahren, auch wegen der Blutentnahme. Die Männer von der Spurensicherung hatten aus reiner Gewohnheit auch unter Stockers Benz geleuchtet und im hinteren Radkasten einen Peilsender gefunden. Stocker hob nur die Schultern und meinte, den habe er noch nie gesehen.

Teilweise waren bis zu zehn Personen in der Gaststube und auf dem Parkplatz, und es wurde weit nach Mitternacht, bis das letzte Fahrzeug mit knirschenden Reifen über den Kies zur Hauptstraße hochfuhr, die mittlerweile von einer leichten Nebelschicht bedeckt war.

Nellie und Drago wischten den Boden auf, Stocker zapfte Biere und machte sich zwischendurch von dem kalten Cordon bleu ein dickes Sandwich. Alle drei waren immer noch so auf dem Adrenalinkick, dass keine Müdigkeit aufkam. In ihren Adern kreiste das von den Nebennieren großzügig ausgeschüttete Epinephrin. Sie lachten zu oft und zu laut über ihre schrägen Witze, und Nellie meinte prustend: »Albin, du solltest zum Film, weißt du das?«

Stocker erwiderte kauend: »Na ja, vielleicht wird die Geschichte ja mal verfilmt, dann spielen wir uns selber.«

23

Donnerstag, 9. Juni, 3:37 Uhr

Stocker hatte nach dem dritten Bier keine Lust mehr, in die Rosenheimer Wohnung zu fahren. Also schnappte er sich die Schrotflinte, schickte Nellie und Drago in den ersten Stock hoch und legte sich in Zenos Kammer neben der Küche auf das schmale Bett.

Den USB-Stick mit den Aufnahmen vom Auftritt der zwei Miesbacher Clowns steckte er in Zenos alten Laptop, der immer noch in einem der Regale neben seinen Lieblings-CDs stand: Bruce Springsteen, Bob Seger, Eagles, Falco, Abba, Beatles und Fleetwood Mac.

Weil Stocker trotz der Uhrzeit immer noch aufgedreht war, klappte er den Laptop auf, legte ihn sich auf den Bauch und schaute sich die Show an. An der Stelle, an der sich das Blatt für die beiden Kripogauner wendete, machte er einen Cut und schickte diesen Teil des Films mit einem Klick in seine Cloud. Der war für eventuelle offizielle Maßnahmen, falls sich die beiden nicht an den Deal hielten und ihm weiterhin auf den Senkel gingen.

Das gesamte Kunstwerk, das eigentlich nur knappe sechs Minuten dauerte, kopierte er und schickte es an drei Mailadressen: seine, die von Dr. Becker und auf Nellies Handy.

Dann klappte er den Laptop zu, schob den USB-Stick in seine Hosentasche und drehte sich zur Wand.

Nach ein paar Minuten warf er sich herum, legte sich auf den Bauch und lag schließlich mit offenen Augen in der Dunkelheit auf dem Rücken.

Ich sage mal so: In dieser Nacht fanden einige unserer üblichen Verdächtigen keinen Schlaf. Darunter auch einer, der mit dem ganzen Schlamassel so gut wie nichts zu tun hatte:

der Schrottplatzbesitzer Perler zum Beispiel. Der zappte sich schon seit Stunden durch die »Sexy Werbeclips« einiger privater TV-Sender und blieb letztendlich bei Sport1 hängen, der Erotikfilmchen durchgehend bis sechs Uhr früh ausstrahlt.

Neben der Fernbedienung hatte er einen Packen mit Tempotaschentüchern liegen, von denen er aber in dieser Nacht noch kein einziges gebraucht hatte. Alle dreißig Minuten versuchte er, seinen bescheuerten Neffen anzurufen. Ohne Erfolg. Die Anrufe seiner hysterischen Schwester ließ er auf dem AB auflaufen oder hörte sie mit, und die letzten paar Nachrichten klangen sehr heftig, etwa: »Wenn dem Jungen was passiert ist und du hast was damit zu tun, dann schneide ich dir deine kleinen Eier mit dem Bolzenschneider ab.« Und das war noch eine relativ freundliche Message. Eben gerade poppte wieder eine mit einem hohen »Pling« auf. Sie konnte anscheinend auch nicht schlafen.

Perler kannte seine Schwester gut genug, um zu wissen, dass sie zu unkontrollierten Gewaltausbrüchen neigte und durchdrehen konnte wie ein verletzter Stier in der Arena.

Er erinnerte sich an einen Vorfall vor vielen Jahren in einem riesigen Möbelhaus in Parsdorf. Der Benno, ihr Ein und Alles, war damals vier oder fünf Jahre alt. Sie waren zu dritt im ersten Stock, Abteilung »Sofas & Couches«.

Seine Schwester brauchte eine neue Sitzecke, und er wollte sie ihr schenken.

Während sie beide sich in die »Wohnlandschaft Andorra, anthrazit/grau, mit manueller Kopfverstellung und Longchair« für lächerliche 2499,90 Euro fläzten, ließen sie Klein-Benno, diesen Hosenscheißer, für vielleicht eine halbe Minute aus den Augen. Zack – und weg war er.

Perler war von Anfang an der Meinung, dass man den pummeligen Mistkerl an einer dieser Hundeleinen führen sollte, die bis zu fünf Meter ausziehbar sind, du weißt schon. Zumindest in so riesigen Konsumtempeln wie IKEA und diesem hier.

Als seine Schwester ihre hundertfünfundvierzig Kilo ächzend aus dem »2,5-Sitzer ohne Armteil mit Longchair, Arm-lehne rechts« hievte, wurden ihre Augen so groß wie bei einer jagenden Löwin, und sie rief verunsichert nach ihrem Benno.

Keine Reaktion. Perler erhob sich von der Ottomane und schaute sich ebenfalls um. Keine Spur von der kleinen Kaker-lake.

Sie trennten sich. Perler lief nach links, Richtung »Wohn-zimmer«, und seine Schwester entfernte sich in Richtung »Landhausküchen & Kleinteile«.

Aber ihr eigenes Kleinteil war wie vom Erdboden ver-schluckt.

Also trabten sie rüber zu dem Infoschalter in der Nähe der Rolltreppe, wo ein dürrer blasser Jüngling, die aschblonden Haare streng gescheitelt, sie freundlich durch seine dicken Brillengläser anschaute. Lächelnd fragte er: »Was darf ich für Sie tun?«

Perler öffnete den Mund, aber seine Schwester schaute ihn mit rotem Gesicht an und zischte: »Schnauze!«

Dem Blassen in roter Weste und weißem Hemd zu schwar-zer Hose fiel das Lächeln aus dem Gesicht, und er sah sich hilfesuchend um.

Schwesterchen legte ihren Monsterbusen auf die Theke und beugte sich zu dem verschreckten Möbelmann hinüber. »Mein Sohn, der Benno, ist verschwunden. Rufen Sie ihn sofort aus. Jetzt gleich.«

Der hilflose Blonde stammelte: »Ja, natürlich. Vorab bitte ich Sie um ein paar Information, weil wir in solchen Fällen –«

Weiter kam er nicht. Perler, der bemerkt hatte, wie das Ge-sicht seiner Schwester einen noch tieferen Rot-Ton annahm, ging vorsichtshalber einen Schritt zur Seite.

Sie packte den Jüngling knapp unter dem weißen Hemd-kragen, drehte die Faust ein bisschen, sodass ihm die Luft knapp wurde, und hob ihn mit diesem Griff mühelos ziemlich nah an ihr Gesicht, dann sagte sie halblaut, aber jedes Wort einzeln betonend: »MEIN-SOHN-BENNO-IST-WEG-MACH-DIE-SCHEISS-DURCHSAGE!«

Der Blonde, der sich ja in ihrem Griff so gut wie nicht bewegen konnte, tastete mit der linken Hand unter der Theke herum, bis er das Mikrofon zu fassen bekam. Dann hielt er es sich vor den Mund und drückte einen Knopf am Hals des Mikros. Ein lauter, melodiöser Gong ertönte, und der Blonde hauchte: »Der kleine Benno möchte bitte sofort zur Information im ersten Stock kommen. Ich wiederhole: Der kleine Benno …«

Sie nahm ihm mit der freien Hand das Mikro weg. »Benno! Benno, komm auf der Stelle raus. Hörst du mich? Das ist kein Versteckspiel. Komm zu Mama!«

Sie ließ den Jüngling los, der, nach Luft schnappend, auf seinen Drehstuhl zurücksank, und meinte: »Geht doch. Danke.«

Zwanzig Sekunden später kam ein Möbelverkäufer aus der Abteilung »Landhausküchen & Kleinteile« angetrabt, mit dem heulenden Benno auf dem Arm.

Der Abteilungsleiter tauchte ebenfalls aus den unendlichen Weiten der Polstergarnituren auf und blaffte umgehend den Blonden an, weil er das Mikro aus der Hand gegeben hatte. »Lernen Sie denn bei uns gar nichts, Mann? Der Kunde ist König, äh, Pardon, gnädige Frau, ich meine, Königin, ja? Für unsere Kunden tun wir alles. Und Sie, Schröder: Kommen Sie um zwölf in mein Büro. Das hier hat ein Nachspiel.«

Und zu Perler, der Schwester und dem heulenden kleinen Sack, der sich inzwischen ausgiebig eingepisst und vollgerotzt hatte: »Verehrte Herrschaften, das ist mir sehr unangenehm. Der junge Mann ist in der Ausbildung. Kann ich irgendwas für Sie tun, als kleine Entschuldigung unseres Hauses?«

Perler verkniff sich ein Grinsen, stellte sich vor seine Schwester und den Heulsack und zeigte über seine Schulter nach hinten. »Ja, wir wollen eine der Wohnlandschaften kaufen. Soll ich sie Ihnen zeigen?«

Der schlanke Mittvierziger im dunklen Anzug atmete erleichtert aus. »Nicht nötig, schauen Sie mal.«

Er zog einen kleinen rot bedruckten Block mit dem Firmenlogo aus seiner Brusttasche, schrieb mit einem roten Firmenkuli was drauf, riss den Zettel ab und übergab ihn Perler. »Sie bekommen dreißig Prozent auf alles –«

»Außer Tiernahrung, ich weiß«, unterbrach ihn Perler, und der Abteilungsleiter zwang sich ein gequältes, falsches Lachen ab. »Haha, jaja, aber das ist der Werbeslogan eines Mitbewerbers, wir haben hier keine Tiernahrung. Wissen Sie was? Schauen Sie sich in aller Ruhe um. Wir liefern für Sie außerdem per Express und kostenfrei zu Ihnen nach Hause und stellen dort die Wohnlandschaft nach Ihren Wünschen auf. Und, äh, ein bezauberndes Kind haben Sie da.« Dabei versuchte er, den greinenden, schleimigen Benno am Kopf zu streicheln, aber der schnappte zornig nach den Fingern des Mannes.

Seufzend griff sich Perler sein Handy und schaute auf die Uhr auf dem Display: vier Uhr zwei, dann drückte er widerwillig auf die Kurzwahltaste 3: »Schwester«.

Gleich nach dem ersten Anrufsignal war sie dran. »Gott sei Dank. Ist er bei dir?«

»Nein, das war er auch nicht.«

»Waas? Und wo zum Teufel steckt er jetzt wieder? Ich versuche seit heute Vormittag, ihn zu erreichen. Sein Handy ist seitdem aus. So was gibt es bei meinem Benno nie. Für seine Mutter hat er immer Zeit. Was hast du mit ihm gemacht? Wehe, wenn du –«

Perler, dem die Wut und der Frust aus dem Bauch in den Kopf stiegen, brüllte los: »Halt doch mal dein Schandmaul. Dein Bennolein steckt wieder in irgendeiner Scheiße. Nur diesmal tiefer. Viel tiefer.«

Sie schluchzte auf. »Oh Gott, was hat er denn jetzt wieder ausgefressen? Wieder so eine Drogenkacke? Aber er ist doch clean, das hat er mir vorgestern noch erzählt.«

Perler drehte seinen massigen Kopf hin und her, sodass ein paar kräftige Knackgeräusche zu hören waren. »Keine Ahnung. Aber in einer meiner Schrottkarren lag anscheinend eine weibliche Leiche. Bis vor ein paar Stunden hat es hier von Bullen nur so gewimmelt.«

»Damit hat mein Kleiner nichts zu tun!«

»Komisch, das sagt er auch. Ich hab ihn gestern Vormittag deswegen angerufen. Da hat er den Erstaunten gegeben, aber ich hatte das Gefühl, dass er mit irgendwas zugedröhnt war, so wie er gesprochen hat. Aber wie ist dann die Tote in das Auto neben der Presse gekommen? Ich war's nicht, davon konnte ich die Bullerei überzeugen. Heute Mittag muss ich auf die Wache, da wird alles noch mal aufgenommen und protokolliert.«

»Benno ist unschuldig, so was würde der nie machen. Also erzähl mir hier keinen Bockmist, sonst –«

»Sonst was? Man hat jede Menge Fingerabdrücke gefunden, ziemlich frisch sogar, wie ich mitbekommen habe. Und meine waren das nicht, so viel steht fest. Außerdem versuche ich seit Stunden selber, den kleinen Scheißer zu erreichen, weil er als Einziger außer mir den Schlüssel zum Tor hat. Und das war nicht geknackt, sondern ganz normal aufgesperrt, als ich hier ankam. Das haben die Bullen auch gleich festgestellt. Deswegen war ich zuerst im Fadenkreuz, aber dann haben sie die Fingerabdrücke –«

»Jajaja, hast du alles schon gesagt. Wo kann er sein?«

Perler hob eine Schulter, obwohl er wusste, dass sie das nicht sehen konnte. »Keine Ahnung. Vielleicht hat er sich weiter zugedröhnt mit seinen schrägen Vögeln und liegt in irgendeinem Keller rum. Heute Vormittag war er jedenfalls nicht alleine in seiner Wohnung, da war laute Musik, und ich habe noch mindestens eine Stimme im Hintergrund gehört. Ruf doch die Bullen an, ob die schon zu seiner Wohnung gefahren sind. Bin neugierig, ob die den wach gekriegt haben, wenn er mal wieder so richtig zu war.«

»Red nicht so über meinen Benno, du dämlicher …«

»Du mich auch«, fauchte Perler genervt und unterbrach die Verbindung.

Jetzt fragst du dich bestimmt, wie und ob der Koppeck in seinem Haus in der Aschauer Straße in Bernau schläft. Aus Erfahrung weiß ich, dass solche Menschen in der Regel hervorragend schlafen, auch wenn sie, wie im Falle Koppeck, erst vor ungefähr fünfzehn oder sechzehn Stunden zwei Kerle maximal ruhiggestellt hatten.

Koppeck war, was seinen Job anbelangte, schon seit langer Zeit mit sich im Reinen. Auch weil er der Ansicht war, dass die, die er eliminierte, es auf die eine oder andere Art verdient hatten.

Einer seiner Ausbilder sagte ihm mal: »Schau her, Genosse, unser Beruf ist uralt. Schon im alten Rom waren solche wie du hoch angesehen, sie waren gesuchte Spezialisten, die unter der Berufsbezeichnung ›carnifex‹ tätig waren und eine besondere Ausbildung hatten. Gut, unser Ruf hat im Lauf der Jahrhunderte gelitten, aber was soll's, jemand muss den Job ja machen.«

Was den Koppeck umtrieb, war der Tod seiner Frau, aber auch da war er Profi genug, um den Schmerz, die Trauer, die Wut und seine Rachegelüste kurzfristig abzustellen und wie immer von einer auf die andere Minute einzuschlafen.

Das Ein- und Durchschlafen in so ziemlich jeder Situation und Uhrzeit war damals bei den Spezialeinheiten ein Ausbildungsfach gewesen.

Phase eins: Körper. Alle Muskeln entspannen, beim Gesicht anfangen, dann Ober- und Unterarme, einen nach dem anderen. Ruhig ein- und ausatmen, versuchen, einige Sekunden an nichts zu denken.

Phase zwei: den Geist beruhigen. Dazu stellt man sich eine beruhigende Situation so real wie möglich vor, etwa: Du liegst in einem Boot, das auf dem ruhigen Chiemsee treibt, auf dem Rücken und schaust hinauf in den blauen Himmel. Dann konzentrierst du dich ganz fest auf die Worte: »Ich denke nichts – ich denke nichts – ich denke nichts …«

Das ist jetzt natürlich die Kurzfassung, und anstatt in einem Boot kannst du natürlich auch neben einem Wasserfall sitzen oder was auch immer.

Aber damals, im DDR-Kampfschwimmer-Camp, hatte Koppeck diese Methode so gelernt und verinnerlicht, dass er sogar in einem rollenden Panzer oder einem dahinrasenden

Schnellboot bei Windstärke neun pennen konnte. Und so was verlernst du nie, das ist genauso wie mit dem Fahrradfahren.

Das heißt aber nicht, dass er nicht sofort, von einem Augenblick auf den anderen, wieder hellwach sein konnte, wenn da plötzlich ein Geräusch oder sonst was war, das nicht in die jeweilige Situation passte.

Koppeck schlief also ruhig und traumlos in den neuen Tag hinein, sein Aufwachen hatte er auf seinem inneren Wecker für sieben Uhr früh programmiert. Auch das funktioniert, probier es mal!

24

Donnerstag, 9. Juni, 3:52 Uhr

Eine gute Autostunde weiter westlich hingegen, in einer noblen Villa am Tegernsee, war einer hellwach: der Oberstaatsanwalt Dr. Hubert Sielmann. Er saß in dem alten englischen Ohrensessel in seinem Turmzimmer, von dem aus er einen wunderschönen Blick über den nächtlichen Tegernsee und zum Westufer rüber hatte.

Dort hing tief über dem Hügel der Mond, der hellrot strahlte wie eine gedimmte Sonne und sich für den Schichtwechsel mit der nahenden Morgendämmerung bereit machte.

Aber noch war alles dunkel über dem See, auch weil um diese Zeit noch keine Boote unterwegs waren. Die glatte Wasseroberfläche schimmerte im Licht des Mondes und der Sterne wie die nasse Haut eines riesigen, urzeitlichen, schlafenden Rochens.

Von den Hügeln an der Westseite glommen und flackerten kleine Lichter wie Glühwürmchen über den See. Anscheinend gab's da drüben in den Millionario-Hills auch den einen oder anderen, der nicht schlief, dachte sich Sielmann und nahm einen weiteren tiefen Schluck aus der Whiskyflasche.

»Ich bin am Arsch, aber so was von«, murmelte er und schloss die Augen, um den Weg des Whiskys, der mit einem vollen, rauchigen Geschmack im Mund begann und dann mit einem wohligen Brennen durch die Speiseröhre schließlich wärmend im Magen endete, zu genießen. In seinem Kopf machte sich zeitgleich das ersehnte Prickeln breit, das nur ein talentierter Trinker wahrnimmt und zu schätzen weiß.

Er döste zwar ab und zu kurz ein, aber immer nur für ein paar Minuten. Und sobald er wegdämmerte, wartete hinter seinen geschlossenen Augen schon ein neuer Alptraum auf ihn.

Sielmann schaute auf seine Patek Philippe, ein edles Platin-modell, das sinnigerweise den Namen »Grandes Complicati-ons« trug: gleich vier Uhr. Ein paar Sekunden später bestätigte das die antike portugiesische Standuhr mit dem großen ver-goldeten Pendel, das ihn immer an das Beil eines Schafotts erinnerte.

Die Gesichter auf den von der Zeit nachgedunkelten Öl-gemälden von ernst blickenden Männern in blauen und roten Uniformen, die ordensbeladene Brust stolz herausgestreckt, schienen ihn streng und zugleich spöttisch-vorwurfsvoll zu beobachten.

Als Sielmann kurz die Augen zusammenkniff, hörte er die alte, hölzerne Wendeltreppe, die aus den Planken eines preu-ßischen Kriegsschiffes gezimmert war, ächzen und knarren.

Kurz darauf tauchte Heide auf. Blass, bleich, mit einem vom Trinken aufgedunsenen Gesicht. »Hier bist du also.«

»Hau ab. Fahr zur Hölle!«

Heide setzte sich mit einem bitteren Lächeln in den kleine-ren Lady's Chair, legte ihre Hände auf die Lehnen und sagte: »Aber dahin sind wir beide doch gerade unterwegs, mein Lieber. Und das, wo wir doch schon ewig lange nicht mehr zusammen verreisen.«

Sielmann starrte sie durch das nur von zwei Kerzen be-leuchtete Halbdunkel mit einem Gesicht an, als hätte man ihm gerade eine Ohrfeige verpasst. »Du bist an allem schuld. Nur du. Und jetzt macht es dir Spaß, mich zu quälen, wie?«

»Weißt du, was mich an dir auch nach so langer Zeit immer noch aufregt, mein Schatz?«

Er beäugte sie misstrauisch. »Was denn?«

»Alles, was du sagst. Du hast eigentlich meist eine Art von arrogant-lispelndem Sprechdurchfall, mein Liebling. Aber du bist im Grunde deines Herzens ein Weichei und ein sadisti-scher Schlappschwanz. So einer, der bei allem, was passiert, immer anderen die Schuld gibt. Was habe ich nur damals an dir gefunden? Hast du da eine Ahnung? Selbst das, was ich an dir für Temperament hielt, war hysterische Nervosität.«

»Lass mich nachdenken, meine Schöne. Was mag es wohl gewesen sein, das mich liebenswert für dich machte? Mein Geld? Meine Macht und mein Einfluss? Was dich alles zusammen übrigens in Kreise gebracht hat, in die du sonst eigentlich nur als Nutte der absoluten Luxusklasse gekommen wärst? Aber zu so was Ähnlichem hast du dich ja eh entwickelt. Nur dass du für deine Ficks bezahlen musst. Oder ich, genauer gesagt.«

»Ich liebe es, wie wir uns auf hohem Niveau hassen. Das gefällt mir echt. Möchtest du mir nicht deine News of the Day mitteilen, Dr. Weichei?«

»Wenn das alles vorbei ist, verlasse ich dich!«

Heide lachte bitter auf. »Sag Bescheid, wann das sein wird, denn da komme ich doch mit. Wo wir erstaunlicherweise seit zwei Tagen so viel mehr gemeinsam haben als je zuvor.«

Sie hob nachdenklich den Zeigefinger. »Andererseits weiß ich nicht, was du in deinem neuen Leben suchst, aber wenn ich so überlege, glaube ich eher nicht, dass ich dabei sein will, wenn du es findest.«

Sielmann trank wieder aus der Flasche, sah mit einem Auge, wie sie ihn anstarrte, und hielt ihr den Scotch hin. »Hier, willst du auch?«

Sie schüttelte den Kopf, er trank noch einen kräftigen Schluck und stellte die Flasche knallend auf den vergoldeten Beistelltisch. »Sie haben die Leiche von Inge gefunden. In einer Scheune neben einem kleinen See. Da wurde sie aber nicht umgebracht. Sondern auf einem Schrottplatz in der Nähe der Kreuzstraße, nicht weit vom Fundort entfernt.«

Heide senkte den Kopf, nahm ihr Gesicht in beide Hände und schluchzte: »Oh mein Gott.«

»Ja, der muss heute wieder für vieles herhalten. Meine Informationen besagen, dass sie in einem Werkstattschuppen auf dem Schrottplatz gefoltert wurde. Nach der Obduktion wissen wir mehr, aber erste Erkenntnisse deuten darauf hin, dass sie Wasser in den Lungen hatte. Dazu kommt ein heftiges Schädel-Hirn-Trauma, bedingt durch äußere Gewalteinwirkung. Wahrscheinlich mit einem stumpfen Gegenstand, oder der oder die Täter haben sie rückwärts, auf einen Stuhl gefesselt, in die Montagegrube gestoßen. In besagter Grube wurden Hautreste und Blut sichergestellt. Auf dem Kofferraumdeckel eines Schrottwagens und in seinem Inneren fand man ebenfalls ihr Blut und frische Fingerabdrücke von mehreren Personen. Im Inneren außerdem einen ihrer Schuhe und Abdrücke, die wir zwei Männern aus dem Drogenmilieu zuordnen konnten.«

Sielmann merkte, wie ihn das, was er in seinem gewohnten Dienstduktus von sich gab, etwas beruhigte. Und eine Stimme, weit hinten in seinem Kopf, flüsterte ihm zu, dass er immer noch der Oberstaatsanwalt Dr. Hubert Sielmann war, bei dem alle Fäden zusammenliefen und der alles im Griff hatte.

Er setzte sich etwas aufrechter hin, räusperte sich und fuhr mit leicht lallender Stimme fort: »Nach dem aktuellen Ermittlungsstand fasse ich also zusammen. Fakt ist, dass Inge hier vor unserem Haus entführt und auf den Schrottplatz verbracht wurde. Dort wurde sie gefoltert und ermordet. Dann versteckten die Täter, denn ich nehme mal an, dass es die zwei Besitzer der gefundenen Fingerabdrücke waren, ihre Leiche. Die Namen der zwei Männer haben wir. Einer davon ist der Neffe des Schrottplatzbesitzers. Dieser wiederum hat nach unseren ersten Befragungen nichts mit der Sache zu tun, denn es ergibt keinen Sinn, warum er das hätte machen sollen. Auch glaubt man nicht, dass er von der Tat seines Neffen wusste. Der wiederum ist ein vielfach vorbestrafter Mann aus der Drogenszene. Was mich und mein Team wundert, ist der rapide Sprung vom Kleinkriminellen zum Entführer und Mörder.«

Unvermittelt unterbrach Sielmann seinen Monolog und lachte kurz auf. Heide nahm ihre Hände vom Gesicht und blickte erstaunt auf. »Was ist daran bitte lustig?«

»Na ja, ich stelle mir immer noch vor, dass die Entführung dir galt. Dann würde ich jetzt mit der Standuhr da drüben reden. Was mir im Übrigen auch weitaus lieber wäre.«

»Fick dich!«

»Danke. Ganz lieb von dir, aber nach Sex jeglicher Art

steht mir momentan nicht der Sinn. Darf ich fortfahren? Der Ex-Mann von Inge ist ein Killer im Ruhestand, sofern es so was überhaupt gibt. Er weiß, dass Inge tot ist. Weil ich es ihm selber gesagt habe.«

»Du hast ... was?«

Sielmann wedelte mit der Hand. »Das war taktisch gedacht, meine Liebe. Denn der Mann kommt aus einem Milieu, zu dem er immer noch beste Verbindungen haben wird, was bedeutet, auch zu Leuten, die im Staatsdienst adäquat hoch stehen, wie ich.«

»Was?«

»Du wiederholst dich, mein Schatz. Mit dem, was du mit deinem Spatzenhirn wahrscheinlich nicht begriffen hast, meine ich hohe Beamte beim BND, beim Staatsschutz oder den Schlapphüten vom Verfassungsschutz. Die haben zum Teil denselben Hautgout wie er, herkunftsbedingt. Kannst du mir so weit folgen?«

Heide schwieg, und Sielmann sprach weiter. »Ich habe angeordnet, dass der Benno Pitzinger, so heißt der eine, erst mittags in seiner Wohnung in München festgenommen wird. So er denn zu Hause ist. Bis dahin wird die Wohnung observiert. Begründung: weil der Zweite, ein gewisser Dirscherl, keinen festen Wohnsitz hat, der Pitzinger aber schon, wir die Wohnung deshalb beobachten lassen und der Zugriff erst auf mein Kommando erfolgen soll. Denn ich persönlich koordiniere das Ganze. Darin bin ich richtig gut. So, und der Koppeck, und da müsste ich mich schon sehr irren, hat mittlerweile rausbekommen, wo der Benno Pitzinger wohnt, ihn hochnotpeinlich befragt und liquidiert. Dann schnappt er sich den anderen, und die Fäden zu uns sind erst mal gekappt.«

»Du lässt die Wohnung von dem einen also beobachten? Und wenn die Observierer melden, dass beide in der Wohnung sind? Nur mal angenommen.«

Sielmann griff nach der Flasche. »Natürlich habe ich auch das bedacht. Siehst du, du unterschätzt mich schon wieder. Nun, durch einen Zahlendreher stehen die Kriminaler mit ihrem Auto vor dem falschen Haus. Das wird sich natürlich innerhalb von ein paar Stunden geklärt haben, aber bis dahin müsste der Koppeck schon mal mindestens den einen in der Wohnung erwischt haben. Wenn er da ist.«

Sielmann angelte nach der Flasche und trank. »Ahh.« Dann wischte er sich über den Mund und schaute Heide an. »Fürs Erste sind natürlich auch die Drähte zu deinem Lover gekappt. Ich bin nämlich immer noch der festen Meinung, dass ihr beide das Ding organisiert habt, das dann aber fürchterlich nach hinten losging. Tja, so was sollte man Profis überlassen, mein Schatz. Hattest du übrigens in der Zwischenzeit Kontakt zu deinem Stecher?«

Sie schüttelte den Kopf, und er meinte mit zufriedener Miene: »Gutes Mädchen. Den will ich mir aufheben, bis mir was Schönes für ihn einfällt. Falls Koppeck ihn sich nicht vorher schnappt. Was mir im Endeffekt dann aber auch egal ist.«

Heide blickte aus einem der sechs Fenster auf den See. »Wenn du dir in alldem so sicher bist, warum sitzt du dann hier und gibst dir die Kante? Habe ich was Wichtiges überhört? Irgendwas beschäftigt dich doch kolossal. Ich kenne dich doch.«

Er lachte wieder. »Du? Du kennst mich? Das finde ich jetzt aber wirklich erheiternd. Ich drehe an einem Rad, das du dir nicht mal in deinen kühnsten Träumen vorstellen kannst. Da geht es um mehr als nur Geld.«

»Ah ja, um was denn dann? Sex? Wobei ich natürlich deine Art von Sex meine, du weißt schon.«

Sielmann senkte traurig den Kopf. »Das ist also das Nächstliegende, das deinem kleinen Hirn einfällt, was? Nein, es geht um Beziehungen, um eine Art von Macht, die ich vielleicht später einmal für mich nutzen kann. Ich habe da auch schon bestimmte Vorstellungen, wie.«

»Tja, Supermann, aber von deinem großen Rad sind dir mittlerweile ein paar Speichen flöten gegangen, nehme ich mal an. Richtig?«

»Das kann man so nicht sagen. Es gibt Probleme, ja, das

schon. Ich merke, dass sich die Internen für mich interessieren, aber das biege ich hin.«

»Interne Ermittlungen gegen dich? Und das vor deiner Beförderung? Klingt für mich nach mehr als Kleinigkeiten.«

Er winkte müde ab. »Die von den Internen sind die, die man in anderen Abteilungen nicht haben will. Mit denen werde ich schon fertig. Aber der Hauptinvestor eines Megadeals macht plötzlich Druck, und das kommt für mich zur Unzeit.«

Sie hob die Hand. »Stopp. Ich will gar nicht wissen, um was es geht. Nur eine Frage: Hat er was gegen dich in der Hand?«

»Ach was, nur Kleinkram. Aber er will mich unter Zeitdruck setzen. Und jetzt überlege ich, wie ich dem entgegentrete. Das ist meine aktuelle Denksportaufgabe.«

»Dann lasse ich dich mal deinen Sport treiben. Und wie geht es weiter mit uns? Was wird heute Morgen passieren?«

»Mit dir? Nichts. Du bleibst im Haus, bist für niemanden zu sprechen, weil du unter Schock stehst. Ich fahre ins Büro wie immer und regle alles von da aus.«

»Na, dann solltest du mit Saufen aufhören und für eine halbe Stunde unter die Dusche gehen.«

Damit stand sie auf, schaute ihn müde an, und die Planken der Wendeltreppe knarrten unter ihren Füßen. Auf dem Weg nach unten kam ihr eine Idee. Sie betrat das dunkle Wohnzimmer, orientierte sich dabei an den durch die Fenster hereinfallenden Lichtstreifen der antiken, mattgelb leuchtenden Straßenlaternen, die die breite, weiß bekieste Zufahrt und die beiden Blumenrabatten vom Tor bis zur Villa in ein unwirkliches, nebulöses Licht tauchten.

Sielmanns Vater hatte diese fünf gusseisernen, vier Meter hohen Scheußlichkeiten in einem Kaff nördlich von London im Hof eines Eisenhändlers gesehen und sofort gekauft.

Heide setzte sich an den Esstisch, und genau gegenüber stand der Stuhl, auf dem sie gesessen hatte, als sie Sielmann das Messer ins Bein gestoßen hatte.

Okay, das war mehr oder weniger in Notwehr passiert, im Affekt und unüberlegt, könnte man sagen.

Sie lehnte sich zurück, schloss die Augen und erinnerte sich an einen trägen, warmen Sommerdonnerstag. Hagens Kopf lag zwischen ihren Beinen, denn er mochte den Geruch, den sie nach dem Sex ausströmte.

Dabei flüsterte er Dinge wie: »Du bist die einzige Frau, die die Augen weit offen hat, wenn sie kommt. Du bist meine Göttin.«

Sie drehte mit dem Zeigefinger kleine Locken in sein langes Haar und griff mit der anderen Hand nach dem Champagnerglas auf dem Nachttisch. Nachdem sie einen Schluck von dem inzwischen lauwarmen Rosé-Cava genommen hatte, goss sie sich den Rest unter den Nabel und sah zu, wie die rosafarbene perlende Flüssigkeit in zwei Rinnsalen durch das kurz rasierte Dreieck zwischen ihre Beine floss.

»Oje, leck das auf, sonst gibt das Flecken auf der Bettwäsche, aber lass dir Zeit dabei, ja?«, flüsterte sie, und nachdem er fertig war, schaute er lächelnd zu ihr hoch und sagte: »Ich würde morden für dich, weißt du das?«

Und sie dachte spontan: Auch keine schlechte Idee. Hagen könnte sich ihren ungeliebten Gatten vorknöpfen. Warum auch nicht?

Wessen Schuld war es denn, dieses ganze Chaos? Hagen hatte die Entführung versaut. Ganz alleine er. Also war es nur logisch, wenn er sich um den Sieli kümmerte. Allerdings Hagen, der immer potente Hagen, ein Mörder?

Sie warf den Kopf in den Nacken, öffnete die Augen und starrte die dunkle Holzdecke an. Dort oben, nur ein paar Meter Luftlinie von ihr getrennt, da saß die Ursache allen Übels und bemitleidete sich.

Heide ballte die Hände zu Fäusten und dachte: Hier muss sich einiges ändern, damit alles so bleibt, wie es ist.

Sie stand leise auf, ging in ihr Schlafzimmer, wo sie das Handy aus der Schublade des Nachttisches nahm und Hagens Nummer drückte.

»Geh schon ran«, murmelte sie, unterbrach nach fast zwei Minuten den Wählvorgang, wählte noch einmal und wartete auf den Rufton. Der kam aber nicht, sondern nur eine Stimme: »Der gewählte Teilnehmer ist im Moment nicht erreichbar. Bitte versuchen Sie es später noch einmal.«

Zornig schleuderte sie ihr iPhone auf die Bettdecke.

Scheißmänner. Man kann nicht mit ihnen leben, weil man dadurch ständig Ärger am Hals hat. Aber ohne sie funktionieren nun mal die meisten Stellungen nicht.

Tja, mein Lieber, du hattest deine Chance, dachte Heide, und die hast du soeben verkackt. Dann muss ich mir jemand anders auswählen, der für mich reinen Tisch macht. Und je länger sie darüber nachdachte, desto mehr verfestigte sich ein Name in ihrem Gehirn: Koppeck.

Der war die Lösung all ihrer Probleme. Weil sie ihm die Ohren vollheulen würde, wie leid ihr das mit der Inge tat. So eine gute Frau, die alle mochten, ganz besonders sie, Heide. Weil die Inge ja im Grunde genommen für sie die große Schwester war, die sie nie hatte. Und dass es ihr in der Tiefe ihrer Seele lieber gewesen wäre, diese Verbrecher hätten doch sie erwischt, das eigentliche Opfer.

Sie malte sich im Kopf ein Bild vom Koppeck: ein Mann um die fünfzig, groß, kantig, mit einem Gesicht wie aus grauem Stein geschlagen. Einer, der sich in jedes Problem, das sich ihm in den Weg stellt, wie ein rasender Pitbull festbeißt und erst wieder loslässt, wenn seine Feinde rund um ihn herum in ihrem Blut liegen.

Außerdem hat er diesen Blick, du weißt schon, bei dem andere Männer schnell wegschauen und den Kopf abwenden, während Frauen die Augen aufreißen und wissen, der da, der ist ein Mann wie aus einem anderen Jahrtausend.

Und wenn einer wie der Koppeck was sagt, dann kommen Sätze aus ihm raus, kurz und hart, die nach rauchigem Feuer klingen.

Heide fühlte, wie sich ein wohliges Kribbeln in ihren Lenden breitmachte, und ihre Finger zuckten nervös. Ich werde ihn in ein paar Stunden anrufen und meine Geschichte erzählen, mit tränenerstickter Stimme.

Schluchzen, kleine Pausen, das ganze Programm eben.

Er wird sagen, dass er so froh ist, dass ich ihn anrufe, dass er mich sehen muss, unbedingt. So schnell wie möglich.

Und wenn wir uns begrüßen, werfe ich mich an seine Brust, ich werde aufgrund meines Schocks und meiner Trauer einen Schwächeanfall bekommen. Er wird mich festhalten, meine Stirn küssen und mir zuhören. Dann wird er sagen, dass ich keine Angst mehr zu haben brauche. Weil er jetzt alles regelt.

Möglicherweise ergab sich aus dem Gespräch ja noch mehr, wer weiß? Sie wusste, wie sie auf Männer wirkte und wie man sie kirre machte.

Andererseits, auf Hagen und seine Talente im Bett zu verzichten ... Muss das denn unbedingt sein?, dachte sie. Wenn man von dem Kerl eine Plus-Minus-Liste anfertigen würde, da käme schon einiges zusammen. Er war ein egoverliebter Nichtsnutz, der Frauen schamlos ausnutzte, hatte nie Geld und ließ sich für seine Bettakrobatik teuer bezahlen. Aber andererseits, vielleicht konnte sie alles auf ihren Mann schieben und Hagen behalten?

Und wenn Lispel-Sieli verschwand, blieb ihr genug Geld, um es sich mit Hagen für lange Zeit kuschelig zu machen.

Natürlich würde er nach einer gewissen Zeit nachlassen, sich langweilen und nach anderen Honigtöpfen Ausschau halten. Aber vorher würde sie ihn aussaugen, wie die Bienen das mit den Blumen machten. Und wenn er wirklich irgendwann nicht mehr amüsant wäre? Tja, dann gab es ja vielleicht immer noch einen wie den Koppeck, den Mehrzweckmann.

Eine gute Maus hat immer zwei Löcher, sagt man.

Heide war so von sich und ihren zwei Plänen beeindruckt, dass ihr Tränen in die Augen schossen, und mit einem glücklichen Lächeln auf den Lippen schlief sie ein.

Soll ich mir vielleicht vor dem Frühstück schnell die Beine rasieren?, dachte sie noch im Wegdämmern. Männer mögen das, und der Koppeck, der war ein echter Mann, davon war sie jetzt schon überzeugt.

25

Donnerstag, 9. Juni, 4:16 Uhr

Hagen lag in dieser Nacht nackt auf seiner schwarzen Satin-Bettwäsche und starrte sich in der Zwei-mal-zwei-Meter-Spiegelfolie an, die über dem Bett auf einen Alurahmen aufgezogen war. Sein Körper war immer noch makellos. Breite Schultern, schmale Hüften, lange Beine, sein prächtiges Gemächt, das ihn seit vielen Jahren gut ernährte. Aber wie lange noch?

Wobei das im Moment sein geringstes Problem war. Was ihn wach hielt, waren die Ungewissheit und die Angst, dass es jeden Moment an der Tür klingeln konnte, und ein paar Typen würden ihn links und rechts packen, ihm Handschellen anlegen, und das war's dann.

Oder andersrum, dann ging es erst richtig los. Mit seinem Aussehen im Knast? Vergiss es, Mann. Hagen war überzeugt, dass sich, sobald er schuldig gesprochen war, sein Leben in eine Hölle verwandeln würde.

Ohne Connections und Freunde hinter Gittern wurde einer wie er schnell zur Knasthure. Oder, mit etwas Glück, zum Girl für einen der Bosse da drin.

Er kannte genug Geschichten aus spanischen und italienischen Gefängnissen.

Ein Typ, den er in Turin mal traf, erzählte ihm, dass ihn sein Knastmann nach ein paar Wochen auf den Knaststrich schickte. Bücken unter der Dusche, über Nacht Einschluss mit einem Perversen, spezielle Wünsche von drei oder vier Rockern in der Waschküche erfüllen und so weiter und so fort. Und das alles für ein paar Zigaretten oder eine Flasche vom selbst gebrannten Knastfusel Pruno, so nannte man den. Der wurde aus Äpfeln, Orangen, Ketchup, Zucker, Milch oder anderen Zutaten hergestellt, die man dort drinnen organisieren konnte.

Auf den beiden Konsolen links und rechts von Hagens

teurem Boxspring-Kingsize-Bett brannten zwei schwarze Kerzen, und wenn jemand von außen durch eines der Fenster ins Schlafzimmer schauen würde, käme ihm die Szene wie eine Aufbahrung in einer Leichenhalle vor, dachte sich Hagen.

Schwarze Bettwäsche, mit roter Seide bezogene Wände, der verzerrungsfreie Spiegel an der Decke, die kleine Glasvitrine mit Dildos, Salben, Ketten und Bondage-Spielzeugen. Die sah man aber von den Fenstern aus nicht.

Und natürlich konnte keiner hier im dritten Stock von außen reinschauen, aber wenn doch, dann würde Hagen bei dem Betrachter tatsächlich den Eindruck einer gut balsamierten Leiche hinterlassen.

Genauso fühlte er sich auch. Wie ein toter Mann. Er schaute auf sein ausgeschaltetes Handy und dachte an Heide. Wie konnte er sich von der dämlichen alten Kuh nur so einwickeln lassen?

»Es kann überhaupt nichts schiefgehen, mein Alter bezahlt, der hat Geld genug. Drei Millionen, mein Stier, stell dir vor, damit vögeln wir uns zehnmal um die ganze Welt.«

Hagen hatte ihre Worte noch im Ohr. Aber er hatte nicht die Kraft, mit ihr zu sprechen. Jetzt nicht. Er konnte Pille und den bescheuerten Nazi-Joe nicht erreichen. Wo, zum Teufel, steckten die beiden Ärsche? Hatten die Bullen sie gegriffen? Nein, dachte er, die beiden Melonenschädel hätten ihn sicher schon verraten, dann würde er längst nicht mehr hier liegen. Waren sie abgehauen? Gut möglich. Das wäre für alle Beteiligten sowieso das Beste.

Und als ob er nicht schon genug Probleme hätte, rief ihn erst vor zwei oder drei Stunden diese High-Society-Schlampe aus Bogenhausen an. Ihr Mann hatte einiges in einem Versteck von ihr gefunden, das er besser nicht hätte sehen sollen, schluchzte sie am Telefon. Darunter den Leasingvertrag für Hagens Porsche, den sie ja seit zwei Jahren bezahlte. Tausendfünfhundertsiebenundfünfzig Euro im Monat. Damit ist es jetzt vorbei, schluchzte sie, und er will, dass ich dir den Wagen nehme, aber flott, hat er gesagt.

»Können wir uns morgen sehen, dann übergibst du mir das Cabrio, die Schlüssel und den Schein, mein Liebling? Es tut mir ja so leid. Aber dafür werde ich dich beim nächsten Mal extra toll verwöhnen, ich verspreche es. Ich habe mir ein Buch gekauft, ›Die perfekte Liebhaberin‹, freust du dich?«

Ich übergebe mich selber auf dich, das ist das Einzige, was ich übergebe, dachte sich Hagen, sagte aber: »Jaja, ich melde mich morgen, ich kann jetzt nicht sprechen«, dann drückte er sie weg.

Warum ist das so?, dachte er. Wenn mal etwas schiefläuft, dann gibt das einen Dominoeffekt. Erst stürzen ein paar Steine, dann immer mehr, am Schluss liegt alles am Boden. Und ich, was wird aus mir?

Vielleicht sollte ich abhauen. Pack ein paar gute Klamotten in den Porsche, hol die paar tausend Euro, die du im Büro im Fitnessstudio versteckt hast, und dann ab über die Grenze. Italien? Oder Spanien? In Spanien kannte er einen Kerl in Barcelona, der irgendwelche Afrikageschäfte machte. Der kaufte ausrangierte Bagger, den einen oder anderen Schrottkran und auch mal ein paar geklaute Autos, die er in Container verpackt nach Nigeria oder weiß der Teufel wohin verschiffte. Dem könnte er den Porsche verkaufen. Mit Schein und Schlüsseln brachte der in Barcelona bestimmt noch um die Vierzigtausend, wenn er, wie seiner, mit knapp neunzigtausend in den Gebrauchtwagenlisten stand.

Lass das alles jetzt, Hagen, sagte er sich.

Schalte ab.

Versuch zu schlafen, nahm er sich zum hundertsten Mal vor. Mach die Augen zu und schlafe. In ein paar Stunden machst du dir ein schönes Frühstück. Mit zwei Tassen Kaffee, Wheaties, Orangensaft und danach eine schöne lange Koks-Line. Dann sieht das Leben wieder anders aus.

Schlaf endlich ein, Mann. Du hast jetzt einen Plan, und der ist gut.

26

Donnerstag, 9. Juni, 8:46 Uhr

Stocker stand gedankenverloren in der Küche der »Endstation« und schaute durch das Fenster über dem Arbeitstisch auf den kiesbestreuten Parkplatz hinaus. Von oben, wo Nellie und Drago wohnten, kam kein Laut.

Er hatte in Intervallen ein bisschen geschlafen, fühlte sich aber, wie wenn er nach einem langen und mühevollen Aufstieg gerade auf dem Gipfel eines Fünftausenders angekommen wäre. Das Atmen fiel ihm schwer, und der Rücken schmerzte. Die Hände taten ihm weh, und ein leichter Schwindel veranlasste ihn, sich auf einem der Holzstühle niederzulassen.

Der lauwarme Kaffee, der noch im Glasbehälter in der alten Braun-Maschine war, schmeckte, als hätte ihn schon mal jemand getrunken, und er verzog angewidert den Mund.

Eine wohltönende Stimme in seinem Schädel flüsterte: »Nimm doch einen kleinen Gin, nur einen Schluck. Oder was von dem Stolichnaya. Wodka am Morgen verdünnt Kummer und Sorgen, du weißt schon.«

Stocker schüttelte heftig den Kopf und schlug sich mit der Hand gegen die Stirn. Als ob das helfen würde.

In einem seiner Kurz-Alpträume war Zeno wieder aufgetaucht. Er lehnte lässig an einer Mauer eines verfallenen Hauses. Zwischen den Zähnen hielt er einen Zahnstocher, auf dem er herumkaute. Stocker erinnerte sich, dass das eine der Eigenheiten von Zeno war, wenn er über einem Problem grübelte oder ein Gericht mit höherem Schwierigkeitsgrad hier in der Küche zubereitete. Das Haus, an dessen Mauer Zeno lehnte, sah aus, als würde es umfallen, wenn er auch nur einen Schritt nach vorne machte. Das Gras unter seinen Füßen wirkte trocken, verdorrt und nicht sehr nahrhaft.

Überhaupt: Auf beiden Seiten des Hauses sah man viel von

diesem kurzen, dünnen und trockenen Gras. Der Himmel war endlos weit und traf sich irgendwo mit dem Horizont. Stocker fiel auf, dass Käfer, große blauschwarze Tiere mit einem schillernden Panzer, zwischen seinen Schuhen herumkrabbelten. Zeno nahm den Zahnstocher aus dem Mund und deutete damit auf die Käfer. »Die tun nichts, die sind nur neugierig. Wo warst du so lange?«

Stocker wollte antworten, aber seine Lippen waren wie verklebt oder zugenäht, und er spürte, wie seine Worte dumpf in seinem Gaumen gegen seinen verschlossenen Mund stießen.

»Na, heute bist du ja wieder in Plauderlaune. Wie geht's weiter? Hast du einen Plan?«

Stocker kratzte sich am Kinn, und Zeno nickte. »Weißt du noch, wie wir in München diesen Kerl erledigt haben, diesen rumänischen Dealer, wie war doch noch sein Straßenname? Warte, fällt mir gleich ein. Irgendwas mit Geflügel. Richtig. Chicken-Fat. So nannte der sich. Jemand in seinem Clan taufte ihn wegen seiner eingeölten langen schwarzen Haare so, und das hat ihm gefallen. Chicken-Fat, hol's der Teufel, wie kann man sich als erwachsener Mann selber so nennen, hm? Hat ihm aber in der Nacht auch nichts mehr geholfen. Sein Fahrer und sein Ausputzer sind davongerannt, und wir haben ihm fünf Kugeln verpasst. Du zwei und ich drei. Erinnerst du dich?«

Stocker kniff die Augen zusammen. So was half ihm manchmal, wenn er wusste, das hier war ein Traum, aus dem wollte er raus. Du musst aufwachen, dachte er, wach auf.

Aber Zeno konnte natürlich spüren, was er dachte. Er wedelte mit seinem Zahnstocher lässig vor der Brust und grinste. »Warte, bleib da. Ich bin gleich fertig. Der Kerl hat noch gelebt. Mit fünf Kugeln im Bauch. Allerhand. Ich habe mich neben ihm niedergekniet, und du hast die Gasse gesichert. Der Kerl war ungefähr fünfzig, gut aussehend wie ein andalusischer Flamenco-Gitarrist. Er hat sich den Bauch gehalten, sich dann mit der linken Hand über den Schnurrbart gestrichen, und seine untere Gesichtshälfte war plötzlich blutverschmiert. Warum ich noch weiß, dass es seine linke Hand war? Weil er einen von diesen Zuhälter-Rolex-Weckern mit viel Bling-Bling am Gelenk hatte. Na ja, was auch sonst? Ich sag dir mal was. Männer, die richtig Geld haben, verschwenden es nicht an eine auffällige Rolex. Aber bei einem wie Chicken-Fat bedeutete das hauptsächlich, dass er so ein harter Kerl war, dass es niemand wagte, sie ihm wegzunehmen.«

»Er hat noch gelebt«, sagte Stocker, über sich selbst erstaunt, dass er plötzlich den Mund aufbekam.

»Er hat noch gelebt, genau. Und weißt du auch noch, was er gesagt hat? Ich habe es dir im Lauf unserer gemeinsamen Jahre ein paarmal erzählt, denk mal nach.«

Stocker überlegte, kam aber auf keine Antwort.

»Du hast es vergessen, Hombre. Er hat mich gefragt, ob wir das eigentlich gerne machen, einen wie ihn zu durchlöchern. Und ich habe gesagt, weißt du, Chick, einer, der gerne angelt, muss auch nicht unbedingt Fische mögen. Da hat er seine blutige Fresse verzogen und gelacht, dann Blut gehustet, und seine letzten Worte waren: ›Nichts ist so, wie es ist.‹ Verstehst du, Partner? Das will ich dir mitgeben: Nichts ist so, wie du es im Moment siehst. Es ist dein Job, über so was nachzudenken.«

Dann nahm er den Zahnstocher wieder zwischen die Lippen, bückte sich, um einige der großen, schillernden Käfer aufzuheben, und schob sie in seine Jackentasche. »Hier oben gibt es wenig Gesellschaft. Ich weiß auch nicht, wo die alle sind. Okay, ich muss dann mal wieder.« Zeno tippte an seine Stirn. »Denk nach, Alter, sonst tun das andere für dich. Und dann bist du am Arsch.«

27

Donnerstag, 9. Juni, 9:03 Uhr

Auch Heide war schon auf, aber im Gegensatz zu Stocker fühlte sie sich gar nicht mal schlecht. Sie hatte ausgiebig geduscht, sich unter dem angenehm warmen Wasserstrahl tatsächlich die Beine rasiert und als Zugabe auch noch das goldene Dreieck, wie Hagen es gerne nannte, kürzer getrimmt. Weil Hagen es nicht mochte, wenn er Haare auf der Zunge spürte.

Sie lächelte sich im Badezimmerspiegel an. Dabei fiel ihr ein, wie sie Hagen vor einem guten halben Jahr kennengelernt hatte. Sie war an diesem Abend zusammen mit einer Bekannten, die sie nicht besonders gut leiden konnte, in einer dieser modernen Theaterinszenierungen in einem kleinen Hinterhofsaal in Schwabing gewesen. »Art of Fun« hatte das Stück geheißen, und sie fand es fürchterlich. Ein Dutzend junge, gut aussehende Schauspielerinnen und Schauspieler, davon sicherlich die Hälfte der Jungs schwul und ein paar von den Mädels zartbitter bis heftig lesbisch, gingen fast nackt, mit ein paar durchsichtigen Walla-Walla-Lappen um die Hüften, über die Bühne und schrien sich an: »Fick dich.« Oder: »Nein heißt nicht immer nein«, »Ja heißt nicht immer ja«, »Das Problem sind nicht die Jungen, die alt werden, es sind die Alten, die jung bleiben«, »Sex ist der Kaviar des Proletariats« und lauter solches Zeug. Heide konnte keinen Zusammenhang erkennen und langweilte sich tödlich.

Ihre Bekannte hingegen stieß verzückte Schreie aus und feuerte die Schauspieler auf der Bühne mit Zwischenrufen an. Das taten übrigens mehrere Personen im Publikum, was sie sehr befremdlich fand.

Nach dem Stück saßen sie noch um die Ecke im »Café Reitschule« bei einem Cuba Libre. Einer der Schauspieler aus dem

Stück von vorhin kam an die Bar, fasste ihrer Bekannten von hinten an die Brüste und küsste übertrieben ihren Nacken. Dann schaute er sie beide an und meinte: »Na, ihr Grazien, Lust auf ein Sandwich? Ich nehm euch alle beide mit.«

Heides Bekannte, eine teuer zurechtgespritzte Mittvierzigerin, fasste dem jungen Kerl zwischen die Beine und kreischte durch die basslastige, synthetische Latin-Techno-Musik: »Mit deinem Löffel kriegst du aber keine zwei Teller leer, Pancho.« Sie lachten, ihre Bekannte küsste sie auf die Wange, und weg waren die beiden.

Heide trank ihren Cuba Libre, winkte dem Barmann und rief durch den lauten Drum- und Hi-Hat-Beat: »Mach mal einen Doppelten, ja?«

Da trat er in ihr Leben: der schöne Hagen. Weißes, sehr weit geschnittenes, hauchdünnes Leinenhemd mit Puffärmeln. Dazu weiße weite Leinenhose, rote Gucci-Slipper und eine breite goldene Kette über der männlich behaarten Brust.

Er schnippte mit Daumen und Mittelfinger, beugte sich über ihre Schulter und sagte: »Hey, Mann, mach zwei. Die und die von vorher gehen auf meinen Deckel.« Und zu ihr: »Ich bin oft hier, aber eine Göttin wie du ist hier völlig fehl am Platz.«

Dabei starrte er lächelnd in ihren Ausschnitt.

Unverschämter Hund, dachte sie, aber sie zwang sich ein Lächeln ab und meinte: »Na so was, wo gehöre ich denn Ihrer Meinung nach hin?«

Er machte eine Kopfbewegung zur Seite: »Raus, nebenan, ins Restaurant, wo die Sterne Sie um Ihre Schönheit beneiden dürfen. Und nebenbei gibt es da draußen die besten Calamares, direkt vom Grill. Mögen Sie Calamares, oder dürfen Göttinnen während ihrer Erdbesuche nichts essen?«

Während sie ihm zuhörte, ließ sie gedankenverloren den Daumen über ihren Ehering gleiten und verglich Sieli mit dem langhaarigen Schönen neben ihr. Sie wollte zwar spätestens bis Mitternacht wieder in Rottach-Egern sein, aber sie würde ihm später irgendwas auf seinen AB sprechen, so in der Art: Schatz, jetzt hab ich doch glatt ein bisschen zu viel getrunken, und die

Simone ist mit einem von den Schauspielern abgehauen, ich nehme mir ein Zimmer. Bussi. Mach dir keine Sorgen.

Seine Stimme an ihrem Ohr riss sie aus ihren Gedanken. »Hallo, ist da noch jemand in dem wunderschönen Körper? Ich bin der Hagen, und ich liebe dich.« Er küsste ihr Ohrläppchen und flüsterte: »Du glaubst doch an Liebe auf den ersten Blick, oder soll ich weggehen und in einer Minute wiederkommen?«

Dabei schob er sie sanft vom Hocker, nahm sie an der Schulter und führte sie nach draußen. Mit der Hand über dem Kopf bedeutete er dem Barmann, die Drinks nach draußen ins griechische Restaurant zu bringen.

Sie tranken herrlich trockenen griechischen Weißwein, aßen die gegrillten Calamares mit den Fingern von den großen, runden Tellern und schauten hin und wieder zu den Sternen auf, die man zwischen den Weinranken der Pergola sehen konnte.

Sie plauderte drauflos, und er hörte zu, unterbrach sie manchmal vorsichtig, um nachzufragen, und sie war berauscht von dem gut aussehenden, großen Mann mit den dunklen Augen. Kein Gockelgehabe, keine Machosprüche, keine Geschäftsgeschichten wie: »Ach, weißt du, ohne mich würde der Laden den Bach runtergehen. Ich bin der, der die meiste Kohle einfährt«, und so weiter. Er hatte auch keine zwei iPhones samt Ferrari-Schlüssel wichtig neben dem Teller liegen, und außer der schönen, gedrehten Goldkette trug er keinen Schmuck und auch keine Uhr.

Gegen Mitternacht unterschrieb er für alles, legte einen Fünfziger auf den Tisch und reichte ihr wortlos die Hand. Er ließ sie auch die hundert Meter, die sie zu seinem offenen roten Porsche schlenderten, nicht mehr los, öffnete ihr die Tür, wartete, bis sie gut saß, und schloss sie dann vorsichtig.

Während der Fahrt hörten sie Eros Ramazzotti, und Hagens Hand lag auf ihrem Schenkel. Ziemlich weit oben, aber das gefiel ihr irgendwie.

Sie fuhren raus nach Grünwald, der laue Wind zerzauste ihre und seine Haare, und als sie oben in seinem Penthouse waren, lehnte er sie an die Wand im Flur, küsste sie, bis sie völlig außer Atem war, und sagte: »Möchtest du noch was trinken, Göttin?«

Und sie hauchte: »Ja. Aber das machen wir nachher.«

Er lachte, nahm sie hoch und trug sie ins Schlafzimmer.

Mit dem Ellenbogen drückte er den Lichtschalter, und das Zimmer wurde in ein gedimmtes, blaurötliches und sanftes Licht getaucht.

Das Bett war frisch gemacht, die schwarze Satin- oder Seidenwäsche fühlte sich gut an.

Sie lag auf dem Rücken.

Er zog sein dünnes weißes Leinenhemd aus, rollte es locker zusammen und verband ihr mit dem Strang vorsichtig die Augen. Das Hemd strömte einen Hauch von »Creed Aventus« aus, und die Kopfnote von Schwarzer Johannisbeere und herbem Apfel vermischte sich mit der Atemluft, die sie durch die Nase einsog.

Hagen entkleidete sie langsam und zärtlich, wie ein Kind, das ein lange gewünschtes, aber sehr zerbrechliches Geschenk auspackte.

Sie liebten sich auf der schwarzen Bettwäsche, das Hemd über ihren Augen verrutschte, und Heide beobachtete sie beide fasziniert in dem riesigen Spiegel über sich an der Decke.

Das mit dem Geld kam drei oder vier Wochen später. Sie bemerkte nach ein paar Treffen natürlich auch, dass sie nicht die Einzige war, die er beglückte, aber das störte sie beides nicht. Erst bat er sie um ein kleines Darlehen, wie er sich ausdrückte, nur ein paar tausend Euro, vorübergehend, du weißt schon: Das Studio läuft im Moment nicht so, der Porsche hat schon wieder was am Motor, im Penthouse wird was repariert, einer der Multi-Trainer braucht ein Tausende Euro teures Ersatzteil und so weiter. Irgendwas erwischte ihn immer kalt, und sie war seine einzige Rettung, wie er betonte.

Dann spielte es sich langsam ein, dass sie ihm bei ihren Hoteltreffen Umschläge in die Brusttasche seines Hemdes schob, wenn er gerade im Bad war. Mal tausend, mal zwei- oder dreitausend, auch fünftausend das eine oder andere Mal. Das alles geschah ohne Worte, ohne Bitte und Danke.

Er war ein Gauner, okay, aber er war ihr Gauner.

Und so reifte der Plan in ihr, ihren verhassten Gatten mal ein bisschen zu rupfen. Nicht viel, ein paar Millionen, das würde schon reichen, um mit Hagen zu verschwinden. An einen Ort, wo sie ihn für sich ganz alleine hatte.

Heide seufzte. Das war ja nun etwas aus dem Ruder gelaufen. Aber es war nicht unbedingt Hagens Schuld, nicht wahr? Und deswegen wollte sie ihn erst mal aus der Schusslinie nehmen.

Sie trank von dem koffeinfreien Soja-Latte, verzog den Mund und wählte Koppecks Nummer.

Nach dem dritten Signalton hörte sie eine weiche männliche Stimme. »Ja?«

Heide war etwas irritiert, denn die Stimme, die sie sich von Koppeck in ihren Phantasien vorgestellt hatte, klang so ganz anders. »Herr Koppeck? Hallo? Sind Sie das?«

Nach einer kurzen Pause sagte er: »Woher haben Sie diese Nummer? Wer sind Sie?«

Das klang schon nicht mehr so weich.

Sie holte tief Luft und erwiderte: »Mein Name ist Heide Sielmann, ich bin die Frau von Oberstaatsanwalt Dr. Sielmann. Ich möchte Ihnen mein Beileid –«

Aber Koppeck unterbrach sie barsch. »Er würde Ihnen nie diese Nummer geben. Ich will ihn sofort sprechen. Geben Sie ihn mir!«

»Er ist nicht hier. Und Ihre Nummer hat er mir nicht gegeben. Ich habe sie aus seinem Diensthandy kopiert. Er weiß nicht, dass ich mit Ihnen rede.«

»Was zum Teufel wollen Sie von mir?«

Na ja, ein Gentleman war er schon mal keiner, der Aussprache nach. Wieder musste sie das Bild, das sie sich von ihm gemacht hatte, etwas korrigieren. Andererseits mochte sie Männer, die sich wie Männer ausdrücken konnten.

»Es geht um meinen Mann, Herr Koppeck. Ich weiß, dass

er Ihnen nicht die Wahrheit gesagt hat. Er hat Sie wissentlich belogen und für seine Zwecke benutzt, und das tut mir sehr weh.« Heide versuchte, einen spontanen Schluchzer zu produzieren, der klang aber nicht mal in ihren eigenen Ohren überzeugend, also sprach sie schnell weiter: »Es handelt sich um meine Freundin Inge, Ihre Ex-Frau.«

Sie lauschte angestrengt, konnte aber außer seinem gleichmäßigen Atem nichts hören.

»Was wollen Sie mir sagen?«

»Das geht am Telefon nicht. Außerdem kommt mein Mann bestimmt bald zurück. Ich muss Sie treffen. Können wir uns sehen? Ich habe Beweise, für … Oh, es ist ja so schlimm …«

Sie unterbrach sich, in der Hoffnung, ihn aus der Reserve locken zu können. Aber Koppeck sagte nichts. Nicht nur das, der Kerl atmete nicht einmal schneller. Heide war sich ihrer Sache plötzlich nicht mehr so sicher, gab sich aber einen Ruck und sprach weiter: »Er ist nicht das, was alle von ihm glauben. Er ist böse. Er ist ein Monster, das Menschen wie Sie für seine Zwecke missbraucht. Ich kann es beweisen. Das und noch viel mehr.«

»Warum?« Es war nur dieses eine Wort, das er sagte, aber so, wie er es aussprach, drang es wie eisige Luft an ihr Ohr, und es sprudelte aus ihr heraus: »Inge war meine Freundin. Meine einzige Freundin. Ja, sie war bei uns angestellt, aber für mich war sie mehr. Schauen Sie, ich hatte nie eine Schwester. Und in der Position meines Mannes hat eine Frau wie ich niemanden, dem sie vertrauen kann. Alles das war Inge für mich. Schwester, Vertraute und Freundin. Verstehen Sie das? Können Sie jetzt meinen Schmerz nachvollziehen?«

Der Schluchzer, den sie jetzt produzierte, klang in ihren Ohren sehr überzeugend. Und sie dachte, mein Gott, was muss ich dem Kerl denn noch alles erzählen, damit er anbeißt?

Sie schwieg schwer atmend, aber Koppeck blieb still, also sprach sie weiter: »Ich habe dafür gesorgt, dass sie besser bezahlt wurde. Wir haben uns viel erzählt, ich von mir und meinem Mann und sie von sich.«

»Was hat sie von sich erzählt?«

Shit. Sie hatte sich verplappert. Heide, wie kannst du so einen Mist bauen? Und jetzt? Du hast mit der Frau so gut wie nichts gesprochen. Warum auch? Mit einer verhärmten Frau, die die Toiletten, die Böden und Fenster putzte, gab es keine gemeinsamen Themen. Und die paar Klamotten, die Tasche und ab und zu mal ein Paar Schuhe, die du ihr geschenkt hast? Herrje, das hast du auch nur getan, weil du eines Tages bemerkt hast, dass sie die großen blauen Plastiksäcke, die sie an einer Wertstoffinsel entsorgen sollte, durchsah und für sich Schuhe und einen Mantel entnahm. Reiß dich zusammen, Heide, erzähl dem Kerl jetzt was Glaubhaftes.

Sie biss sich auf die Lippen, holte tief Luft und sagte: »Jetzt, wo Sie es ansprechen, fällt mir was Eigenartiges ein. Sie hat eigentlich nie von Ihnen gesprochen, sie …«

Koppeck unterbrach sie barsch: »Was genau meinen Sie mit eigentlich?«

»Wie? Ja, äh, sie hat mir schon gesagt, dass sie mal verheiratet war. Aber sie sprach mit keinem Wort von Ihnen. Ich meine, ich wollte sagen, sie hat von Ihnen als ihrem Mann immer sehr liebevoll gesprochen, aber Ihren Namen hat sie nie erwähnt.«

»Woher wissen Sie dann, dass sie mich gemeint hat?«

Er hat angebissen, frohlockte sie und ballte die linke Hand zur Faust.

»Von meinem Mann. Und ich weiß auch, dass Sie für ihn oder andere Behörden Dinge gemacht haben, die, wie soll ich sagen, äh, nicht ganz koscher waren.«

»Welche Dinge?«

»Herrgott noch mal. Das weiß ich nicht. Das ist mir auch egal. Ich kann Ihnen sagen, wie das mit Ihrer Frau passiert ist. Und auch, warum.«

Jetzt musst du aufs Ganze gehen, dachte Heide, der Bursche ist nicht so wie andere Kerle. Setze einen Bluff. Genau wie beim Pokern. Sie nahm ihren restlichen Mut zusammen und sagte in harschem Tonfall: »Wissen Sie was? Ich bin mir jetzt nicht mehr sicher, ob das eine gute Idee war, Sie anzurufen. Also, was ist jetzt? Wollen Sie mich treffen oder nicht?«

Sie hielt die Luft an und kniff die Augen zusammen.

Nach einer Weile, die ihr aber wie eine Ewigkeit vorkam, sagte Koppeck: »Gut. Wie lange erreiche ich Sie unter dieser Nummer?«

Bingo. Heide ging leicht in die Knie, streckte die linke Faust zum Himmel und erwiderte: »Immer. Ich habe mein Handy immer dabei.«

Ohne ein weiteres Wort unterbrach Koppeck die Verbindung, und Heide legte ihr Smartphone zufrieden lächelnd und so vorsichtig auf den Tisch, als wäre es aus dünn geschliffenem Kristall.

28

Donnerstag, 9. Juni, 9:12 Uhr

Oberstaatsanwalt Dr. Sielmann saß in seinem geräumigen Büro im fünften Stock der Staatsanwaltschaft 1 in München. Er legte seine Füße auf den großen braunen Schreibtisch mit der narbigen Lederplatte und starrte die Zimmerdecke an. Bald ging es mit ihm nach oben. Nicht nur mit seiner Karriere, sondern auch physisch. Ein Stockwerk nach oben, in den sechsten.

Von ganz oben, dem siebten Stock, hatte man einen spektakulären Blick über die Stadt. Aber auch die Aussicht vom sechsten Stock war nicht zu verachten.

Wer oben ist, kann runterschauen, das war schon immer so.

In seinem Fall würde er runterschauen auf seine neidischen Kollegen. Und er stellte sich vor, wie er als deren Vorgesetzter Rache für den einen oder anderen Seitenhieb nehmen könnte. All die blöden Sprüche, von denen diese Idioten dachten, er würde sie nicht mitbekommen. Ich vergesse nichts, dachte er. In meinem Kopf befindet sich eine Liste. Da stehen einige von euch Schleimscheißern drauf.

Sielmann fasste sich an die Brust. Die Stiche in der Herzgegend kamen in letzter Zeit öfters. Ob das an seiner Trinkerei lag? Wohl eher kaum. Sein Arzt meinte dazu erst neulich, es könnte viel gefährlicher sein, wenn einer wie er plötzlich von jetzt auf gleich zu trinken aufhören würde. Und außerdem: Alkohol in Maßen, also ein paar Drinks hier und da, waren eher durchblutungsfördernd. Richtig besoffen konnte man nur von sich selber werden, und auch das nur, wenn man ein gottverdammtes Genie war. Ich will ja nicht unbedingt von mir behaupten, dass ich so ein Genie wäre, dachte sich Sielmann selbstgefällig, aber ich komme der Jobbeschreibung schon ziemlich nahe. Na ja, in letzter Zeit passierten halt viele unangenehme, stressige Dinge auf einmal. So was steckt keiner so leicht weg.

Probleme, also richtig große Probleme sah er nicht. Noch nicht.

Heide musste weg. Schon klar. Aber er hatte da schon so einen Gedanken, der ihm sehr gefiel: Ich hetze den Koppeck auf Heide. Der dreht ihr dann schneller den Kragen um, als eine Gans schnattern kann. Dazu muss mir aber noch eine gute Story einfallen, dachte er. Denn der Koppeck ist auch nicht blöd. Andererseits ist so ein abgehalfterter Profikiller auch kein Herzchirurg oder Quantenphysiker. Einem wie dem war er intellektuell sogar noch im Tiefschlaf überlegen.

Und die Sache mit dem Clan aus Berlin? Was soll's, Berlin ist weit, dachte er. Wir sind hier in München. Meine Stadt. Hier bin ich der Sheriff und unantastbar. Gut, sie hatten zwei der besten Münchner Kanzleien, die ihre Interessen vertraten, und die Topanwälte dort wussten natürlich, woher die vielen Investormillionen stammten. Aber hey, dafür kassierten diese Scheißer, allen voran der aalglatte Fahrisi, um die tausend Euro pro Stunde, Spesen extra. Und kein Münchner Anwalt, mochte er auch noch so prominent sein, legte sich mit einem Oberstaatsanwalt an. Noch dazu mit einem, von dem es die Spatzen von den Dächern pfiffen, dass er bald, sehr bald sogar, der nächste Generalstaatsanwalt und eines Tages vielleicht sogar der Generalbundesanwalt sein würde. Darauf sollte man doch einen kleinen Schluck nehmen, oder?

Natürlich sah sich Sielmann selbst nicht als Trinker. Als sich aber zu den Brustschmerzen auch noch ein leichter Kopfschmerz hinter dem linken Ohr bemerkbar machte, zog er die Schublade auf, entnahm ihr einen Robbe-&-Berking-Flachmann aus massivem 925er-Sterlingsilber, schraubte ihn auf und trank direkt aus dem Flaschenhals einen kräftigen Zug. Der Cognac von Pierre de Segonzac verwöhnte seinen Gaumen mit Facetten von Walnüssen, ledrigen Noten, Bourbonvanille und Früchtekuchen.

Krank wirst du nur von dem billigen Zeug, dachte sich

Sielmann, und er spürte, wie sich der Kopfschmerz verzog, und auch die Stiche in der Brust lösten sich in Wohlgefallen auf. Zur Sicherheit nahm er noch einen Schluck, schraubte den Silbermann wieder zu und verstaute ihn in der Schublade.

Dann drückte er auf einen der vielen Knöpfe auf seiner Telefonanlage. »Die sollen jetzt reinkommen. Bringen Sie bitte Kaffee? Danke.«

Zwei seiner »Musketiere« betraten den Raum und blieben an der Tür stehen, bis ihnen Sielmann jovial zuwinkte. »Immer herein, Herrschaften. Setzen Sie sich, los doch.«

Die beiden schlanken Männer um die vierzig, von denen einer schon viele graue Haare und der andere eine Vollglatze hatte, gingen im Gleichschritt und in devoter Körperhaltung über den riesigen Orientteppich, den Sielmann aus seiner Villa hatte herschaffen lassen, und setzten sich vorsichtig in die beiden Besucherstühle.

Diese waren, ein alter Trick, natürlich um die zehn Zentimeter niedriger als Sielmanns Stuhl.

Du musst auf deine Mitarbeiter herabblicken, das war schon immer sein Motto gewesen. Und das tat er. Mit Gönnermiene schaute er die beiden an. Erst fixierte er Silberrücken, dann den Glatzenmann.

Sielmann lehnte sich zurück, seufzte tief und machte in Brusthöhe die Merkel-Raute. »Wie läuft es mit den beiden toten Junkies? Gab's noch Probleme mit dem Observierungsteam wegen dem Zahlendreher bei der Hausnummer?«

Glatze beugte sich etwas vor. »Das übliche Gemeckere, Herr Dr. Sielmann. Ich habe auf den Dispatcher vom Kriminaldauerdienst verwiesen, sollen die sich mit dem rumstreiten.«

Sielmann schaute zu Silberrücken. »Sehr gut. Ermittlungsstand?«

»Äh, ja, Chef, dazu haben wir den Bericht bekommen. Keine verwertbaren Spuren am Tatort, wie zu erwarten war. Die Tür zur Wohnung wurde ohne Gewalteinwirkung geöffnet. Will heißen, einer der beiden hat aufgemacht. Im Wohnzimmer hat jemand saubere Arbeit geleistet. Zeugen: keine.

Weder die Nachbarn noch sonst jemand hat was mitgekriegt. Mordwaffe: Kaliber .22, wahrscheinlich eine Waffe mit Schall-dämpfer. Pistole oder Revolver wissen wir nicht, weil keine Patronenhülsen zu finden waren. Die Autopsie ist noch nicht beendet, aber so viel ist sicher: Beide Männer standen zum Todeszeitpunkt unter Drogeneinfluss. Möchten Sie die Akte?«

Sielmann winkte ab. »Passt, danke, Sie machen das schon. Bald sind wir da oben«, Sielmann zeigte zur Decke, »dann wird das Leben auch für Sie beide angenehmer, das verspreche ich Ihnen.«

Der Glatzenmann fuhr sich unbehaglich mit dem Zeigefin-ger in den Hemdkragen und kratzte sich am Hals. »Herr Dok-tor, ich weiß nicht, wie ich Ihnen das sagen soll, aber ...«

Er verstummte, schaute Sielmann mit seinen blauen Hunde-augen an, und der drosch mit der Hand auf die Lederplatte, dass die beiden in ihren Stühlen zusammenzuckten.

»Herrgott noch mal, lassen Sie sich nicht alles aus der Nase ziehen, Mann.«

Der Silberrücken räusperte sich und begann mit leiser Stimme: »Was der Kollege sagen will, wir spielen mit einem von den Internen jeden Mittwoch Bowling, wissen Sie ...«

Sielmann spürte, wie der Zorn in ihm hochkroch, langsam wie ein Koalabär, der träge, aber stetig an seinem Lieblings-baum hinaufkletterte. »Nein, das weiß ich nicht. Und das in-teressiert mich einen Scheiß. Kommen Sie zur Sache, Mann! Was ist denn heute bloß wieder los in diesem Zoo?«

Silberrücken war es sichtlich unangenehm. »Es ist nur ein Gerücht. Buschtrommeln, Flurfunk. Aber wir glauben, dass die Internen hinter Ihnen her sind. Schon eine ganze Weile. Und irgendwas haben die über Sie gefunden. Der Kollege hat nichts Konkretes gesagt, aber an dem Abend war er ziemlich hacke und wollte uns gegenüber angeben, denke ich.«

»Denken Sie? Seit wann machen Sie denn so was? Über-lassen Sie das Denken mal den Pferden. Die haben größere Köpfe.«

Die Wut war auf einen Schlag weg, und plötzlich fühlte sich

Sielmann stocknüchtern. In seinem Unterleib verspürte er ein eisiges Kribbeln, das sich schnell bis zur Brust hochzog. Was zum Teufel hatten die internen Ermittler aus dem Dezernat 13 mit ihm zu tun? Was konnten die wissen?

Wen kenne ich in der Maillingerstraße 15? Niemanden, der mir was verrät. Und erst vor ein paar Monaten haben die eine neue Truppe dort etabliert, und die untersteht direkt dem verdammten Innenminister. Na ja, fast direkt. Über der neuen Truppe, sechs Mann, die man extra aus Nürnberg nach München geholt hatte, damit es von vornherein kein Gefilze und Gemauschel mit den hiesigen Internen gab, stand die LKA-Vizechefin.

Mit der verband Sielmann eine tiefe gegenseitige Abneigung. Man ignorierte sich, wann immer es ging, auf höchstem Niveau.

»Entschuldigen Sie. Mir geht's heute nicht so gut. Also, was genau hat der Kollege aus der Maillingerstraße Ihnen beiden erzählt?«

Silberrücken blickte verlegen Glatzkopf an, der atmete tief ein und sagte: »Herr Doktor, kann es sein, dass Sie mit den Investoren zu tun haben, die das Megagrundstück von der Deutschen Bahn kaufen wollen? Das in der Nähe des Hauptbahnhofes?«

»Was?« Sielmann zwang sich ein polterndes Lachen ab, obwohl die Eisschicht in seiner Brust dicker und kälter wurde. »Was reden Sie da für einen Blödsinn, Mann? Ich und bestechlich? Da lachen ja die Hühner. Der Kollege muss wirklich schweinemäßig besoffen gewesen sein, und Sie auch, vermute ich.«

Glatzkopf öffnete den Mund, aber in diesem Moment kam Sielmanns Vorzimmerdrachen mit dem Hinterteil zuerst durch die Tür. Sie balancierte ein großes silbernes Tablett. Nach einem weiteren Rückwärtsschritt drehte sie sich um und trat mit einem Lächeln zum Schreibtisch, wo sie das Tablett mit den Tassen, der Kaffeekanne, Milch und Zucker sowie Wasser still für Sielmann vorsichtig abstellte. »Entschuldigen Sie, dass es ein bisschen gedauert hat, Herr Dr. Sielmann, aber die neue Praktikantin ist zu dusselig, um die Kaffeemaschine zu bedienen. Sogar das kriegt sie nicht hin. Diese jungen Leute heutzutage.«

Sielmann lächelte jovial. »Alles in bester Ordnung, Maria. Was würde ich nur tun, wenn ich Sie nicht hätte? Was macht Ihr Sohn?«

»Der ist seit einer Woche bei der Firma, die Sie uns empfohlen haben, Herr Doktor. Noch mal vielen Dank für Ihren Anruf. Alles andere ging dann wie geschmiert.«

Natürlich ging das wie geschmiert, was hast du denn geglaubt, du dumme Kuh, dachte Sielmann. Nur so läuft das. Du willst was? Dann musst du jemandem was geben, das der will. Und du bekommst im Gegenzug das, was du willst. Das funktioniert immer. Ob im Kleinen oder in der großen Politik. So was kapiert ihr Kleinhirne aber nicht. Deswegen bleibt ihr immer das, was ihr seid, esst immer das, was ihr esst, und lebt euer bescheidenes Leben, wie ihr es immer lebt.

Sielmann zog scharf Luft durch die Nase ein und beglückwünschte sich zu der Entscheidung, heute früh noch eine Line Koks gezogen zu haben. Tja, Leute, mein Gehirn ist klar und arbeitet doppelt so schnell wie eures. Ich bin euch um Welten voraus. Und keiner von euch Kleindenkern kann mir das Wasser reichen.

Er lächelte gezwungen. »Na, na, das war doch selbstverständlich. Rufen Sie mir bitte den Dr. Schlichting, sagen Sie ihm, es ist eilig, ja?«

»Natürlich, Herr Dr. Sielmann. Brauchen Sie noch was?«

»Nein, nein, machen Sie weiter.« Und zu den beiden in den Besucherstühlen: »Wen hat Schlichting drüben im Hotel getroffen?«

Silberrücken fischte sein Handy aus der abgetragenen grauen Cordsamtjacke und tippte darauf herum. Dann erhob er sich und reichte Sielmann das Smartphone über den Tisch. »Da haben Sie ihn, Herr Doktor. Sein Name ist –«

Sielmann unterbrach ihn barsch: »Danke. Setzen. Ich weiß,

wer das ist. Tja, meine Herren, so geht das. Immer einen Schritt vorausdenken. Wir sind fertig, Sie können gehen. Guten Tag.« Er fischte die Unterschriftenmappe aus einer Schublade des Schreibtisches und schlug sie auf, ohne die beiden Männer noch eines Blickes zu würdigen.

Vier Minuten später klingelte sein Telefon, und die Sekretärin meldete Dr. Schlichting.

»Soll reinkommen.«

Dr. Schlichting betrat den Raum, und Sielmann winkte ihn zum Schreibtisch.

»Immer herein, setzen Sie sich, Schlichting. Was gibt's Neues?«

»Sie haben mich rufen lassen, Herr Dr. Sielmann. Was kann ich für Sie tun?«

Falsche Ratte. Du denkst, ich durchschaue dich nicht, was? Dabei habe ich dir gleich am ersten Tag in deiner Stellung als mein OK-Koordinator die Geschichte von den zwei Wölfen erzählt. Aber du scheinst schnell zu vergessen, du kleine linke Socke.

»Ihnen laufen zwei junge Wölfe zu«, hab ich gesagt. »Welcher von den beiden wird Ihnen ein Leben lang folgen?« Erinnerst du dich? Du hast mich angesehen wie ein Lammbock, und ich habe gesagt: »Der, den Sie füttern. Seien Sie mein Wolf, und ich werde Sie mit gesellschaftlichem Aufstieg, Macht und Geld füttern.« Aber du hast es verkackt. Wie viele Silberlinge haben dir deine Freunde bei den Internen versprochen, dass du mich verrätst, hm?

Sielmann war so in seinen Gedanken versunken, dass er erschrocken hochfuhr, als Schlichting sagte: »Herr Dr. Sielmann? Ist alles in Ordnung mit Ihnen?«

»Wie? Äh, ja, natürlich. Kommen wir also gleich zur Sache: Mit wem haben Sie sich gestern nebenan im Hotel getroffen?«

»Mit einem Bekannten meines Vaters.«

»Und dieser Bekannte, heißt der zufälligerweise Albin Stocker?«

»Ja, warum?«

»Ich stelle hier die Fragen, Schlichting, ich. Worum ging es bei dem Gespräch?«

»Das war privat.«

Sielmann lachte höhnisch auf. »Privat, was? Sie sind ein verdammt schlechter Lügner, mein lieber Schlichting. Ich kann Ihre Lüge förmlich riechen. Kennen Sie den Hautgout einer miesen Lüge? Nein? Es ist ein Geruch wie von einer abgestandenen alten Speise. Oder von Fleisch, das schlecht geworden ist. Aber schon Ihr Vater war ein Lügner und Querulant, einer, der sich alle Wahrheiten zurechtgebogen hat. Und der geglaubt hat, es wären noch längst nicht alle Tabus, die es in diesem Hause gibt, entjungfert worden. So war er, Gott habe ihn selig.«

»Mein Vater lebt und erfreut sich bester Gesundheit.«

»Ach ja? Für mich ist er schon lange tot. Rauchen Sie?«

»Ja.«

Sielmann klatschte erfreut in die Hände. »Sehen Sie? Noch ein Laster, das ich bei Ihnen bestens aufgehoben weiß. Also, Klartext: Was wollte Albin Stocker von Ihnen, und was haben Sie ihm erzählt?«

Schlichting lehnte sich zurück, verschränkte die Arme vor der Brust und sagte: »Nichts, was für Sie von Interesse wäre.«

»Ach ja? Und das haben Sie zu beurteilen? Wissen Sie was? Ich hätte gute Lust, Sie hier und jetzt zu suspendieren. Wie gefällt Ihnen das?«

»Tun Sie, was Sie für richtig halten, Herr Dr. Sielmann.«

Sielmann fixierte sein Gegenüber misstrauisch. Warum war der Mistkerl so selbstsicher? Was hatte er in der Hinterhand? Vielleicht schon einen Deal mit den Scheißern von den Internen? Wenn, dann musste das was mit der neuen, super abgeschirmten Soko zu tun haben. Dann wollen wir die Daumenschrauben mal anziehen, dachte Sielmann.

»Nun gut, Sie wollen es nicht anders. Frage zwei: Wissen Sie, dass die Internen gegen mich ermitteln? Wenn ja, warum haben Sie mir das nicht mitgeteilt?«

Schlichting beugte sich vor. »Weil man es mir untersagt hat. Sie kennen doch die Spielregeln, verehrter Herr Dr. Sielmann.«

So, das reicht. Ich bin hier immer noch der Oberstaatsanwalt. Also blaffte er: »In welchem Ton erlauben Sie sich überhaupt, mit mir zu sprechen, Mann? Stehen Sie auf. Sofort.«

Schlichting blieb sitzen. »Warum? Ich bin suspendiert. Und was Sie anbelangt, Herr Oberstaatsanwalt, bitte ich Sie, sich zu mäßigen.«

Da musst du anders rangehen, Sielmann. Den Kerl einlullen. Gib eine Schwäche zu. Gib ihm das Gefühl, dass du ihn brauchst. So in der Art von »Nur Sie können mir helfen«.

Sielmann stützte den Kopf in beide Hände und sagte leise: »Entschuldigen Sie, Dr. Schlichting. Seit nicht mal zwei Tagen ist mein Leben wie auf den Kopf gestellt. Das Drama bei mir zu Hause, Sie wissen schon, dann der ganze Stress hier. Ich fühle mich psychisch und physisch krank. Bitte streichen wir das komplette geführte Gespräch. Machen wir einen Neuanfang. Ich frage Sie jetzt nicht als Vorgesetzter, sondern als Mensch: Habe ich von der internen Ermittlung, besonders von der neuen Soko, Sie wissen schon, der Nürnberger Truppe, was zu befürchten? Geben Sie mir wenigstens einen Tipp, wenn dem so ist. Ich bitte Sie.«

Durch seine Finger linste er zu Schlichting rüber und sah, wie es im Gesicht des jungen Mannes arbeitete. Sah, wie er tief ein- und ausatmete, kurz die Augen schloss, und hörte, wie er sagte: »Nach allem, was ich so mitbekommen habe, sind die an dem Deal mit dem riesigen Einkaufscenter dran. Sie wissen schon, das Filetgrundstück der Bahn in der Nähe des Hauptbahnhofes. Und die Berliner Investorengruppe, gegen die Sie ermitteln? Laut Flurfunk denkt man, dass Sie vielleicht Ihre Ermittlungen … wie soll ich das jetzt sagen? Zu lasch führen? Vielleicht, aber das weiß ich nicht, überprüft man, ob Sie in irgendeiner Weise involviert sind. Die tappen weitgehend im Dunkeln. Ich persönlich glaube ja nicht, dass an dem Ganzen was dran ist. Sie und bestechlich? Wir beide hatten nie das allerbeste Verhältnis zueinander, Herr Dr. Sielmann. Aber Sie und korrupt? Also nein.« Schlichting hob abwehrend die Hände und schaute seinen Vorgesetzten mit ausdrucksloser Miene an.

Dr. Sielmann zuckte zusammen. Er merkte, wie die euphorischen Gefühle in seinem Kopf einer unbestimmten Panik wichen. Der Kopfschmerz kam zurück und schien in Stiefeln aus Eis durch seine Ganglien zu marschieren. Hinter sich zog der Schmerz einen Sack mit Selbstzweifeln durch das limbische System und hinterließ eine Spur aus Trauer, Angst und Wut.

Ich muss was trinken, den Kerl schnell loswerden und in Ruhe überlegen.

Plötzlich kam ihm ein Gedanke, und ohne zu überlegen, sprach er ihn aus: »Mein lieber Schlichting, ich bin nun mal keine Biene, die süßen Honig produziert. Aber ich schätze Sie als einen meiner besten Männer. Und jetzt ist es so weit, dass ich Ihnen endlich erzählen kann, um was es geht. Natürlich bin ich an der Berliner Gruppe dran, das wissen Sie ja. Aber ich konnte denen nichts nachweisen. Also bin ich so weit gegangen, dass ich mich auf deren Niveau begeben habe. Mein Berlinbesuch im letzten Jahr? Der Kongress? Da habe ich mich bewusst angeboten, habe den Spielsüchtigen markiert, um mit den Clanbossen ins Gespräch zu kommen. Ich habe in einem von ihren illegalen Zockerclubs um viel Geld gespielt und absichtlich eine halbe Million verloren.«

Schlichting beugte sich vor und machte ein verblüfftes Gesicht, und Sielmanns Euphorie kehrte zurück. Hab ich dich, du kleiner Mistkäfer. Du gehst mir genauso ins Netz wie alle anderen auch. Weil ich einfach zu intelligent für euch alle bin.

Sielmann setzte ein geheimnisvolles Lächeln auf und deutete auf Schlichting. »Sie wissen, was kommt. Weil Sie clever sind. Ja, ich habe mich hoch verschuldet und um einen Zahlungsaufschub und Diskretion gebeten. An meinem Geld war man aber nicht interessiert, sondern an mir. Die wussten, wer ich war, und haben mir angeboten, bei dem Grundstücksdeal ihre Interessen zu wahren. Das heißt, die Ermittlungen zu blockieren. Die eine oder andere Nebelkerze zu werfen, Sie wissen schon. Das habe ich zum Schein natürlich getan. Das erste Schmutzgeld ist bereits geflossen. Das verwalten zwei prominente Münchner Anwaltskanzleien. Wenn die noblen Herren von der Deutschen Bahn erfahren würden, wo der Kaufpreis für das Grundstück herkommt, würde der Deal sofort platzen.«

Schlichting nickte, und Sielmann fuhr fort: »Aber seit gestern habe ich alle Beweise, die ich brauche, um die gesamte Bande auffliegen zu lassen. Das ist der Grund, warum ich Sie rufen ließ. Passen Sie auf, Mann, denn ich verhelfe Ihnen jetzt zu einem gewaltigen Karrieresprung: Gehen Sie zu dem Soko-Chef der Nürnberger. Erzählen Sie dem, was ich Ihnen gesagt habe. Sagen Sie, dass Sie seit geraumer Zeit in den Plan involviert waren. Sie, meine drei Musketiere und ich natürlich. Die Soko soll alle Ermittlungen in der Causa für einige Tage ruhen lassen. Dafür nehmen wir sie mit ins Boot, wenn die Bombe hochgeht. Sehen Sie, wie genial ich das eingefädelt habe? Wir können nun Ross und Reiter nennen. Und sogar wie die Pferdeäpfel riechen, wissen wir. Na, jetzt staunen Sie, was?«

Schlichting sagte: »Genial, Herr Doktor. Chapeau. Wie viel Zeit brauchen Sie noch?«

Sielmann wischte verächtlich über die lederne Schreibunterlage. »Zwei Tage. Maximal. Ich erwarte einen Anruf von einem der Anwälte, dass die nächste Tranche angekommen ist. Dann haben die Clanleute um die zehn Millionen Drecksgeld hier in München liegen. Das ist der Zeitpunkt, um zuzuschlagen. Gehen Sie jetzt zu den Nürnberger Würstchen rüber und erläutern Sie unseren Plan.«

»Warum informieren Sie nicht den Generalstaatsanwalt?«

Dr. Sielmann prustete los. »Mensch, Schlichting, denken Sie doch mal mit. Soll ich dem da oben in den letzten Zügen seiner Amtszeit noch Lorbeeren in den Arsch stecken? Ich werde der neue Generalstaatsanwalt. Und Sie steigen mit mir auf. Verstehen Sie denn immer noch nicht? Egal, ich habe vorhin mit dem Innenministerium gesprochen und mir meinen Plan absegnen lassen. Das bleibt aber unter uns, ja?«

Schlichting lächelte und sagte: »Ich weiß nicht, wie ich Ihnen danken soll, Herr Dr. Sielmann. Gut, dann gehe ich mal rüber. Die Nürnberger werden staunen. Brauchen Sie mich noch?«

Nicht mal deine Mutter hat dich gebraucht, du Kretin, dachte Sielmann, erwiderte jedoch: »Aber nein, mein Lieber. Gehen Sie und verkünden Sie die frohe Botschaft.«

Schlichting erhob sich, sagte »Amen« und verließ das Zimmer.

Dr. Hubert Sielmann fischte in der Schublade nach seinem Flachmann, nahm zwei kräftige Züge und drehte das silberne Kunstwerk auf den Kopf. Die Flachmänner hatten früher auch mehr Inhalt, dachte er und rieb sich unzufrieden die Stirn.

Dann drückte er den gelben Knopf auf seiner Telefonanlage und sagte zu seiner Sekretärin: »Maria, geben Sie mir den Dr. Fahrisi von der Anwaltskanzlei Fahrisi und Buckmann. Jetzt gleich. Es eilt. Danke.«

Sielmann lehnte sich in seinem Stuhl zurück und schloss die Augen. Manchmal muss man halt Opfer bringen, dachte er sich. Oder jemanden opfern. So steht das schon in der Bibel. Wo gehobelt wird, da fallen Späne. Das werden die Araber in Berlin sicher verstehen. Sie müssen es verstehen. Und wenn nicht? Die denken anders und leben anders, schon klar. Aber hier sind wir in Deutschland, da können die nicht einfach einen Mann wie mich bedrohen. Und wenn doch? Ha, sollen sie doch. Dann hole ich die Bazooka raus, um es in den Worten unseres Ex-Finanzministers zu sagen. Und außerdem …

Das Telefon riss ihn aus seinen Gedanken. »Ja? Was? Hören Sie, ich habe gesagt, es eilt. Was genau verstehen Sie an den beiden Wörtern ›Es eilt‹ nicht?«

Zornig stieß Sielmann die Luft aus, mäßigte seine Lautstärke und sagte: »Hören Sie. Rufen Sie noch mal an. Es ist mir egal, in welcher Besprechung der sitzt. Entweder er ruft mich sofort an, oder es wird ihm sehr leidtun. Was? Das können Sie von mir aus ruhig so weitergeben. Danke.«

Sielmann legte auf, trommelte mit den Fingern nervös auf die Schreibtischplatte und schaute alle zehn Sekunden auf seine Uhr.

Endlich summte sein Telefon. »Ja?«

»Fahrisi hier. Was ist bitte so dringend?«

Sielmann holte tief Luft, setzte sich gerade hin und schaltete auf seinen dienstlichen Tonfall. »Tja, mein Lieber, alea iacta est. Aber es hat sich soeben eine neue Gesamtpunktzahl ergeben. Allerdings zuungunsten Ihrer Mandantschaft.«

»Ich kann Ihnen nicht folgen ...«

»Dann sprechen wir Klartext. Ich kann das Vorhaben nicht weiter gutheißen, mir sind ab sofort die Hände gebunden. Durch eine Verkettung unglücklicher Umstände sind einige Vorgänge in besagter Sache offenkundig geworden, und ich muss von Amtes wegen jetzt das tun, was meiner Aufgabe als Oberstaatsanwalt entspricht, weil ich -«

Fahrisi unterbrach ihn unwirsch. »Hören Sie mit dem Dozieren auf. Ist das eine sichere Leitung? Wenn ja, reden Sie, Mann.«

»Die Leitung ist sicher, natürlich. Hören Sie, Fahrisi, ich bin raus. Und nicht nur das. Ich werde ab sofort meinen Wissensstand mit den zuständigen Leuten teilen müssen, da habe ich keine Wahl. Sagen Sie Ihren Mandanten, dass das Projekt abgebrochen werden muss. Sagen Sie ihnen auch, dass es mir leidtut, aber ich kann nicht anders. Sicherlich ergibt sich ein andermal eine Gelegenheit, um -«

Wieder fuhr Fahrisi dazwischen. »Hey, hallo, was reden Sie da? Sind Sie von Sinnen? Sie können nicht einfach die Seiten wechseln. Das geht nicht.«

»Und ob das geht. Und Sie, Sie werden mich nicht mehr unterbrechen, sondern tun, was ich Ihnen jetzt sage, wenn Sie hier in diesem Haus in guter Erinnerung bleiben wollen: Rufen Sie Ihre Bosse an. Sagen Sie ihnen, München ist ab sofort verbrannte Erde. Ich will weder von Ihnen noch von den Herren in Berlin weiter behelligt werden. Ist Ihnen das so weit klar?«

Fahrisi lachte bitter. »Jetzt sage ich Ihnen mal was. Meine

Mandantschaft hat bereits an die zehn Millionen in das Projekt investiert. Das wissen Sie genau. Wir sind zu weit fortgeschritten, um das jetzt aufzugeben.«

»Ach ja? Sind wir das? Glauben Sie im Ernst, dass die Deutsche Bahn die Filetgrundstücke an einen Berliner Clan verkauft? Ja? Mann, wir sind hier nicht im Libanon. Wachen Sie auf, Fahrisi. Es ist vorbei. Kümmern Sie sich lieber sofort um die Schadensbegrenzung.«

Der Mann am anderen Ende der Leitung schwieg. Sielmann hörte sein schweres Atmen und dachte sich, dem geht der Arsch auf Grundeis. Selber schuld. Wenn man mit dem Teufel isst, muss man einen langen Löffel haben. Und den habe ich.

Endlich sprach Fahrisi weiter. Leise und eindringlich. »Man wird das nicht so hinnehmen, glauben Sie mir. Das wird ernsthafte Konsequenzen haben. Für uns alle.«

»Für Sie vielleicht, mein Lieber, das hätten Sie sich eher überlegen müssen. Und für mich? Konsequenzen? Wie darf ich das verstehen? Drohen Sie mir etwa?«

Fahrisi seufzte. »Ist das Ihr endgültig letztes Wort, Herr Dr. Sielmann? Bitte bedenken Sie jetzt ganz genau, was Sie mir darauf antworten.«

»Da gibt es nichts mehr zu überlegen. Es ist, wie es ist. Kopf hoch, und meine Verehrung an Ihre charmante Gattin.«

Sielmann legte den Hörer sanft in die Halterung der Anlage und überlegte, wie er sich bei den Internen geben sollte. Zupackend, forsch, dem Recht und den Gesetzen ergeben. Ein Mann wie ein Eisbrecher, der durch die für unzerstörbar geltende Eiswüste des Verbrechens pflügt.

Das gefiel ihm, und er nickte selbstgefällig mit dem Kopf. So, dachte er, und jetzt machen wir für heute Schluss und genehmigen uns zu Hause eine oder zwei Lines und einen guten Whisky.

Wieder drückte er auf den gelben Knopf. »Mein Wagen soll vorfahren. Was? Jetzt gleich natürlich. Noch was: Stellen Sie keine Anrufe ins Auto durch. Für heute reicht's. Danke.«

29

Donnerstag, 9. Juni, 10:29 Uhr

Wenn du nach Bernau reinkommst, ist so ziemlich am Ortseingang das »Café Bäckerei Obermaier«. Sehr zu empfehlen sind die wunderbaren Brote und natürlich die Kuchen und Gebäckstücke.

Stocker hatte vor, den Koppeck zu besuchen. Überraschend, aber doch mit einem Mitbringsel, wie wir Bayern das gerne machen. Also schaute er sich in der Kuchenvitrine um, unschlüssig, was er nehmen sollte.

Eine der älteren Verkäuferinnen begrüßte ihn: »Ja, Albin, was hat dich denn wieder einmal auf diese Seeseite verschlagen? Wie geht's dir denn?«

»Grüß dich, Anni. Mir geht's gut, danke. Du schaust aber auch gut aus. Neue Frisur? Steht dir super.«

Die Anni strich sich geschmeichelt über die roten Haare. »Ja mei, man muss halt mit der Zeit gehen, sonst kann man mit der Zeit gehen. Was möchtest du denn?«

»Wenn ich das wüsste. Ich besuche jemanden, den ich aber nicht kenne.«

»In deinem Fall ist das bestimmt eine Frau, und da rate ich zu unserer Käsesahnetorte. Die hübschen Damen sagen zwar immer, nur nix mit Kalorien, aber wenn die Käsesahne mal auf dem Tisch steht, dann haut jede rein.«

Stocker lachte. »Nein, ich besuche einen Herrn, von dem ich so gut wie nichts weiß.«

»Einen von hier? Wen denn? Wo wohnt der denn?«

»Der wohnt in der Aschauer Straße und heißt Koppeck. Sagt dir das was?«

»Der süße Koppeck? Aber ja. So ein netter Mann. Der nimmt immer das Bergkasbrot, zwei Brezen und ein paar Tiramisu-Schnitten, die haben wir aber nicht jeden Tag. Deswegen nennen wir ihn den süßen Koppeck, weil er so verrückt nach Tiramisu ist.«

»Sind das die da drüben? Neben dem Zwetschgendatschi?«

Anni nickte.

»Dann pack mir bitte alle ein.«

»Das sind sechs Stücke. Bist du sicher?«

Stocker nickte.

Er balancierte das Papptablett, das mit weißem Obermaier-Papier umhüllt war, zu seinem Benz und legte es vorsichtig auf den Beifahrersitz. Dann fuhr er an Koppecks Haus vorbei, weiter bis zum Ortsende von Bernau, wendete, fuhr noch mal vorbei und parkte vor der Pizzeria »La Vela«, die um diese Zeit noch geschlossen war.

Auf der anderen Straßenseite, auf dem Martlschuster-Grundstück, verloren die ersten Bäume schon ihr Laub. Und das, obwohl es noch nicht mal Mitte Juni war. Aber der Mai war ungewöhnlich heiß und trocken verlaufen, sodass sich bei manchen Bäumen früh die Blätter aufrollten und abfielen.

Stocker lud sein Tiramisu-Schnitten-Tablett aus und schaute dabei über die Straße. Manche der Blätter, die auf dem kurzen Rasen lagen, waren karmesinrot, andere gelb, manche kastanienbraun. Einige tanzten in der leichten Brise dicht über dem Gras, so als wollten sie die, die noch an den Ästen hingen, auffordern, doch zum Spielen herunterzukommen.

Stocker ging langsam an den Häusern vorbei, bis er zu dem kleinen, etwas von der Straße zurückgesetzten, ebenerdigen alten Ziegelhaus kam, in dem Koppeck wohnte. Dass es das richtige Haus war, nahm er aus zwei Gründen an: Erstens hatte er vorhin einen schlanken Mann im Garten gesehen, der an einem Wasserhahn an der Schmalseite des weiß getünchten Hauses, von dem aber nahezu überall die Farbe abblätterte, eine große zinnfarbene Gießkanne füllte. Und zweitens: die exakt geschnittenen Tomatenpflanzen, die an der Hausfront wie treue Soldaten standen – Schlichting hatte ihm ja erzählt, dass Koppeck alte Sorten züchtete. Mit den rot und gelb glänzenden Tomaten an den kurzen Zweigen wirkten manche der Stauden wie frühzeitig geschmückte Weihnachtsbäume.

Der Mann war nicht zu sehen, und Stocker entdeckte neben dem Briefkasten am Gartenzaun keine Klingel. Also öffnete er das Holzgatter, ging über den sauber geharkten Kiesweg zum Haus und klopfte an die Tür.

Die schwang nach dem zweiten Klopfen von selber und völlig lautlos ein Stück auf.

Stocker lugte in einen schmalen Hausgang, von dem links und rechts zwei Türen abgingen. An den Wänden hingen viele gerahmte Fotos. Sie zeigten alle dieselbe Frau. In verschiedenen Posen, in verschiedenen Kleidern oder in Hosen, an verschiedenen Orten. Meist lächelte sie direkt in die Kamera. Auf einem der Bilder, rechts an der Wand, saß die Frau lächelnd neben einem Gipfelkreuz. Stocker machte einen Schritt in den Hausgang, um das Foto besser betrachten zu können.

Rechts hinter und unter dem Gipfelkreuz breitete sich ein großer See aus, der umrahmt von Bergen dalag, wie ein norwegischer Fjord. Das ist mit Sicherheit der Hallstätter See, dachte sich Stocker. Rechts unten im Bild nahm er den Schatten des Fotografen wahr.

Stocker öffnete den Mund, um nach Koppeck zu rufen, spürte aber in diesem Moment einen kühlen Luftzug und ein kaltes Stück Metall im Nacken.

»Das ist eine Zweiundzwanziger mit Schalldämpfer. Die macht nicht mehr Krach als der Todesfurz, den du gleich lassen wirst. Lass erst mal die Waffe fallen.«

Stocker balancierte immer noch sein Tiramisu-Schnitten-Papptablett in Schulterhöhe und versuchte, sich nicht zu bewegen.

»Wird's bald?«

»Das, äh, ist keine Waffe.«

Der Mann, der lautlos aus der Tür hinter ihm getreten sein musste, drückte ihm den Schalldämpfer härter ins Genick und spannte mit einem metallischen Klicken den Hahn. »Auch gut. Fröhliche Reise.«

»Warte, warte, warte. Mein Name ist Albin Stocker. Ich muss mit dir reden, wenn du der Koppeck bist.«

»Ja klar, und deshalb hast du deine Kanone auf einem Kuchentablett vom Obermaier. Netter Trick. Könnte von mir sein. Ich bin übrigens Koppeck, aber das kannst du gleich dem Fährmann erzählen. Waffe runter.«

»Koppeck, ich gehe jetzt langsam in die Knie und lege das Tablett ab. Dann gehe ich zwei Meter weiter und lehne mich mit den Händen an die Wand. Zwing mich nicht, das Tablett runterzuwerfen.«

»Zeit für ein Ballett haben wir nicht.«

»Warum?«

»Weil ich grade auf dem Klo war, als du hier reingeschlichen kamst. Altes Prostataleiden. Ich pinkle mich gleich an.«

»Dann geh aufs Klo und mach weiter. Ich halte so lange die Waffe für dich und bedrohe mich selber, versprochen.«

Koppeck lachte. »Was soll's. Reiß das Papier auf, mit der rechten Hand von oben. Aber alles in Zeitlupe.«

Stocker tat wie ihm geheißen, und Koppeck stöhnte auf, als er die Tiramisu-Schnitten sah. »Na, so eine Freude. Willkommen in meiner bescheidenen Behausung. Geh schon mal vor ins Wohnzimmer, ich komme gleich nach.«

Stocker machte einen Schritt, und Koppeck sagte: »Warte, hier, nimm den Revolver mit.«

Stocker grinste. »Du gehst ohne Waffe aufs Klo?«

Und Koppeck erwiderte: »Ich brauche keine, weil ich selber eine bin. Außerdem willst du was von mir. Du bist zweimal am Haus vorbeigefahren, meinst du, so was merke ich nicht? Bis gleich.«

Das Wohnzimmer war nicht groß. Links an der Wand zog sich eine abgewetzte braune Cordsitzgarnitur um die Ecke. Davor stand ein niedriger Rauchglastisch, auf dem eine aufgeschlagene Fernsehzeitschrift lag.

Der dazugehörige Fernseher, ein kleiner Samsung-Flachbildschirm, war zwischen Büchern eingeklemmt in dem raumhohen IKEA-Regal, das von der Sitzgarnitur bis zum Türstock reichte.

Auf dem Boden lag ein abgetretener blassgrüner Flokatiteppich, rechts, direkt an dem Fenster zum Garten raus, stand ein dünnbeiniger Tisch, den zwei verschiedene Stühle bewachten.

Stocker stellte das Papptablett mit den Tiramisu-Stücken auf den Tisch, entfernte das Papier und sah sich suchend um, als Koppeck lächelnd reinkam. »Gib mir das Papier, ich hole uns zwei Teller.« Er deutete auf den stabileren der zwei Stühle am Tisch: »Setz dich, mach es dir bequem.«

Koppeck verließ das Zimmer, Stocker hörte Tellergeklapper und wie eine Schublade auf- und wieder zugemacht wurde.

Dann war Koppeck zurück, setzte sich dem Stocker gegenüber an den Tisch, stellte ihm einen Teller hin und griff sich eine der schokoladenbestäubten Schnitten. »Ich liebe Tiramisu. Und die vom Obermaier sind eindeutig die besten. Wo ist mein Revolver?«

»Ach so. Hier.« Stocker zog die Waffe, die er sich hinten in die Jeans gesteckt hatte, raus und legte sie auf den Tisch. »Ich arbeite auch gerne mit Zweiundzwanzigern.«

Koppeck nickte und sprach mit vollem Mund: »Ich weiß. Wir beide sind ja in ähnlichen Branchen tätig.«

»Ach ja? Wer sagt das denn?«

Koppeck deutete mit seinem schokoladencremeverschmierten Finger auf das Tablett. »Nimm dir eine Schnitte, bevor ich die alle wegesse. Woher ich das weiß? Ich habe vor einiger Zeit was für den Baron erledigt, du weißt schon. Ohne Bezahlung, aber dafür wollte ich Infos von ihm. Der alte von Bernbach weiß alles, was hier vor sich geht. Dich hat er in höchsten Tönen gelobt. Aber er hat mich auch vor dir gewarnt. ›Legen Sie sich besser nicht mit dem an‹, hat er gesagt. Da habe ich gelacht. Und er hat gemeint: ›Lachen Sie nur. Das ist schon so manchem vergangen, der sich mit dem Stocker angelegt hat.‹ Mann, du hast ja Referenzen, das ist irre.«

Koppeck griff sich eine zweite Schnitte, biss ab und nahm sich gleich die dritte auf seinen Teller. Teilchen Nummer vier platzierte er vorsichtig auf Stockers Teller. »So, und jetzt erzählst du mir mal, was du von mir willst.«

Stocker suchte nach einer Gabel und hob den Teller an. »Keine Gabeln? Auch gut. Ich glaube, ich kann dir sagen, wie das mit dem Tod deiner Frau abgelaufen ist.«

Koppeck leckte seine Finger ab und schaute Stocker in die Augen. »Schade, ich habe gedacht, du hättest Neuigkeiten. Hör zu, wir machen es so: Du sagst mir, was du hast. Dann sage ich dir vielleicht, was ich weiß. Okay?«

Stocker nickte und erzählte von seinem Treffen mit Heide, von den beiden Miesbacher Polizisten auf dem Parkplatz und ihrem Besuch in der »Endstation«. Er sprach auch über das Gespräch mit Schlichting im Hotel in München und von den Informationen, die er vom Zuckerhahn hatte. Natürlich ohne alle Namen zu nennen.

Stocker beobachtete den Koppeck, während er ihm all das erzählte, und versuchte, seine Körpersprache zu interpretieren. Aber der alte Fuchs ließ sich nichts anmerken. Er veränderte weder seine Sitzposition noch seine Kaugeschwindigkeit. Ab und zu schaute er flüchtig aus dem Fenster oder zur Zimmerdecke hoch, wie wenn er einen von Stockers Sätzen in seinem Kopf nachklingen ließe.

Genauso gut könnte ich dem Gras beim Wachsen zusehen, dachte sich Stocker, sprach den Satz zu Ende und lehnte sich abwartend zurück.

Aber Koppeck schwieg, nahm sich Schnitte Nummer fünf und aß sie langsam und mit halb geschlossenen Augen auf. Dann hob er den Blick. »War das alles? Ja? Na ja, ist ja allerhand. Dann bin ich wohl jetzt dran.«

Und während Stocker bedächtig sein Tiramisu genoss, hörte er sich Koppecks Geschichte an.

Dann fragte er: »Und der Schrottplatzbesitzer? Was ist mit dem?«

Koppeck machte eine wegwerfende Handbewegung, wischte sich über den Mund und sagte: »Der weiß von nichts. Das kannst du mir glauben. Was ich allerdings nicht so recht begreife: Der Staats… Pardon, Oberstaatsanwalt, warum sollte der so was anleiern? Der weiß doch, wie ich bin. Wenn der mich weghaben will, dann schickt er ein paar Profis hier vorbei. Das wäre doch logischer und einfacher gewesen, oder? Aber warum sollte der mich umlegen wollen?«

Stocker wackelte mit dem Kopf. »Ich glaube, die Heide Sielmann ist ein ziemlich verlogenes Frauenzimmer. Sie und ihr Lover wollten das Ding durchziehen. Vielleicht ist da was furchtbar aus dem Ruder gelaufen, und die Heide wollte mit ihrem Hagen –«

Koppeck unterbrach ihn unwirsch. »Das weiß ich doch längst, Mann. Von der Kreatur aus München. Ich wollte nur deine Version hören. Weißt du, was wir beide jetzt machen?«

»Was denn?« Stocker leckte sich einen winzigen Sahneklecks vom Handrücken und schaute den Koppeck erstaunt an.

»Wirst du gleich sehen.« Koppeck stand auf, wischte sich die Hände an seiner Arbeitshose ab und ging zum Bücherregal. Er wühlte in einer Schublade, hielt zwei Handys hoch und legte eines davon wieder zurück. »Es tut mir immer in der Seele weh, wenn ich so ein Ding nach nur einem Anruf wegschmeißen muss. Aber du weißt ja, sicher ist sicher. Gib mir mal das Telefon von der Fensterbank, ja?«

Stocker reichte es ihm, Koppeck kniff die Augen zusammen und holte sich die letzten Anrufe auf das Display. Dann tippte er eine Nummer in das Prepaid-Gerät und hob es ans Ohr. Dabei starrte er Stocker an. Nach einigen Sekunden sagte er: »Sie sehen meine Nummer im Display. Rufen Sie die sofort zurück.« Dann drückte er auf eine Taste, legte das Prepaid-Handy auf den Tisch und grinste den Stocker an.

Dreißig Sekunden später brummte es, und Koppeck nahm ab und raunzte: »Tun Sie genau, was ich Ihnen jetzt sage. Sie fahren zur Autobahnraststätte Irschenberg. Was? Jetzt gleich. Wie? Und ob Sie das können. Es geht um Ihre Zukunft, und jede Minute zählt. Was? Seien Sie ruhig und unterbrechen Sie mich nicht dauernd, ja? Sie stellen Ihr Auto auf den Parkplatz vor dem ›Dinzler‹, kennen Sie das Café? Gut. Was für ein Auto fahren Sie? Einen Porsche Macan, sehr gut. Welche

Farbe? Dunkelblau, wie schön. Parken Sie am hinteren Ende des Platzes und gehen Sie ins ›Dinzler‹ rein. Dort warte ich auf Sie. Ich weiß, wie Sie aussehen. Wir dürften zur selben Zeit dort ankommen. Sagen Sie niemandem, wohin Sie fahren. Lassen Sie Ihr Handy zu Hause. Was, warum? Weil ich es Ihnen sage. Ich kann sehr leicht feststellen, ob Sie gleich ein elektronisches Gerät dabeihaben. Und wenn Sie sich nicht an meine Vorgaben halten, ist unser beider Sicherheit nicht gewährleistet. Bis gleich. Ende.«

Koppeck schaltete das Gerät aus, legte es auf den Boden und trat mit seinen derben Lederstiefeln dreimal drauf. »So, was hältst du von einem kleinen Ausflug, Partner? Du fährst.«

30

Donnerstag, 9. Juni, 11:31 Uhr

Stocker lenkte den alten Benz langsam über den großen, unübersichtlichen Parkplatz. Koppeck beugte sich vor, schaute links und rechts, nach hinten und meinte: »Vielleicht ist sie noch nicht da? Aber die hat es doch auch nicht weiter als wir.«
»War sie während des Telefonats zu Hause?«
»Mmh, glaube schon. Da. Da vorne. Ganz hinten, neben dem weißen Wohnmobil. Das muss sie sein.«
Stocker zog den Benz weiter nach rechts und sah den dunkelblauen Macan stehen.
Koppeck tippte ihm auf die Schulter. »Parke da neben dem grauen Passat. Siehst du den? Da sind wir nahe genug dran.«
Stocker bremste den Benz ab, fuhr auf den Parkstreifen und schaltete den Motor aus. »Gehen wir zusammen rein?«
Koppeck schüttelte den Kopf. »Nicht gleich. Lass sie ein bisschen schmoren. Ich muss eh erst noch mal aufs Klo. Die Prostata, du weißt schon. So langsam werde ich undicht.«
Stocker schaute ihn ungläubig an, und Koppeck sagte: »Hey, du kennst doch diese großen Fledermäuse, die in Höhlen kopfüber an der Decke hängen. Vor was hat so ein alter Fledermausmann am meisten Angst, bevor er kopfüber einschläft?«
Der macht in so einem Moment Witze, das darf doch nicht wahr sein, dachte sich der Stocker und schaute den Koppeck stumm an.
»Na, vor was wohl? Inkontinenz.« Koppeck prustete los, öffnete die Beifahrertür und sagte im Aussteigen: »Bin gleich wieder da.«
Und tatsächlich, nach etwa drei Minuten trat Koppeck aus der großen »Dinzler«-Glastür, trottete über den Parkplatz, warf sich auf den Autositz und meinte: »Gleich kommt unser Vögelchen angezwitschert.«

»Wie jetzt? Warst du nicht auf dem Klo?«

»War ich nicht. Ich bin die Treppe hoch zum Tresen und habe zu dem Kerl an der Kaffeemaschine gesagt, der soll eine Autonummer ausrufen lassen. Der Besitzer des Wagens soll sofort auf den Parkplatz kommen. Ich hätte nämlich grade eben gesehen, wie ein Porsche angefahren wurde, und der andere Wagen ist weg, ohne sich den Schaden anzusehen. Aber ich habe sein Kennzeichen.«

Stocker starrte durch die Frontscheibe nach oben. »Die haben hier doch bestimmt überall Kameras, drinnen und draußen. Was meinst du?«

Koppeck lachte. »Draußen sind keine Kameras, ich bin ja nicht zum ersten Mal hier. Und drinnen? Der Kerl wird mich nicht groß beschreiben können. Ich habe nämlich die hier aufgehabt.«

Koppeck zog eine dunkle Baseballkappe ohne Aufschrift und eine schwarze Hornbrille mit dicken Gläsern aus der Tasche seiner Jacke.

Es dauerte keine zwei Minuten. Heide kam hastig über den Parkplatz und stöckelte eilig auf ihren Porsche zu. Koppeck wartete, bis sie einmal in leicht gebückter Haltung suchend um ihr Auto herumgegangen war, dann stieg er aus.

»Du wartest. Dauert nicht lange. Beobachte die Umgebung, du weißt schon, Zeugen und so.«

Stocker sah, wie Koppeck der Frau im hellbraunen Gucci-Kostüm auf die Schulter klopfte. Sie erschrak sichtlich und gestikulierte mit den Armen. Koppeck redete beruhigend auf sie ein. Dann nahm er sie am Arm und führte sie vom Heck des Wagens vor zur Kühlerhaube und einen Schritt auf die angrenzende Wiese, sodass Stocker von den beiden nichts mehr sehen konnte.

Auf dem Parkplatz war es ruhig. Weiter hinten ging eine Familie mit drei kleinen Kindern lachend zu einem dunklen Audi. Zwei Wohnmobile mit holländischen Kennzeichen, die absolut identisch aussahen, parkten schräg vor dem Eingang zum Café ein.

Ein korpulenter Mitarbeiter in ›Dinzler‹-Klamotten trat vor die Tür und zündete sich verstohlen eine Zigarette an.

Stocker schaute wieder nach vorne und sah, dass Koppeck die Frau auf den Fahrersitz drapierte. Ihr Kopf kippte nach vorne auf das Lenkrad, und Stocker beobachtete, wie sich Koppeck in den Wagen beugte, die Frau aufrichtete und dann die Fahrertür zuschlug.

Gemütlich wie ein Urlauber kam er auf den Benz zu, glitt auf den Beifahrersitz und wischte sich die Hände mit einem Tuch ab, das er aus einer seiner Taschen zog. »Fahr auf die Piste, Richtung München. Eine Kleinigkeit haben wir noch zu tun.«

Stocker schaute in den Rückspiegel, startete den Diesel und steuerte den Benz langsam um die parkenden Autos in Richtung Ausfahrt. »Was ist mit der Sielmann?«

Koppeck, der mit unbewegtem Gesicht immer noch seine Finger abwischte, sagte: »Die besucht jetzt meine Frau. Sie hat ihr sicherlich einiges zu erklären. Diesen Geruch von den Latexhandschuhen mag ich überhaupt nicht. Und du?«

Dann blickte er Stocker an, der die Augen kurz schloss und ungläubig den Kopf schüttelte. »Was? Hast du gedacht, ich lade die auf einen Kaffee ein? Das vorhin war ihre eigene Schuld.«

»Ihre eigene Schuld, dass du sie umgebracht hast? Ich fasse es nicht.«

»Er fasst es nicht. Na so was. Ich nämlich auch nicht. Jetzt fahr an, lass uns erst mal von hier verschwinden, dann erzähl ich dir alles.«

Ein gedrungener, muskulöser Mann mit vielen Tattoos an Armen und Nacken kam zwischen zwei parkenden Autos hervor. Er hinkte ein wenig, sodass Stocker bremsen musste, als er an der Kühlerhaube des Benz vorbeiging. Er warf Stocker einen bösen Blick zu, der zuckte aber nur mit den Achseln und schaute zu den Bäumen rüber. Auf einer der Pappeln saß eine große schwarze Krähe und beobachtete ihn, als wäre sie die Wächterin aller anderen Vögel im Baum.

Stocker biss missmutig auf einen Nietnagel an seinem Daumen, spuckte ihn aus und fuhr zügig vom Parkplatz, hoch zur Tankstelle. Dort parkte er den Benz zwischen zwei Lastzügen mit polnischen Aufschriften auf den Planen, schaute in den Rückspiegel und zu dem Führerhaus rechts von ihm hoch. Auf dem Beifahrersitz des dunkelgrünen Trucks saß ein dickarmiger, glatzköpfiger Mann in einem ausgeblichenen grünen T-Shirt um die fünfzig, der an einem Sandwich kaute und kurz und uninteressiert zu ihm runterblickte.

Nachdem er den Motor abgestellt hatte, wandte sich Stocker dem Koppeck zu und legte einen Arm hinter die Kopfstütze des Beifahrersitzes. »Jetzt pass mal auf. Sie war die Tochter meines Anwalts. Deswegen habe ich den Job überhaupt erst angenommen. Was erzähle ich dem? Wohl kaum, dass seine Tochter ein falsches, verlogenes Miststück war und letztendlich ein Kollateralschaden, der es nicht anders wollte. Mann, du kannst doch nicht einfach hingehen und die Frau mir nichts, dir nichts töten! Drehst du jetzt voll ab, oder was? Stell dir bloß mal vor, was du damit ins Rollen bringst. Jeden Moment kann sie gefunden werden, dann ist da unten aber eine Bullenparty vom Feinsten.«

Koppeck wischte sich resigniert über das Gesicht. »Was stehen wir dann hier rum? Schmeiß die Kiste an und dann rauf auf die Autobahn nach München. Ich kann auch ganz gut reden, wenn du fährst.«

»Auch gut.« Stocker lenkte den Benz im Schritttempo an den Trucks vorbei, hielt sich auf Höhe der Tankstelle so weit links wie möglich und war eine Minute später auf der A 8. Er ordnete sich hinter einem Tanklaster mit Hamburger Kennzeichen ein, lehnte sich zurück und sagte: »Dann mal los.«

Koppeck beugte sich leicht vor, trommelte mit den Fingern der rechten Hand unschlüssig auf dem Armaturenbrett und suchte offensichtlich nach Worten. Dann begann er zu sprechen, erst stockend und mit kleinen Pausen: »Ich … habe so was, ich meine … so eine Situation noch nie erlebt. Die Frau kam zum Auto, erschrak natürlich, als ich ihr auf die Schulter klopfte, aber als ich ihr meinen Namen sagte, schaute sie mich ohne eine Spur von Angst an und meinte, das sei ein toller Trick, um jemanden unauffällig aus der Raststätte zu lotsen. Sie hätte tatsächlich geglaubt, es sei ihr jemand an den Wagen gefahren. Dann, als ich sie am Arm nahm und um das Auto herumführte, sagte sie, sie mag Männer mit einem festen Griff. Und noch bevor ich reden konnte, legte sie mir, als wir vor dem Kühlergrill standen, eine Hand auf die Brust und meinte, das mit meiner Frau täte ihr unendlich leid. Ich hab den Mund aufgemacht, um was zu sagen, aber dieses Weib legt mir einen Finger auf die Lippen und macht: ›Pschht.‹ Kannst du dir so eine Situation vorstellen?«

Stocker schaute kurz in den Rück- und den Seitenspiegel und schüttelte den Kopf.

»Dann redet sie los wie ein Wasserfall. Es kann immer noch alles gut werden, sagt sie. Ihr Bekannter, der Hagen, der hätte das auch nicht gewollt, aber die beiden Idioten, die sich die arme Inge geschnappt hätten, dachten, Inge wäre sie. Ihr Mann hätte auf keinen Fall für Inge ein Lösegeld bezahlt, weil er ein hartherziges, manipulatives Ekel ist. Er sei schließlich der kommende Generalstaatsanwalt und wüsste, wie man so was regelt.«

Koppeck seufzte, schaute aus dem Fenster und sprach weiter: »Ich hab immer noch kein Wort dazwischengebracht. Dann sagt sie: ›Lass uns das Ding durchziehen wie geplant. Ich komme mit dir. Wir oder ich rufen meinen Mann an und machen ihm Angst. Hagen verlangt drei Millionen für mich. Eine geben wir ihm, mit zweien machen wir beide uns ein tolles Leben. Gleich als ich deine Stimme zum ersten Mal hörte, wusste ich, du bist der Mann, den ich brauche. Schau mich nicht so an, Liebe kann man lernen. Was ist, sind dir drei Millionen nicht genug? Wir können auch fünf oder zehn verlangen. Mein Mann ist unanständig reich.‹«

Koppeck drehte sich zu Stocker. »Ich schau sie immer noch an, sie stutzt, schließt ein Auge und meint dann, immer noch in einem ganz normalen Tonfall, wenn mir ihr Angebot nicht gefiele, solle ich doch mal was sagen. Und ich habe drauf geantwortet: ›Du bist der Auslöser für den Tod meiner Frau, ist dir das überhaupt nicht klar?‹ Und sie, mit einem Lächeln: ›Aber es ist passiert. Keiner kann es mehr ändern. Ich biete dir ein Leben mit mir und mit viel Geld.‹ Dann wird sie ernst und meint: ›Was genau willst du mir eigentlich sagen? Oder bist du hergekommen, um mir zu drohen? Du? Mir? Schmink dir das mal ab. Weißt du was? Fahr heim und denk über alles nach. Ruf mich an.‹ Damit dreht sie sich weg, ich lege ihr eine Hand auf die Schulter, sie fährt herum und faucht: ›Fass mich nicht an. Ich gehe jetzt. Wenn du mir drohen willst, fange ich zu schreien an. Und sage, du wolltest mich entführen und vergewaltigen. Ich bin die Frau eines Staatsanwalts. Wem wird man glauben? Geh nach Hause, denk nach. Ruf mich an.‹«

Koppeck schaute auf seine Hände, und Stocker sagte: »Da hast du ihr das Genick gebrochen.«

»Ja. Einer meiner Ausbilder hämmerte uns einen Satz ein: ›Du musst dein Zielobjekt in jeder Situation danach beurteilen, was es tun könnte. Und nicht danach, was es gerade tut.‹ Diese Frau war eiskalt. Die hätte im nächsten Moment losgeschrien, wenn sie es für nötig gehalten hätte.«

Er schaute ins Mittelfach und in die Seitenablage seiner Tür: »Hast du Schokolade oder Bonbons im Handschuhfach? Ich fühle mich irgendwie unterzuckert. Früher haben mich solche Jobs kaltgelassen. Jetzt ermüden sie mich. Das könnte ein Hinweis auf Alterszucker sein, was meinst du? Ich gehe hart auf die fünfundsechzig zu.«

Stocker nickte. »Schau rein. Bestimmt ist da noch was drin. Mein Partner hatte da ein regelrechtes Lager an Snickers, Mars, Bounty, was weiß ich.«

»Der, der in die Luft gesprengt wurde? Der wollte sicher auch noch länger leben. Genau wie die Frau, aber zu ihren Bedingungen. Dein Partner hat das Pech gehabt, dass er zur falschen Zeit am falschen Ort das falsche Paket angenommen hat, weil es eigentlich dich erwischen sollte. Habe ich recht? So habe ich das jedenfalls in Erfahrung gebracht. Was die

Frau anbelangt, die hat sich wohl in jeder Hinsicht überschätzt. Pass auf: In München setzt du dich in ein Wirtshaus oder irgendwohin, wo Leute sind, rufst ihren Mann an und fragst, wo sie steckt. Weil ihr ja zu einem Gespräch verabredet seid, und sie ist schon viel zu spät dran. Das wird dein Alibi für die Tatzeit. Ich hab in ihrem Auto die Standheizung voll aufgedreht, da wird's schwerer, den genauen Todeszeitpunkt zu ermitteln.«

Stocker schaute zu Koppeck rüber, setzte den Blinker und überholte den Tanklaster. »Du bist dir ja ziemlich sicher, was?«

Koppeck, der mit beiden Händen im Handschuhfach wühlte, sagte: »Hab ich dir doch schon gesagt, dass ich immer gerne weiß, welche Fische wo in meinem Teich schwimmen. Ah ja, was haben wir denn hier?«

Koppeck hielt triumphierend einen Mars-Riegel hoch und fluchte, als er merkte, dass das Verpackungspapier an der Schokoladenmasse klebte. »Das ist noch gute Weltkriegsware. So lange gammelt der Riegel wahrscheinlich auch schon da drinnen. Drei Millionen, oder fünf oder zehn, was sagt man dazu?«

Stocker hob die Augenbrauen. »Und sie hat das überzeugend rübergebracht?«

Koppeck biss von dem Mars-Riegel ab, kaute und meinte: »Das Ding ist zäh wie geräucherter Schweinebauch. Schmeckt auch so ähnlich. Ob ich der Frau auch nur ansatzweise geglaubt habe? Kein Wort. Aber es passt zu dem, was mir die beiden Junkie-Idioten in München erzählt haben. Dein Oberstaatsanwalt hat mit der Sache so gut wie nichts zu tun. Dass er seine Hunde auf dich gehetzt hat, kam daher, dass die Frau ihm einen Haufen Mist über dich erzählt hat. Die wollte dich aus dem Spiel haben. Der OS ist für mich jedenfalls aus dem Schneider. Was du mit ihm machst, ist mir dagegen ziemlich egal, ich halte mich da raus.«

»Lieb von dir.« Stocker kramte mit der linken Hand in der Türablage. »Hier, da habe ich noch eine halbe Tafel Keksschokolade. Möchtest du die?«

»Immer her damit. Sie hat mir erzählt, wo ihr Stecher

wohnt. In einem Penthouse in München-Grünwald. Und da fahren wir jetzt hin.«

»Und du glaubst, der sitzt da und wartet auf uns?«

Koppeck biss in die Schokolade: »Super. Die ist noch nicht ganz so alt. Frühe Sechziger, würde ich mal raten. Schmeckt auch ansatzweise nach Schokolade. Der Hagen? Ja, der wird sehr wohl auf jemanden warten. Auf sie. Kurz bevor sie zu reden anfing, hat sie ihm eine SMS getippt: ›B I 1 St. da‹.« Koppeck schüttelte den Kopf: »Sie war sich meiner so was von sicher. Unfassbar, was?«

Stocker schaute ihn an. »Also wird Hagen jetzt da sein?«

»Glaube ich schon«, mampfte Koppeck, »sie hat ihm sogar noch ein Herz-Emoji dazugetippt. Der Kerl in München gehört übrigens mir. Du kannst gerne mit reinkommen, aber du fasst ihn nicht an, ist das so weit klar?«

Stocker zog den Benz wortlos nach links und überholte ein Wohnwagengespann.

»Gut. Wenn wir fertig sind, fährst du alleine auf der Autobahn nach Rosenheim zurück.«

»Warum alleine? Hast du noch was vor?«

Koppeck lachte. »Mann, denk doch mal mit. Auf der Autobahn gibt es Kameras ohne Ende. Du fährst offiziell nach München, um die Heide Sielmann in einem Café oder was weiß ich zu treffen. Überleg dir was. Geh dann da rein, Café oder Wirtschaft, trinke was, rede mit jemandem, sodass die sich an dich erinnern, und fahre gemächlich auf der A 8 nach Hause. Sag mal, wie hast du denn so lange überlebt, wenn du nicht mal die Grundregeln draufhast?«

»Oh, da hatte ich bis jetzt keine Probleme. Aber was ist denn, wenn wir jetzt auf der Hinfahrt schon unter ein paar Kameras durchfahren?«

»Die meisten sind oben mittig unter den Schildern und kriegen nur selten die Fahrer von Pkws auf den Film. Und wenn doch, dann sagst du, ich war ein Anhalter. Falls es dir noch nicht aufgefallen ist: Ich habe meine Sonnenblende ganz runtergeklappt. Ich meine, mein Job ist ja kein ausgesprochener Lehrberuf. Aber wenn doch, dann wärst du ein lausiger Lehrling.«

»Danke, Herr Lehrer, aber solche Leute nennt man heutzutage Auszubildende. Und ich bin bis jetzt auch ohne Lehrabschluss als gelernter Mörder mit Gesellenbrief ganz gut durchgekommen. Auch glaube ich nicht, dass wir beide in derselben Branche sind. Aber sag mal: Warum hetzen wir dem Hagen nicht die Polizei auf den Hals? Das könnte ich über den Anwalt, den Vater von Heide, hinkriegen. Bei dem, was wir ihm anhängen können, landet der für lange Zeit im Knast. Ich meine, wäre doch ein Jammer, wenn jetzt noch was schiefläuft, und die schnappen uns wegen dem Mistkerl.«

»Krasse Idee. Und wir? Sollen wir als Zeugen aussagen? Die Beweislast vor Gericht könnte dünn werden ohne uns, weil da viel Hörensagen dabei ist. Und selbst wenn er wegen irgendwas verurteilt wird, ist er nach ein paar Jahren wieder draußen. Ich sag dir mal was: Auf erpresserischen Menschenraub gibt es ab fünf Jahre in der Knastlotterie. So, und wenn das Urteil überwiegend auf einer Indizienbeweislage beruht, ist der Macker nach drei oder vier Jahren wieder raus. Aber meine Frau bleibt tot, und zwar für immer. Komm mir also jetzt nicht mit der Samaritermasche.«

»Deine Ex-Frau, bei allem Respekt.«

Koppeck schaute ihn bitter an. »Was weißt du schon von Respekt gegenüber Toten? Obwohl, grade du müsstest dich bei dem Thema gut auskennen. Stichwort: dein Ex-Partner. Und außerdem: Für mich wird sie immer meine Frau bleiben. Ich sehe auch viel Schuld bei mir, dass sie überhaupt in diese Situation geraten ist. Hey, wenn dir was nicht passt, lass mich in Grünwald raus und hau ab. Aber komm mir nicht in die Quere.«

Stocker zog den Benz auf die rechte Spur, bog auf die A 995 ab und sagte zu Koppeck: »Gib jetzt die Adresse in dein Handy ein. Mein Navi bleibt aus.«

Und während Koppeck stirnrunzelnd Straße und Nummer eingab, sprach Stocker weiter: »Okay, sorry, so hab ich das nicht gemeint. Ich fang jetzt auch nicht an mit Tätermitleid. Der Knabe ist mir schnurzegal. Wenn du willst, gehe ich mit rein. Mal was ganz anderes: Wie kommst du zurück nach Bernau?«

Koppeck schaute lächelnd auf. »Mach dir da mal keine Sorgen. Bist ein guter Mann und hast wegen der Sache hier was gut bei mir. Genau genommen wär es mir aber lieber, du würdest mich ein oder zwei Straßen vor seiner Adresse rauslassen. Es soll ja keiner das Auto sehen, und zwei Mann fallen mehr auf als einer. Kennst du hier ein Café oder eine Kneipe?«

Stocker überlegte kurz. »Ja, in der Nähe vom Waldfriedhof ist eine Wirtschaft, da werde ich wohl hinfahren. Und von da aus rufe ich wie besprochen den Sielmann an und frage, wo zum Teufel seine Frau steckt.«

Koppeck schlug ihm auf die Schulter. »Waldfriedhof passt irgendwie. Da vorne, die Ausfahrt nimmst du. Danach, warte mal, immer geradeaus. Was wirst du deinem Anwalt erzählen?«

Stocker hob die Schultern. »Das weiß ich noch nicht so genau. Wahrscheinlich eine Lügengeschichte.«

»Würde ich genauso machen.«

Sie schwiegen, und nach einer Weile sagte Koppeck: »Fahr da vorne rechts ran. Oberhachinger Straße. Ich geh zu Fuß weiter.«

Stocker setzte den Blinker, schaute in den Rückspiegel und stoppte den Benz vor der Kreuzung. Koppeck stieg aus, beugte sich aber noch mal in den Wagen und sagte: »Du bist in Ordnung, Kollege. Ich habe gehört, du kannst kochen wie ein Weltmeister. Komm doch bei Gelegenheit mal vorbei und lass uns was essen, ja? Du kochst, ich esse. Aber ruf mich vorher auf der Festnetznummer an, ich bin ein bisschen schreckhaft, das weißte ja mittlerweile.«

Stocker nickte und fuhr an.

31

Donnerstag, 9. Juni, 13:35 Uhr

Wenn du die Tölzer Straße entlangfährst, am Grünwalder Waldfriedhof vorbei, kommst du zur »Eierwiese Schank & Speisemeisterei«. Das ist ein romantischer bayerischer Landgasthof. Ein bissel auf edel, du weißt schon. Mit einem gemütlichen kleinen Biergarten unter alten Bäumen, leinenbespannten hellen Sonnenschirmen, die in alten Fässern stehen, und der Kaiserschmarrn dort ist wirklich sehr zu empfehlen.

Auch kleinere Gesellschaften kommen gerne vom nahen Waldfriedhof zum Leichenschmaus in die »Eierwiese«.

Der Stocker zwängte seinen Benz zwischen einen neuen Mercedes-Jagdwagen und einen Porsche Panamera. Beides Autos der Hundertfünfzigtausend-Euro-Klasse. Als er seine Wanderdüne absperrte, hatte er fast das Gefühl, sein Oldtimer würde sich zwischen den beiden Nobelkarossen schämen.

Stocker klopfte dem Benz aufs Dach und murmelte: »Scheiß dir nix, die beiden rosten auch mal weg.«

Am Eingang empfing ihn eine Bedienung in aufgebrezelter Tracht. »Grüß Gott. Gehörn Sie auch noch zu der Leich?«

Womit sie die Gesellschaft im hinteren Teil des Lokals meinte. Um die zwanzig Personen vergnügten sich lautstark an einem langen Tisch. Sie aßen, tranken, unterhielten sich und waren offenbar bester Laune.

Stocker schüttelte den Kopf und zeigte auf die geflochtene Rattansitzgruppe draußen, gleich neben dem hölzernen Koch mit der Speisekarte. »Kann ich hier draußen auch was essen? Einen Kaiserschmarrn vielleicht?«

»Ja, natürlich, was trinken wir denn dazu?«

»Ein Achterl von einem ganz trockenen Weißen, der aber nicht über siebzehn Grad haben sollte. Ich habe da einen sehr empfindlichen Gaumen für so was.«

Bedienungen sind ja einiges gewohnt, das kann ich dir sagen. Und diese hier sowieso. Weil die vielen Begräbnisse auf dem Waldfriedhof die unterschiedlichsten Charaktere in die Wirtschaft spülen.

Gestorben wird ja immer. Dafür gibt es keine Saison und auch kein spezielles Wetter. Das liegt hauptsächlich an den stetig nachwachsenden Biorohstoffen.

Obwohl, der Münchner an und für sich, der stirbt nicht so gern im Sommer, hat mir mal ein Arzt erzählt. Da hat er keine Zeit dazu.

Auf jeden Fall hat sich der Stocker mit seiner merkwürdigen Weinbestellung bei der Bedienung eingeprägt.

Der Wein kam nach fünf Minuten. Stocker roch so ausgiebig am Glas, dass die junge Frau leicht ungeduldig sagte: »Ja, wollen S' den jetzt inhalieren oder trinken? Der hat fei genau seine siebzehn Grad, der Chef hat extra einen Fieberthermometer reingesteckt.« Dabei lachte sie aber, um den Satz als Scherz abzutun, und Stocker erwiderte: »Dann will ich mal lieber nicht nachfragen, wo der Thermometer vorher gesteckt hat. Klappt das mit meinem Kaiserschmarrn?«

»Ja freili. Wohl bekomm's.«

Kaum war sie wieder im Lokal verschwunden, zog Stocker sein Nokia aus der Jackentasche und wählte Heides Mobilnummer. Nach dem sechsten Signalton sprang der AB an, und Heides Stimme ertönte mit einem fröhlichen: »Hallo, miteinand. Ich kann grad nicht, aber nach der Nachricht rufe ich sofort zurück. Oder fast sofort. Ciao, ciao.«

Stocker sagte: »Frau Sielmann, Stocker hier, ich bin schon seit geraumer Zeit in der ›Eierwiese‹ und warte auf Sie. Bitte melden Sie sich, ich hab nicht den ganzen Tag Zeit.«

Dann drückte er die Handynummer von Oberstaatsanwalt Dr. Sielmann. Auch da hörte er sieben oder acht Rufzeichen, dann meldete sich wieder ein Anrufbeantworter. Tanz der ABs, dachte sich der Stocker.

»Ja, hallo, Herr Dr. Sielmann. Stocker hier. Ich würde Sie sehr gerne sprechen. Ich sitze schon seit graumer Zeit in einem

Restaurant in München und warte auf Ihre Frau, kann sie aber nicht erreichen. An ihr Handy geht sie nicht. Bitte melden Sie sich bei mir, wenn Sie wissen, wie ich sie erreichen kann. Ich glaube, es geht um was Wichtiges zum Entführungsfall, das sie mir aber nur persönlich erzählen will.«

Als Dritten und Letzten rief Stocker den Dr. Becker in Rosenheim an. Es meldete sich die Vorzimmerdame, und Stocker fragte nach dem Anwalt.

Sie meinte: »Der Herr Doktor ist in seinem Büro. Er will aber mit niemandem sprechen. Sie, Herr Stocker, ich mache mir echt Sorgen um den Doktor, der baut mir ziemlich schnell ab.«

»Dann geben Sie ihm das Handy, ich habe eine gute Nachricht für ihn.«

Jetzt denkst du dir, wieso ist das eine gute Nachricht, wenn einem gesagt wird, dass die Tochter tot ist? Nun, das ist es natürlich nicht. Und das würde der Dr. Becker noch früh genug erfahren. Jetzt ging es eher darum, ihm gute Erinnerungen an sein Kind an die Hand zu geben, um das, was unweigerlich auf ihn zukam, vielleicht etwas abzumildern.

»Herr Stocker, was können Sie mir berichten? Wo sind Sie?«

»Ich bin in München-Grünwald, in einer Gaststätte, und warte auf Ihre Tochter, Herr Dr. Becker. Hat sie sich bei Ihnen gemeldet?«

»Nein. Und ich weiß auch nicht, wo sie gerade ist. War das alles?«

»Nein, aber während ich warte, kann ich Ihnen berichten, was ich weiß. Haben Sie zwei Minuten für mich?«

»Sprechen Sie.«

»Sie hatten recht. Ihre Tochter ist kein schlechter Mensch. Sie ist ohne ihr Wissen in was reingezogen worden, das im Lauf der nächsten Tage wohl auch durch die Zeitungen gehen wird. Allerdings werden die Artikel nicht ganz dem entsprechen, was wirklich passiert ist. Mehr möchte ich dazu nicht sagen. Auch in Ihrem Interesse nicht.«

Es entstand eine kurze Pause, in der man nur Beckers Atem hörte. »In was reingezogen, wie meinen Sie das? Was hat ihr der Mistkerl jetzt schon wieder angetan?«

»Ihr Schwiegersohn ist mehr oder weniger indirekt involviert. Durch die Art und Weise, wie er sie behandelt und gedemütigt hat, würde ich mal sagen. Und sie hat sich in ihrer Angst und Verzweiflung wohl mit Menschen eingelassen, die sie ausgenutzt haben. In jeder Hinsicht. Ja, es stimmt, tatsächlich sollte Ihre Tochter entführt werden. Es hat dann tragischerweise die falsche Frau getroffen. Ich will Ihre Tochter persönlich sehen, um mich mit ihr abzusprechen, wie man mit den Dingen umgeht, die jetzt an die Öffentlichkeit kommen. Auch in Verbindung mit Ihrem Schwiegersohn, den ich übrigens als einen der Hauptschuldigen sehe. Aber dafür habe ich noch keine Beweise. Deswegen möchte ich dringend mit Ihrer Tochter darüber reden.«

Der Anwalt atmete lang und tief aus. »Ach, Herr Stocker, in meinem Herzen habe ich immer gewusst, dass meine Heide mit den ganzen schlimmen Vorfällen nichts zu tun hat. Sagen Sie ihr das, wenn sie kommt. Und sagen Sie ihr, ich bin immer für sie da. Entschuldigen Sie, ich muss jetzt auflegen, weil ich gleich losheule.«

Stocker schaute sein Handy lange an und schob es seufzend zurück in die Jackentasche.

Ich weiß, was du jetzt denkst. Das war nicht recht. Aber was ist Recht? Oder Gerechtigkeit? Die beiden Begriffe sind von Menschen erdacht und missbraucht worden und haben nichts, aber schon auch gar nichts miteinander zu tun. Denk doch bloß mal an die vielen Gerichtsurteile, von denen du jeden Tag in der Zeitung liest: Da fährt zum Beispiel einer mit seinem getunten Auto bei einem illegalen Rennen zwei junge Frauen tot, und der kriegt in der Berufung von der Berufung dann eine paarmonatige Bewährungsstrafe. Und die Eltern sitzen fassungslos im Gerichtssaal, weil ihre Töchter nicht auf Bewährung tot sind, sondern für immer.

Manchmal, wie in diesem Fall, wo wieder einmal so gut

wie nichts vor Gericht kommen wird, ist es gut, wenigstens einem der Hinterbliebenen mit ein paar gnädigen Lügen die Chance auf eine Handvoll guter Erinnerungen zu geben, die ihm helfen weiterzuleben. Meinst du nicht auch?

Epilog

Was der Koppeck mit dem Hagen alles angestellt hat, das erzähle ich dir lieber nicht.

Die beiden Miesbacher Polizisten wurden natürlich entlassen. Da ihnen aber nicht viel nachgewiesen werden konnte, einigte man sich außergerichtlich. Es geht ja auch um den guten Ruf der Polizei, nicht wahr? Außerdem gibt es eine kleine Anzahl von Berufen, da hackt eine Krähe der anderen kein Auge aus, wenn du weißt, was ich meine.

Die beiden arbeiten jetzt in einem großen Münchner Möbelhaus als Ladendetektive.

Ihr Vorgesetzter wurde mit halben Bezügen in den Vorruhestand versetzt, auch weil keiner der erpressten Hotelbesitzer gegen ihn aussagen wollte.

Das hier ist vielleicht noch interessant:

Am Samstag, dem 11. Juni, geht ein Rentner mit seinem elfjährigen Rauhaardackel Atlas über die Wittelsbacherbrücke. Das ist die Isar-Brücke mit dem steinernen Reiter in der Mitte. Auf jeden Fall, der Atlas pinkelt an etwas, das am Brückengeländer festgemacht ist, offensichtlich ein Seilknoten.

Der Rentner ruft noch: »Atlas, pfui. Aus.« Aber Dackel nehmen Befehle eher als unverbindlichen Vorschlag wahr, und der Atlas pinkelt ungerührt weiter. Der alte Mann rennt zu ihm hin, schaut über das steinerne Geländer und sagt zum Atlas: »Ja leck mich am Arsch, da hängt ja einer. Komm her, Atlas, das ist nichts für deine schwachen Nerven.«

Er drückt den Dackel an die Brust und rennt zu dem kleinen Imbiss in der Nähe der Brücke. »Du, Ali, da hängt einer. Mittig unter der Brücke.«

Und der Ali rollt mit den Augen und sagt: »Allah, schon wieder? Ich ruf gleich die Bullerei an. Möchtest du als Zeuge dableiben?«

Der Rentner schüttelt den Kopf. »Na, lieber nicht, weil ihn der Atlas angebieselt hat. Und tot ist der Hängerer ja eh schon.«

Der Ali nickt. »Geh heim, Sepp, ich sag, ein Jogger hat mir das zugeschrien.«

Der Tote, das war der Dr. Fahrisi. Den Beamten von der Streife ist das komisch vorgekommen, wie der da hing. Weil sich so keiner aufhängt, meinte der Ältere. Also ist die Kripo gekommen, die Spusi, das ganze Programm.

Und tatsächlich, nach einer Woche stand in der Zeitung, dass der Dr. Fahrisi mit großer Wahrscheinlichkeit ermordet wurde. Die Polizei bittet um Ihre Mitarbeit. Wer hat zum fraglichen Zeitpunkt was gesehen oder gehört?

Eine Zeugin meldete sich dann doch: Eine Obdachlose, die unter der Brücke schlief, sah gegen vier Uhr in der Frühe zwei Männer mit arabischem Aussehen, du weißt schon: bullig, viel Muskeln, Bärte, rasierte Glatzen, schwarze Klamotten, dicke Goldketten um den Hals und so weiter.

Die haben den reglosen Fahrisi auf den Kies unter der Reiterstatue gelegt, da hatte er schon den Strick um den Hals.

Einer von den beiden ist wie ein Schimpanse an den Steinen des Statuensockels zur Brücke hinaufgeklettert und hatte das andere Ende des Seils in einer Hand.

Oben hat er dann das Seil gestrafft und gezogen, sodass der arme Fahrisi, wie von Geisterhand bewegt, auferstanden ist und plötzlich in der Luft mit schlenkernden Armen hin und her schaukelte, wie wenn er sich einen großen Spaß aus der Sache machen würde.

Der andere Mann ist dann auch hochgeklettert, hat seinem Kollegen geholfen, das Seil so stramm zu ziehen, dass der Fahrisi mittig und knapp über dem Wasser hing. Das war's.

Ach ja, bevor ich es vergesse: Das mit dem Oberstaatsanwalt Dr. Hubert Sielmann war auch ziemlich mysteriös. Der ist am selben Tag, als der Dr. Fahrisi in München ums Leben kam, so gegen zehn Uhr nach einem ausgiebigen Frühstück mit seinem Boot auf den Tegernsee rausgefahren. Der See war glatt, die Sonne stand schräg am Himmel, es wehte eine leichte Brise.

Ein schönes Wetter, um ein paar Stunden auf dem Wasser zu verbringen, könnte man sagen. Aber der Sielmann hatte für all diese Schönheiten keinen Blick. Er überlegte fieberhaft, was die Clanbosse ihm wohl antun könnten.

Hier in München wohl eher nichts, dachte er sich. Die wissen, was ich hier für eine Macht habe. Und die wissen auch, was passiert, wenn man einen hochrangigen Beamten umbringt. Da haben die die gesamte Polizei Europas auf dem Hals, frage nicht.

Gut, nach Berlin durfte er nicht mehr fahren, aber das war eh keine Stadt, wo es ihn hinzog.

Ich hätte mich schon lange von Heide scheiden lassen sollen, dachte er, dem Mistvieh den Rachen mit Geld stopfen und die Villa verkaufen. Dann wäre vieles nicht so gekommen, wie es nun mal gekommen ist. Na ja, hinterher ist man immer schlauer. Aber noch ist nicht aller Tage Abend.

Ein Kollege hat ein Weingut in der Toskana. Das wär doch auch was für mich. Ich kaufe mir ein abgelegenes Weingut und baue den Keller um. Dann kann ich sogar meinem exklusiven Hobby weiter nachgehen.

Sielmann lächelte zum ersten Mal seit Tagen. Das Boot befand sich mittlerweile fast in der Mitte des Sees. Ein voll besetzter Ausflugsdampfer rauschte etwa fünfzig Meter Steuerbord an ihm vorbei.

Auf dem Oberdeck waren fast nur Asiaten. Die winkten und schossen Fotos.

Sielmann winkte zurück. Genau in dem Moment, als eine gewaltige Explosion mit einem mächtigen rotgelben Feuerball sein Boot aus dem Wasser heraushob und in tausend Teile zerlegte.

Den hundertfachen entsetzen Aufschrei der Touristen hörte Sielmann natürlich nicht mehr.

Der Stocker und der Koppeck haben übrigens nie zusammen gekocht oder sich auf ein Bier oder so getroffen. Über was sollten sich zwei wie die auch unterhalten, frage ich dich. Ich meine, unsereins spricht mit Kollegen und Freunden über dies und das. Wie es geht, wo man so war, wo man im nächsten Urlaub hinwill, und natürlich auch über die Arbeit. Über den Schleimer, der sich beim Chef einschleicht, weil bald ein nettes Pöstchen frei wird, oder die neuen Arbeitsabläufe, weil ja die Roboter bald alles übernehmen. Solche Themen gingen bei den beiden schon mal gar nicht, oder?

Obwohl, einmal haben sie sich aber doch noch gesehen, der Stocker und der Koppeck. Pass auf: Der Stocker wäscht ja seine Wanderdüne mit der Hand, alle zwei Wochen, da ist er irgendwie eigen. Und hinter der Shell-Station an der Autobahnausfahrt Prien/Bernau gibt's eine Reihe mit diesen Waschboxen, du weißt schon: Vorwäsche, Einschäumen, Spülen, Klarspülen, und, wenn man besonders spendabel sein will, dann kann's auch noch eine Schicht Heißwachs für das geliebte Blech sein.

Und wie der Stocker so mit der vulkanartig spuckenden Schaumbürste um den Benz rumtänzelt, sieht er durch die rechte gläserne Trennwand einen Kerl auf einer Vespa einfahren. Der Mann stellt den Roller mittig in die Waschbox, macht den Motor aus, zieht den Schlüssel und nimmt den verschrammten weißen Helm vom Kopf. Dann zieht er die Vespa auf den Ständer und geht zum Automaten, legt den Helm drauf und kramt in seiner Jeanstasche nach Kleingeld. Während er den Münzschlitz mit ein paar Fünfzig-Cent-Stücken füttert, geht sein Blick in die Nachbarbox, und er sieht den Stocker. Der versucht fluchend, den Schlauch, der an einem Drehgestell an der Decke befestigt ist, um die Kühlerhaube des Benz zu ziehen, ohne sich selber einzuschäumen.

Er hebt den Kopf, sieht in das völlig unbewegte Gesicht vom Koppeck und stellt die Bürste in die Halterung. Die zischt schaumspuckend weiter vor sich hin, während der Stocker in die Nachbarbox geht. »Hi, ich hätte dich jetzt fast nicht erkannt.«

»Das geht vielen so.«

»Wie läuft's? Hast du von unserer Sache noch was gehört?«

Der Koppeck wirft noch zwei Zwanzig-Cent-Stücke ein, runzelt die Stirn und sagt zum Automaten: »Was für eine ›unsere‹ Sache?«

»Ich mein ja nur. Und bei dir so?«

»Alles grün.«

Der Koppeck schaut immer noch auf den Automaten und tippt dann auf »Vorwäsche«.

Ein jeder von uns kennt so eine Situation: Man trifft auf jemanden, mit dem man was erlebt oder durchgemacht hat, nach einiger Zeit wieder und versucht, was Nettes zu sagen.

»Was machen deine Tomaten?«

Jetzt lächelt der Koppeck und schaut den Stocker an: »Denen geht's gut, danke, komm doch mal vorbei und hol dir welche ab. Die Tomatensaison ist bald vorbei.«

Dann wendet er sich ihm ganz zu: »Ich hab jetzt eine Katze. Genau genommen ist es ein Kater. Schwarz-weiß, groß und schwer wie ein Dackel. Ein wahres Riesenvieh mit ausgefransten Ohren. Dem gehen alle anderen Katzen, die sonst durch meinen Garten gelaufen sind, weiträumig aus dem Weg.«

Stocker lehnt sich an die gläserne Trennwand. »Echt jetzt? Ist der Kater aus der Nachbarschaft?«

Koppeck schüttelt den Kopf und grinst immer noch. »Glaube ich nicht. Der muss von einem dieser abgelegenen Bauernhöfe kommen, oder von einer Alm. Der Kerl ist völlig angstfrei und prügelt sich sogar mit Hunden. Aber mich mag er, und wir kommen super miteinander aus. Und du, magst du Katzen?«

Stocker stößt sich von der Glaswand ab. »Weiß nicht, ich hab noch keine gegessen. Ich muss dann wieder rüber, bevor diese verdammte Bürste das ganze Gelände einschäumt. Mach's gut, Koppeck. Man sieht sich.«

Und etwas später, als der Stocker zurück auf die Priener Straße fuhr, schaute er kurz zur Kampenwand hoch. Die Zinnen des

Berges ragten wie eine gigantische mittelalterliche Burgmauer in den Himmel. Bald würden die Gipfel wieder mit Schnee bedeckt sein. Die Vögel, die sich jetzt auf den weiten Weg nach Afrika machten, würden im Frühjahr wiederkommen. Das Eis auf dem Chiemsee, das sich in ein paar Wochen bilden würde, wäre dann auch schon wieder geschmolzen und Vergangenheit, ebenso wie all die Toten, Verletzten und die, deren Seelen und Hoffnungen von einem Moment auf den anderen zu Mondstaub wurden.

Aber das Leben geht weiter, auch ohne unser Zutun. Und irgendwie fand der Stocker diese Vorstellung beruhigend.

Heinz von Wilk
CHIEMSEE-VERSCHWÖRUNG
Broschur, 256 Seiten
ISBN 978-3-95451-366-6

»Bierernst bleibt es bei den Krimis von Heinz von Wilk nie. Es gibt auch immer jede Menge zu lachen. Der Autor führt mit viel Ironie und sehr direkter Sprache durch die Handlung. Die Originalität seiner Figuren gibt den Krimis eine ganz besondere Würze.«
Oberbayerisches Volksblatt

www.emons-verlag.de

Heinz von Wilk
DER PATE VOM CHIEMSEE
Broschur, 240 Seiten
ISBN 978-3-7408-0277-6

*»In James-Bond-Manier wird hier ermittelt und gemordet und die
Welt vor dem Untergang gerettet.«* ekz Bibliotheksservice

www.emons-verlag.de

Heinz von Wilk
CHIEMSEE-DÄMMERUNG
Broschur, 240 Seiten
ISBN 978-3-7408-0689-7

»Dieser Krimi ist ein regionaler Politthriller der Extraklasse. Mit dem fünften Buch der ›Stocker-Saga‹ ist dem Rosenheimer Autor Heinz von Wilk wieder ein Bavaria-noir-Krimi gelungen, den man am liebsten am Stück lesen möchte.« Rosenheimer Journal

www.emons-verlag.de

Heinz von Wilk
ICH BIN HIER BLOSS DER MÖRDER
Broschur, 240 Seiten
ISBN 978-3-7408-1154-9

Irgendwer stirbt immer. Niemand weiß das besser als Albin Stocker. Doch dass ausgerechnet sein Partner getötet wurde, lässt ihm keine Ruhe. Als ein Münchner Clanchef anbietet, ihm die Namen der Mörder zu liefern, wenn er seinen Sohn versteckt, ist Stocker sofort dabei – und gerät in ein Netzwerk von korrupten Politikern, bestechlichen Polizisten und mächtigen Unterweltbossen. Der Mann, der im Hintergrund die Fäden zieht, scheint unangreifbar zu sein. Aber eine Schwachstelle hat jeder. Und mit genau dieser will ihm Stocker eine Falle stellen.

www.emons-verlag.de

Heinz von Wilk
CHIEMSEEGESCHICHTEN
Broschur, 176 Seiten
ISBN 978-3-95451-309-3

»Die Geschichten sind manchmal schräg, manchmal derb, manchmal traurig. Aber sie machen Spaß. So wie jeder Ausflug ans ›bayerische Meer‹, sei er auch noch so kurz.« Münchner Merkur

www.emons-verlag.de